UNE ÉTOURDISSANTE

ÉPOUSE

MAY MCGOLDRICK

LE TRÉSOR DES HIGHLANDS - 1

UNE ÉTOURDISSANTE ÉPOUSE

Traduit de l'américain par Nellie d'Arvor

J'AI LU
POUR elle

Titre original :
The Dreamer
Published by Onyx, an imprint of New American Library,
a division of Penguin Putnam Inc.

Pour Carla Patton,
Que tes rêves deviennent réalité !

Prologue

Abbaye de Jervaulx, Yorkshire, Angleterre. Août 1535

— Comment ça, elles se sont enfuies !

Arthur Courtenay, lieutenant du roi, força sa monture à s'approcher au plus près de la lueur vacillante des torches, derrière lesquelles se tenait une foule apeurée de serviteurs et de villageois.

— Où sont-elles allées ? reprit-il d'une voix emplie de fureur. Quand sont-elles parties ?

— Ils ne diront rien, intervint le capitaine de la troupe de soldats. Ces idiots ont avalé leur langue.

Sir Arthur éperonna sa monture et atteignit les premières marches de la demeure abbatiale. Il tira son épée de son fourreau.

— Allez me chercher l'abbé ! Et tous ses moines avec lui ! Ces lâches finiront la tête au bout d'une pique s'ils refusent de répondre à mes questions, hurla-t-il.

— Milord ! s'écria un soldat en débouchant de l'enclos de la petite église. Nous avons trouvé un carré de terre fraîchement remuée là derrière.

— Eh bien, lança Courtenay, qu'attendez-vous pour creuser ?

Tandis que l'homme détalait, le lieutenant du roi mit pied à terre et tendit les rênes de sa monture au capitaine.

— Débarrassez-moi de cette racaille, lui ordonna-t-il en désignant la foule d'un coup de menton méprisant. Ensuite, rejoignez-moi.

Derrière l'église, dans le cimetière enténébré, sir Arthur faillit entrer en collision avec un grand moine au capuchon rabattu pour dissimuler ses traits.

— Vous m'avez prévenu trop tard ! lui reprocha-t-il.

— Trois proies vous ont échappé, répondit l'homme de Dieu, mais le trésor est à vous.

— Il est là ? Vous en êtes sûr ?

— J'ai vu les trois sœurs descendre le coffre jusqu'ici après le coucher du soleil. Elles avaient dû faire préparer la fosse par un comparse, car elles n'ont eu qu'à descendre le trésor et à reboucher.

Sir Arthur se pencha pour observer le travail des deux hommes occupés à pelleter une terre noire et grasse, à la lueur d'une torche que tenait un troisième.

— Vous m'aviez pourtant assuré avoir fouillé toutes leurs possessions au cours des derniers mois. Vous m'aviez juré qu'elles ne pourraient rien dissimuler.

— C'est bien ce que j'ai fait ! protesta le moine en tirant sur le rebord de son capuchon pour dissimuler son visage à un soldat qui passait. Tout s'est précipité hier quand sont arrivés deux messagers. Le premier apportait la nouvelle que leur père, Edmund Percy, venait d'être exécuté à la Tour de Londres.

— Et le second ?

— Le second était envoyé par Diana Percy, leur mère.

— Vous pensez qu'elle se cache dans les environs ?

Le moine encapuchonné secoua négativement la tête.

— D'après les informations que j'ai réussi à arracher à l'abbé, elle se terre près de la frontière. Comme vous le pensiez, elle n'a pas failli à son devoir envers ses filles. C'est grâce à elle qu'elles se sont enfuies.

— Et d'après vous, fit le lieutenant du roi d'un air dubitatif, en plus de les aider à fuir, ce messager leur aurait apporté le trésor. Pour quoi faire, si…

Un cri de victoire l'empêcha de conclure.

— Il est là ! Nous l'avons, milord.

— Sortez-le vite !

Courtenay s'empressa de rejoindre le bord de la fosse. Le moine, quant à lui, prit garde de ne pas s'aventurer dans le cercle de lumière. Rapidement, le coffre de bois fut ramené à la surface. Penché sur le couvercle maculé de terre, sir Arthur ordonna d'un geste à l'un des soldats de faire sauter le verrou d'un coup de hallebarde, puis rabattit le couvercle d'un geste brusque. En découvrant ce qu'il dissimulait, tous bondirent en arrière, horrifiés. Tous, sauf le moine qui, vif comme l'éclair, se jeta en avant pour empoigner le serpent qui s'y trouvait et le lancer dans la fosse.

— Qu'est-ce que cette sorcellerie ! s'écria Courtenay, hors de lui.

— Catherine Percy... murmura le moine. L'aînée des trois sœurs. Elle possède un sens de l'humour très spécial, et elle n'a manifestement pas peur des vipères.

— Si je comprends bien, s'emporta sir Arthur, nous n'aurons pas plus les filles que le trésor !

L'homme se pencha de nouveau sur le coffre ouvert et en tira un rouleau de parchemin. Après avoir brisé le sceau et l'avoir déroulé, il chercha le regard du lieutenant du roi.

— Ni les filles, ni le trésor, milord, confirma-t-il. Oh, elles nous ont laissé une carte !

1

Balvenie Castle, Écosse

Les pâles yeux gris de la comtesse douairière s'ouvrirent à grand-peine et se fixèrent sur le visage anxieux de l'homme roux de haute stature penché à son chevet.

— Catherine Percy est-elle arrivée ? s'enquit-elle.

— Non, mère. Pas encore.

— Tu protégeras cette jeune femme, n'est-ce pas, John ? Tu honoreras notre promesse de la protéger.

— Naturellement ! répondit-il. Un messager nous a informés qu'elle est sauve et en route pour nous rejoindre. Il faut attendre.

La vieille femme toussa faiblement. Sans quitter des yeux le visage de son guerrier de fils, elle arrêta d'une main diaphane sa nièce et dame de compagnie, Susan, qui se précipitait vers le lit. Ramassant son canevas, la jeune femme se rassit sur son tabouret et se remit à l'ouvrage.

— Et ta future épouse ? reprit-elle d'un ton méprisant. Elle doit être déjà là, elle…

— Non, mère, répondit le Highlander. Elle est encore à au moins deux jours de voyage d'ici.

Les yeux de lady Anne Stewart dérivèrent jusqu'au visage de sa nièce. Elle avait entretenu pour elle les plus grands espoirs. Si seulement Susan avait pu être aussi entreprenante que toutes ces dames de la cour, qui saisissaient le moindre prétexte pour faire halte à Balvenie et tenter d'attirer l'attention de son fils. Comme si elle avait senti son regard peser sur elle, Susan redressa la tête et leurs regards se croisèrent. Peut-être lut-elle sur son visage le désappointement qu'elle lui inspirait, car le visage de la jeune femme s'empourpra. Elle se leva précipitamment et sortit de la pièce après une courte révérence.

Mère et fils se retrouvèrent seuls. Rassemblant le peu de force qui lui restait, Anne Stewart prit dans ses mains usées celles de John, jeunes et fortes.

— J'ai renoncé à tous mes autres rêves, dit-elle d'une voix faible mais déterminée. Tout ce que je demande à Dieu avant de lui rendre mon âme, c'est que tu puisses me présenter ma bru, grosse de tes œuvres.

— Ces choses ne se font pas en l'espace d'une nuit.

Un bref instant, le regard de la malade retrouva la vivacité de sa jeunesse.

— C'est exactement ainsi qu'elles se font ! répliqua-t-elle sèchement. Si j'en juge par tes maîtresses qui sont venues se pendre aux grilles du château pour faire reconnaître leur enfant, tu es un expert en la matière !

À son visage crispé, Anne Stewart devina que son fils luttait pour ne pas lui répondre, se contentant de retirer ses mains des siennes.

— Rends-toi utile ! lança-t-elle dans un soupir. Aide-moi à me redresser.

Tout comte d'Athol qu'il était, cousin du roi d'Écosse James V, laird de toutes les terres s'étendant d'Elgin à Huntly, John Stewart repoussa vers l'arrière son épée et son poignard et fit preuve d'une surprenante douceur pour aider la vieille femme à se redresser contre ses oreillers. Sous ses yeux inquiets, le visage d'Anne Stewart se tordit de douleur lorsqu'elle reprit :

— On me dit que tu pourchasses les voleurs de bétail ?

— Oui, mère. Quand j'aurai retrouvé ces chiens de l'enfer, ils finiront au bout d'une corde.

— Encore faut-il que tu les trouves… ajouta-t-elle après avoir étouffé sous sa main une nouvelle quinte de toux. Ce sont les mêmes que d'habitude ?

— Oui.

— Écoute-moi bien, John, conseilla-t-elle d'une voix sifflante. Le seul moyen d'arrêter les pillages de ces bandits, c'est de te marier au plus vite et d'avoir un fils.

Manifestement agacé, le Highlander s'assit au bord du lit et répondit d'une voix cassante :

— J'ai déjà accédé à votre requête, mère. Je sais à quel point vous êtes impatiente de me voir marié. Les plans ont été établis et...

— Des plans, des plans, toujours des plans ! s'écria la malade. Moi aussi, j'en ai fait des plans ! J'ai fait venir Susan jusqu'ici dans l'espoir que...

Ses mots moururent sur ses lèvres. Le laird tourna la tête vers la fenêtre. De la cour mouillée de pluie qu'elle surplombait s'élevait un brouhaha d'appels et de cris. En un instant, ce raffut gagna l'intérieur du château, progressant vers eux le long des corridors et des escaliers. Traversant la pièce à grands pas, John ouvrit la porte à temps pour voir son vieux majordome blanchi sous le harnais déboucher en soufflant au bout du couloir.

— Milord ! lança-t-il, le visage écarlate. Ils ont attaqué la ferme de Muckle Long Brae !

Le visage de John s'assombrit instantanément.

— Des blessés demanda-t-il.

— Non, mais ces brigands ont incendié la nouvelle grange que vous avez fait construire.

— Et le bétail ?

— Ils ont emporté une demi-douzaine des meilleures bêtes et abattu le reste du troupeau avant de mettre le feu.

— Qu'ont-ils fait de Wat et des siens ?

— Ligotés comme des saucissons, milord, mais sains et saufs. Le fils aîné de Wat est en bas, si vous voulez lui parler. Il dit que son père s'est lancé à leur poursuite.

— Fais seller mon cheval et rassembler les hommes !

Avec un hochement de tête empressé, le vieillard voûté tourna les talons. Par une étroite fenêtre en ogive pratiquée dans la muraille, John vit que la pluie n'avait pas cessé mais qu'elle s'était transformée en ondée.

— Ne te lance pas à leur poursuite, plaida la douairière quand son fils revint à son chevet. C'est une nuit sans lune, il va pleuvoir jusqu'au matin, et ils ont au moins une demi-journée d'avance sur toi. Peut-être plus.

— Il est de mon devoir d'aller prêter main-forte à Wat, mère, et vous oubliez que ces pillards ont à affronter les mêmes conditions défavorables.

— Et toi, s'impatienta-t-elle, tu oublies que ces brigands ne manquent pas de cachettes dans ces montagnes où ils sont chez eux !

— C'est moi qui suis chez moi ! répliqua sèchement le comte d'Athol. Je connais ce pays mieux que personne.

S'agrippant à sa main pour l'empêcher de partir, sa mère toussa de nouveau à s'en déchirer la poitrine.

— Laisse-les emporter le bétail, supplia-t-elle quand elle eut repris son souffle. Va à la rencontre de ta future femme et épouse-la au plus tôt.

D'un air renfrogné, James Stewart secoua la tête.

— Je vous ai toujours témoigné le respect qu'un fils doit à sa mère, dit-il d'une voix ferme. En tant que comte, je n'ai à recevoir d'ordres de personne, et surtout pas…

— Surtout pas d'une femme ? l'interrompit lady Anne. Quel réconfort pour moi de savoir que sur mon lit de mort tu me témoignes encore suffisamment de respect pour me considérer comme ta mère.

— Je *dois* y aller, milady.

Le dessin de son menton trahissait une volonté de fer. La douairière savait qu'en dépit de l'affection réelle que lui portait son fils, son devoir envers son titre et envers ses gens passait avant tout.

— Avant de partir, plaida-t-elle en désespoir de cause, écoute au moins ce que j'ai à te dire. Je sais ce qui motive la rage de ce brigand qui se fait appeler Adam des Glens.

Sous l'effet de la surprise, les yeux de John se plissèrent. Lady Anne sut qu'à défaut d'adoucir son humeur elle était parvenue à attirer son attention.

— Comment pourriez-vous le connaître ? s'enquit-il en la dévisageant attentivement. Comment pouvez-vous même connaître ce nom ?

Un sourire las fleurit brièvement sur les lèvres pâles de la vieille femme.

— Même si mes servantes ne me tenaient pas informée de ce qui se passe dans ce pays, je serais des mieux placées pour savoir à quoi m'en tenir à son sujet.

Incapable de soutenir le regard farouche de son fils, lady Anne détourna les yeux et répéta :

— Je sais ce qui motive Adam des Glens. Lorsque j'ai appris son existence, il n'était encore qu'un nourrisson.

La colère du comte d'Athol explosa aussitôt qu'elle eut prononcé ces mots.

— Voilà des mois que je recherche en vain le repaire de ce bandit ! J'ai interrogé chaque homme et chaque femme d'ici à Elgin. Pas un n'a pu me dire quoi que ce soit sur ce fils de Satan. Personne ne sait qui il est, d'où il vient, ni pourquoi il harcèle, pille et rançonne systématiquement mes gens. Et à présent, ma propre mère, sous mon propre toit, m'apprend qu'elle connaît ce démon depuis l'enfance !

En butte au silence obstiné de lady Anne, le comte prit une de ses mains entre les siennes et ajouta d'un ton radouci :

— Fort bien, mère. Quoi que vous ayez à m'apprendre, parlez, je vous écoute.

Le regard chargé d'appréhension de la vieille femme revint se fixer sur celui de son fils. De sa main libre, elle agrippa son avant-bras.

— Écoute-moi bien, John, et suis mon conseil à la lettre. J'ai l'intime conviction que ton père, s'il était encore de ce monde, te prodiguerait le même. Pour mettre un terme aux méfaits de celui qui se fait appeler Adam des Glens, tu n'as d'autre choix que de te marier et de donner au plus tôt le jour à un héritier légitime.

Une quinte de toux d'une violence inaccoutumée la fit taire. Le visage blême, elle luttait pour reprendre son souffle. John Stewart enroula un bras autour de ses épaules et l'aida précautionneusement à se redresser dans son lit. Le voyant tendre la main vers le gobelet de tisane médicinale posé à son chevet, elle secoua négativement la tête. Elle poursuivit au prix d'un gros effort :

— Il n'y aura… ni trêve… ni paix pour toi… ni pour tes gens. Adam s'imagine… avoir autant de droits que toi… sur tes biens et sur ton titre.

Comme des serres, les doigts de sa mère se crispèrent sur l'avant-bras de John Stewart avant qu'elle ne conclue dans un souffle :

— Il n'est certes que le bâtard d'une catin dévergondée. Pourtant… Adam des Glens est aussi ton frère, John. Ton demi-frère caché…

2

En entendant retentir le rire cristallin de la jeune femme qui chevauchait derrière elle, Catherine Percy songea que la chance avait été de son côté lorsque leurs routes s'étaient croisées. En plus d'être jeune, intelligente et d'une grande beauté, Ellen Crawford était appelée à devenir la femme de John Stewart, comte d'Athol. Leurs deux escortes s'étaient rencontrées à Stirling Castle, et Catherine avait éprouvé un certain soulagement à achever son périple dans ces contrées sauvages en compagnie de la future comtesse.

Certes, le danger d'être poursuivie et rattrapée par les hommes du lieutenant du roi semblait à présent écarté. De même, les sœurs de Catherine devaient se trouver à l'abri elles aussi – Laura près de l'église de St. Duthac, sur la côte orientale, et Adrienne, la cadette, sur une île du nom de Bharra.

Pour l'aider à fonder cette école dont elle rêvait depuis si longtemps, Catherine aurait bien besoin de l'assistance et du parrainage de gens haut placés comme le comte d'Athol et sa femme. Sans leur soutien actif, nul ne porterait la moindre attention à la jeune donzelle à demi anglaise qu'elle resterait aux yeux de ces fiers Écossais.

Environnée comme elle l'était depuis trop longtemps de visages inconnus, Catherine ne se sentait jamais tout à fait en sécurité. Elle n'était toujours pas habituée à dépendre en tout du bon vouloir d'autrui, même après des mois de fuite et de clandestinité. Comment aurait-elle pu accepter l'idée qu'elle n'avait dorénavant plus de foyer, plus de patrie ? Depuis la mort d'Edmund Percy, exécuté par le bourreau de la Tour de Londres sur ordre du roi, sa famille était pourchassée à travers tout le royaume. Son crime ? Avoir refusé de reconnaître le roi Henri, huitième du nom, comme chef de l'église anglicane tout spécialement créée par lui. Même si elle subodorait devoir son infortune à d'autres motifs moins avouables, Catherine ne pouvait qu'accepter le sort qui les avait ramenées, ses sœurs et elle, dans ces rudes terres d'Écosse où leur mère avait vu le jour.

Comme elle ne pouvait perdre de temps à pleurer sur le passé, Catherine sortit de sa rêverie. Il lui fallait aller de l'avant et accomplir ce qui devait être accompli. Puisque le destin avait placé Ellen Crawford sur sa route, il aurait été de sa part inconséquent de ne pas tenter de rallier à sa cause la future comtesse. Déterminée à s'y mettre au plus tôt, elle stoppa sa monture au bord du chemin et pivota sur sa selle pour passer au crible la longue file de voyageurs. Un petit vent aigre s'était levé de l'ouest. Saisie par un frisson, elle boutonna les pans de son manteau. Le soleil, qui avait brillé une bonne partie de la journée, avait disparu derrière une masse nuageuse menaçante qui se dirigeait droit sur eux depuis le couchant.

Faute de découvrir celle qu'elle cherchait, Catherine se mit à la recherche de David Hume, chef de l'escorte qui assurait depuis le début du voyage sa propre sécurité. Il lui semblait que la dernière fois qu'elle l'avait aperçu, Ellen était en grande discussion avec lui. Tandis que passait devant elle la dernière voiture, Catherine interpella trois des gardes de la future comtesse pour savoir où se trouvait leur maîtresse. Le plus âgé des Highlanders habillés du kilt traditionnel lança un regard entendu à ses compagnons et se gratta la barbe un instant avant de répondre :

— Parfois, Mlle Ellen éprouve le besoin de se dégourdir les jambes… si vous voyez ce que je veux dire.

— Bien sûr, assura-t-elle. Après un tel voyage à cheval, il est naturel d'avoir envie de marcher un peu.

Puisque le chef de mon escorte n'est pas là lui non plus, je présume qu'il est resté près d'elle pour assurer sa sécurité.

— Exactement, milady. Sa sécurité... rapprochée.

Avec un nouveau regard de connivence aux deux autres, il ajouta :

— M'est avis, cependant, qu'elle doit être en selle à l'heure qu'il est !

Laissant les trois gardes ricaner bêtement, Catherine reprit sa place dans la colonne, songeant qu'elle aurait sans doute plus d'une occasion de s'étonner des manières frustes de ces Highlanders.

Un quart d'heure plus tard, Ellen et David réapparurent. Comme pour donner plus de poids aux sous-entendus graveleux dont elle faisait l'objet, la jeune femme avait les joues empourprées, les cheveux en bataille et les vêtements en désordre. Il n'était pas dans les habitudes de Catherine de s'immiscer dans les affaires d'autrui, mais elle ne put s'empêcher de trouver un tel comportement bien peu digne d'une future mariée.

Une heure plus tard, lorsque leur convoi parvint au relais de Corgarff, le ciel s'était couvert et répandait des trombes d'eau sur le groupe de voyageurs. Ce fut avec soulagement que Catherine vit les tourelles aux toits coniques se profiler en ombre chinoise sur le ciel obscur. Elle le savait pour avoir étudié la carte, le château de Balvenie ne se trouvait plus qu'à moins d'une journée de chevauchée de ce petit domaine, pavillon de chasse du comte d'Athol.

À leur arrivée sous une pluie battante dans la cour pavée de la tour-donjon, une troupe de serviteurs zélés s'activa à rendre leur installation la plus agréable possible. Dans la grand-salle brillamment éclairée, un somptueux dîner leur fut bientôt servi. Lassée par des semaines de voyage, Catherine fit de son mieux pour tenir compagnie à l'insouciante et facétieuse Ellen Crawford. Avant l'arrivée des desserts, morte de fatigue, il lui fallut cependant s'excuser et gagner la chambre qu'on lui avait assignée.

Petite mais confortable, celle-ci tenait lieu à la fois de chambre à coucher et de boudoir. En y pénétrant, Catherine lança un regard d'envie au lit recouvert d'un gros édredon. Après avoir accroché son manteau devant la cheminée pour qu'il sèche et posé sur une chaise à trois pieds son sac de voyage en cuir, elle nota avec curiosité les trois portes qui s'ouvraient dans les murs de la pièce. Laissant derrière elle celle par laquelle elle était entrée, elle alla entrouvrir celle de gauche et put distinguer à la lueur du grand feu qui y brûlait la chambre du maître – celle où sa compagne de voyage dormirait cette nuit-là. Un instant, elle s'attarda à détailler le luxe et le confort des lieux, puis referma avec soin le battant de chêne clouté. L'autre porte, une fois ouverte, lui donna accès à un petit escalier en colimaçon creusé dans l'épaisseur de la muraille. Du bas des marches lui parvenait le brouhaha affairé des cuisines. Au moins, songea-t-elle avec amusement en se déshabillant pour se mettre au lit, n'aurait-elle pas à redouter les petites fringales nocturnes.

Quelques instants plus tard, allongée dans la tiédeur réconfortante du lit, alors qu'à l'extérieur continuaient de tomber des trombes d'eau, elle eut à peine conscience de tomber dans un sommeil peuplé de cauchemars. Elle en fut tirée brutalement par une voix qui chuchotait à son oreille :

— Catherine… C'est moi, Ellen…

Il lui fallut quelques secondes pour pouvoir s'extraire de la terreur glacée du cauchemar récurrent qui lui faisait revivre l'arrestation de son père, nuit après nuit. Son cœur cognait à coups redoublés et de son front coulait un filet de sueur qui s'écoulait le long de son menton.

— Que se passe-t-il ? s'affola-t-elle en se redressant vivement. Un problème ?

— Non, non… la rassura Ellen. Je vous ai entendue crier dans votre sommeil. Je venais de rejoindre ma chambre, et je voulais m'assurer avant de me mettre au lit que tout allait bien pour vous. À présent que vous voilà réveillée, si j'osais… je vous demanderais bien le service d'aller dormir à côté.

Catherine contempla un instant la porte ouverte de la chambre du maître, avant de fixer avec incrédulité le visage de la jeune femme, éclairé par la lumière venue de la pièce voisine.

— Vous voulez… que je dorme avec vous ? demanda-t-elle, incrédule.

Ellen étouffa sous sa main un petit rire nerveux et secoua négativement la tête.

— Vous n'y êtes pas. J'espérais simplement que vous accepteriez de changer de chambre avec moi. Chaque fois que j'ai logé dans cette maison, c'est ici que j'ai dormi. Alors je me disais… si vous aviez l'amabilité…

— Eh bien, je…

Catherine se frotta les yeux, s'efforçant de chasser les brumes qui s'attardaient dans son esprit pour y trouver une réponse. Sans lui laisser le temps de réfléchir, Ellen retira l'édredon et l'agrippa aux épaules pour l'inciter à se lever.

— Vous êtes un amour, assura-t-elle en la guidant vers la porte. N'ayez crainte, je viendrai vous réveiller au petit matin. Nous n'aurons plus qu'à rejoindre nos lits respectifs, et tout le monde n'y verra que du feu.

L'instant d'après, à moitié endormie et ivre de sommeil, Catherine se vit claquer la porte au nez. Tout en rejoignant l'immense lit à baldaquin à la literie de velours dans lequel elle était censée finir sa nuit, elle perçut dans la pièce d'à côté les rires et les murmures étouffés de deux voix, dont l'une était indéniablement masculine.

La future comtesse, songea-t-elle, aimait jouer à des jeux dangereux et ne répugnait pas, pour ce faire, à manipuler son entourage. En elle, la déception d'avoir été dupée se trouvait supplantée par la tristesse qu'elle ressentait pour le comte d'Athol, dont le mariage à venir prenait avant même d'avoir été prononcé les allures d'une farce.

Mais elle avait trop besoin de dormir pour s'y attarder plus longuement. À peine glissée dans le lit, bercée par le murmure régulier de la pluie à l'extérieur, elle sombra de nouveau dans un sommeil profond.

Le rêve qui vint la visiter cette fois lui était familier et n'avait rien d'un cauchemar. Le vaillant chevalier, héros de toutes ses fantaisies romantiques, l'y avait rejoint. Grand, fort, invincible, il venait la réclamer comme sienne, après avoir remporté une éclatante victoire. Déjà, elle était toute à lui, prête à devenir pour une éternité d'amour sa femme fidèle et dévouée. Le dragon gisait décapité dans son antre. Le trésor de rubis, d'or et d'émeraudes se trouvait en sûreté dans les coffres du château. L'ordre et la justice régnaient de nouveau dans le royaume. La nuit n'était plus un objet d'épouvante mais un voile de ténèbres propices aux douces caresses des amants.

Tout avait l'air si réel qu'elle crut que le matelas s'enfonçait sous le poids de son chevalier. Elle était accoutumée à ce que ses rêves l'entraînent vers d'autres mondes. Des mondes qu'elle pouvait voir et sentir avec autant d'acuité que s'ils avaient été réels. Des mondes dont elle aurait pu jurer, au réveil, qu'ils existaient réellement quelque part.

Catherine frissonna lorsque les mains de l'homme de ses rêves, après s'être glissées sous l'ourlet de sa chemise de nuit, se posèrent sur le renflement de son ventre. Avec une habileté diabolique, ses doigts commencèrent à décrire des arabesques sur sa peau nue, remontant jusqu'à ses seins, sur lesquels ils se refermèrent possessivement.

Instinctivement, elle cambra les reins et il se plaqua contre elle dans son dos. Le souffle court, elle entrouvrit les lèvres et poussa un faible gémissement tandis que du bout des pouces, en une douce torture, il titillait ses mamelons dressés.

Jamais auparavant son rêve romantique n'avait connu de suite aussi inattendue, de développements aussi réalistes et aussi troublants. Dans un état de félicité proche de l'extase, elle tressaillit lorsque quelque chose de dur et de brûlant se frotta avec insistance contre le sillon de ses fesses. Dans tout son corps, des réactions inconnues, des mécanismes secrets se mirent en branle.

Un grognement à peine audible, semblable au feulement d'un fauve, se fit entendre. Puis, les lèvres brûlantes du chevalier se posèrent sur la peau tendre de son cou. Du bout des dents, il lui mordilla le lobe de l'oreille, avant de déposer un chapelet de baisers le long de son menton. Au bas de son ventre, ses doigts s'insinuèrent avec autant d'agilité que d'assurance entre les plis de son intimité.

Électrisée par cette caresse outrageante, Catherine se retourna entre ses bras dans son sommeil. Cela avait beau n'être qu'un rêve, il y avait certaines limites à ne pas...

Elle réalisa que ce qui était en train de lui arriver était on ne peut plus réel au moment où la bouche du chevalier prit possession de la sienne. Paniquée, elle ouvrit grand les yeux et sentit la langue de l'homme qui se trouvait dans son lit s'introduire impudiquement dans sa bouche. Alors que l'inconnu faisait glisser son genou entre ses cuisses pour les écarter, elle s'arracha brusquement au baiser et appuya des deux mains contre sa poitrine pour le repousser.

— Par tous les diables ! gronda dans le noir une voix mâle et courroucée. Tu ne prétendrais tout de même pas...

S'il en était encore besoin, le chaume de barbe qui lui râpa la joue lorsque son agresseur se rua de nouveau sur elle lui prouva une fois pour toutes qu'elle ne rêvait pas. De ses deux poings serrés, elle martela ses épaules nues pour se soustraire à son étreinte. Agrippant ses cheveux, elle tira fortement dessus mais rien ne paraissait de nature à le faire reculer. D'une main impatiente, il tenta de s'emparer de ses poignets. D'instinct, elle en profita pour mordre de toutes ses forces l'avant-bras qu'il lui présentait.

Avec un cri de douleur étouffé, l'homme la lâcha avant de s'écarter vivement. Catherine en profita pour se dresser sur son séant, poussant un cri de panique que tout le château dut entendre.

— Tais-toi donc, espèce de démone !

Le cri de rage et d'impatience de l'inconnu avait retenti comme une menace. Aussi, lorsqu'il se pencha de nouveau sur elle, n'en fut-elle que plus déterminée à lui échapper. De toute la force de ses poings, elle martela son torse, son visage, sa tête, sans prendre garde où portaient ses coups. S'il s'arrangeait pour les parer au mieux, son agresseur ne relâchait pas la forte pression des mains qui la retenaient par les hanches.

— Vas-tu cesser ! s'écria-t-il, au comble de la fureur. Je ne te ferai pas de mal, même si ce n'est pas l'envie qui…

La porte de la chambre voisine, s'ouvrant brusquement sur David Hume, l'empêcha d'en dire davantage. Aussi nu qu'Adam au premier matin du monde, une torche dans une main, son épée dans l'autre, il se rua dans la chambre.

— Halte là, infâme coquin ! Sors de ce lit et prépare-toi à mourir, hurla-t-il.

Les yeux de Catherine ne cessaient d'aller et venir entre son garde du corps et Ellen Crawford, qui venait de surgir dans l'encadrement de la porte, la lumière mouvante de la torche nimbant ses formes généreuses d'une lumière dorée. La repoussant sur le côté d'un geste du bras, l'inconnu se dressa sur ses jambes et saisit sa propre épée posée sur le sol à côté du lit. Le visage défiguré par la colère, il se dirigea vers David Hume d'un air menaçant.

— Détrompe-toi, fils de catin vérolée ! Le chien qui s'apprête à mourir étouffé par son propre sang, c'est toi !

Le cri d'horreur lancé par Ellen figea les deux combattants dans leur posture martiale.

— John !

Elle n'aurait pu exprimer la panique qui s'était emparée d'elle avec plus d'éloquence. Plaquant ses mains contre sa poitrine, en une vaine et tardive tentative de pudeur, elle regagna à reculons la porte de communication.

Le géant aux cheveux roux dominait David Hume d'une bonne tête. À la puissance de la musculature qui jouait sous sa peau, Catherine devinait qu'il aurait pourfendu d'un seul coup d'épée son garde du corps. Celui-ci, à en juger par la stupéfaction qui déformait ses traits, n'aurait même pas levé le bras pour se défendre.

— V-v-vous êtes... John Stewart ? balbutia-t-il.

— Lui-même, espèce de chien galeux ! John Stewart, comte d'Athol. Et cette garce à qui tu tenais compagnie dans la chambre voisine n'est autre que ma promise.

Comme il levait son arme, d'instinct Catherine bondit devant lui pour s'interposer.

— Arrêtez ! cria-t-elle d'une voix ferme. Il doit y avoir un autre moyen de résoudre ce problème qu'en répandant le sang.

Stoppé dans son élan, le comte d'Athol la dévisagea sans aménité. Dans ses yeux gris, Catherine perçut l'étincelle du meurtre et de la vengeance.

— Je m'appelle Catherine Percy, s'empressa-t-elle de poursuivre. David Hume, qui semble vous avoir offensé, était chargé d'assurer ma sécurité au cours du long voyage jusqu'ici. Je suis quasiment certaine qu'il n'était pas au courant qu'Ellen...

Ses paroles moururent sur ses lèvres. La gorge sèche, elle fixa la lame étincelante de l'énorme épée brandie par John Stewart.

— Je ne le répéterai pas deux fois, femme ! ordonna-t-il d'une voix menaçante. Écarte-toi de mon chemin.

Catherine lança à la dérobée un regard par-dessus son épaule. Son garde du corps avait profité du répit qu'elle venait de lui offrir pour s'enfuir, abandonnant sa torche enflammée sur le seuil. Estimant avoir rempli son devoir en le sauvant d'une mort certaine, elle fit un pas de côté. Le comte, sans même prendre la peine de se couvrir, ramassa la torche au passage et se lança à sa poursuite.

Plongée dans le noir, Catherine alla s'asseoir sur le lit, l'oreille aux aguets, à l'écoute du vacarme qui peu à peu gagnait tout le château. Des cris, des bruits de course, de portes qui claquent, puis de chevaux piétinant le pavé de la cour. Et par-dessus tout cela, la voix sonore de John Stewart criant des ordres furieux.

Encore choquée par la scène à laquelle elle venait d'être mêlée contre son gré, Catherine s'adossa à la tête du lit et tira sur elle le chaud édredon de velours. Ce qui venait de se passer, songea-t-elle, n'était pas fait pour la pousser à songer au mariage. Que penser d'un homme arrivant par surprise dans le lit de sa future épouse et prodiguant sans même s'en rendre compte d'intimes caresses à une autre ayant pris sa place ? Cachant sous ses paumes ses joues empourprées, elle tenta en vain d'oublier à quel point elle s'était elle-même prêtée spontanément à cette étreinte alors qu'elle croyait encore nager en plein rêve.

Le retour du comte d'Athol dans la chambre vint la tirer de ses pensées. Pendant qu'il se passait un kilt autour des hanches, à la lueur d'une lanterne qu'il avait amenée avec lui, elle eut tout le temps de constater à regret que John Stewart n'était en rien le genre d'homme auquel elle s'était attendue.

On lui avait dressé le portrait d'un protecteur des arts et des sciences, sage et éclairé. Ellen Crawford avait dit de lui, avec une grimace de mépris, qu'il avait au moins soixante-treize ans... Aussi n'était-elle en rien préparée à ce viril et séduisant visage de guerrier celte, à cet athlète dans la force de l'âge qui achevait de se rendre présentable sous ses yeux.

Avec ses longs cheveux roux, nattés sur les tempes à la mode des Highlands, avec son air déterminé et ses yeux farouches qui par intermittence se posaient sur elle, il ressemblait bien plus à un coureur de bois qu'au très respectable cousin d'un roi.

Catherine préférait ne pas penser aux folles manœuvres dont elle aurait été capable, alors qu'elle était jeune fille, pour attirer l'attention d'un homme tel que lui. Avec son physique anodin et sa prudente réserve, elle n'aurait eu aucune chance d'y parvenir. Tout compte fait, elle avait eu raison d'orienter sa vie dans une tout autre direction. Aux folies des divinités de l'Amour, elle préférerait toujours les sages lumières de la déesse Raison.

Repoussant l'édredon, elle quitta le lit et marcha vers la porte. Aussi longtemps que possible, il vaudrait mieux pour elle garder ses distances avec le comte d'Athol. S'il y avait une once de respectabilité en lui, ce quiproquo dont il était lui aussi la victime devait le plonger tout autant qu'elle dans l'embarras.

Au seuil de la pièce, Catherine poussa un imperceptible soupir et se mit à respirer plus librement. S'ils parvenaient tous deux à oublier cet incident, peut-être finiraient-ils par croire qu'il ne s'était jamais produit. Il le fallait, car sans cela, comment pourrait-elle s'atteler à la fondation de cette école qui demeurait son unique but ?

— Mademoiselle Catherine ?

La dureté de sa voix lui donna la chair de poule et la figea sur place. Lentement, elle pivota sur ses talons pour faire face au comte d'Athol.

— J'ai envoyé chercher le prêtre… dit-il d'une voix inflexible. Nous serons mariés avant le lever du soleil.

3

— Mariés ! répéta Catherine, anéantie. Tous les deux ?

Le Highlander balaya la pièce du regard.

— Voyez-vous ici une autre femme à qui je pourrais m'adresser ?

Catherine s'efforça de ne pas broncher, fixant ses yeux gris perçants sans ciller.

— Non, répondit-elle. Mais, étant donné la bizarrerie de votre comportement, je ne jurerais pas de la solidité de votre raison.

— Tranquillisez-vous, demoiselle. C'est bien à vous que je m'adressais et non à quelque apparition.

Catherine ne put retenir un petit rire nerveux. Bien plus que bizarre, la situation était franchement comique.

— Mais vous ne me connaissez pas ! protesta-t-elle. Comment pourriez-vous épouser quelqu'un que vous venez à peine de rencontrer ?

— N'êtes-vous pas Catherine Percy ?

— Oui, certes...

— Le fait que vous soyez placée sous ma protection fait de moi votre tuteur. Vous me devez donc obéissance.

— Certainement pas, milord ! fit-elle vivement. À l'âge de vingt-cinq ans, je puis difficilement être considérée comme la pupille de qui que ce soit.

Elle hésita un court instant et ajouta :

— Surtout de quelqu'un d'aussi violent et d'aussi déraisonnable que vous !

Le visage de marbre, John Stewart la dévisagea sans mot dire. Seul l'éclat inquiétant qui luisait au fond de ses yeux trahissait la colère qui couvait en lui.

— D'une vieille fille, à défaut de l'allure, vous avez au moins la langue acérée ! Je suis à présent bien placé pour savoir que cette apparence n'est qu'un leurre. Je sais *exactement* qui vous êtes, Catherine Percy, et de la manière la plus intime qui soit...

Ses paroles firent mouche. Sans pouvoir s'en empêcher, Catherine se sentit rougir tandis que le comte l'examinait de la tête aux pieds. Soudain consciente qu'elle ne portait rien de plus qu'une fine chemise de nuit, elle croisa les bras sur sa poitrine pour préserver ce qui pouvait encore l'être de sa pudeur.

— Un peu tard pour jouer les effarouchées, ne pensez-vous pas ? lança le comte d'Athol en arquant les sourcils. Nous n'en sommes plus là, vous et moi, après les privautés que vous m'avez accordées.

— Je ne vous ai rien accordé ! s'insurgea-t-elle. Vous m'avez assaillie par surprise, comme le plus ignoble des barbares, et vous le savez parfaitement.

— Vraiment ? fit-il mine de s'étonner en la défiant du regard. C'est donc ainsi que vous défendez votre honneur ? En gémissant de plaisir aux plus intimes caresses. En vous prêtant avec passion à l'étreinte d'un amant – pardon ! d'un infâme assaillant –, en frémissant de tout votre être au moindre de ses baisers ?

S'était-elle réellement conduite ainsi ? Ses souvenirs étaient trop embarrassants pour lui permettre de nier l'évidence. Il ne lui restait pour toute défense que la stricte vérité.

— Je... je pensais que ce n'était qu'un rêve.

L'espace d'un fugitif instant, un soupçon d'amusement passa dans le regard du comte.

— Pour une pucelle, reprit-il, vous avez des rêves bien intéressants. Mais dites-moi : vos rêves vous procurent-ils entière satisfaction, ou...

— Taisez-vous ! s'écria-t-elle.

Catherine avait réagi plus vivement qu'elle ne l'aurait souhaité, mais elle supportait mal son ironie déplacée. À sa manière rude et cynique, il s'efforçait de l'abaisser à ses propres yeux, de faire d'elle une coupable, voire une femme légère. Piquée au vif par le regard de défi qu'il lui jetait, elle eut envie d'effacer de son visage son arrogant sourire.

— Je constate que vous prenez grand plaisir à m'insulter ! lança-t-elle sèchement. Mais vous ne parviendrez pas à occulter la vérité en détournant mon attention.

— La vérité ? répéta-t-il d'un air interrogateur. Quelle vérité ?

— La vérité qui froisse votre fierté de mâle et votre orgueil de comte, poursuivit-elle. Car c'est *vous*, le seul responsable de ce qui vient de se passer !

Ses yeux trahissaient de nouveau une rage meurtrière, mais Catherine était trop indignée pour s'en inquiéter.

— Alors que vous étiez sur le point de vous marier, reprit-elle, et qui plus est, en toute connaissance de cause des… atouts de votre promise, comment avez-vous pu ne pas sentir que ce n'était pas Ellen Crawford qui occupait votre lit ?

— Il faisait noir… maugréa-t-il, sur la défensive.

— Noir ou pas, insista Catherine, à vos yeux rien ne ressemble plus à une femme qu'une autre femme. Si vous n'y prêtez pas attention, vous pourriez aussi bien épouser par inadvertance un matelas ou une bête à concours !

— Un matelas ou une… répéta le comte d'Athol, les yeux ronds, incapable de finir sa phrase.

— Pourquoi pas ? triompha-t-elle. On pourrait le croire, puisque dans le noir une femme est aussi bonne qu'une autre pour vos hommages, puisque pour vous tout ce qui supporte le poids de votre corps semble jugé digne de vos assauts !

— Prenez garde, gronda-t-il, vous devenez vulgaire et insultante.

— Vous trouvez ? répliqua-t-elle avec un rire grinçant. Est-ce vraiment *moi* qui le suis ?

Il se précipita vers elle comme s'il s'apprêtait à l'étrangler, et Catherine s'efforça de ne pas trahir sa frayeur. Le visage du comte était devenu presque aussi rouge que ses cheveux, et sa voix n'était plus qu'un grondement rauque lorsqu'il vint se camper devant elle.

— Que cela vous plaise ou non, vous serez ma femme, Catherine Percy ! Et à dater de cette minute, je vous ordonne de ne plus me parler des événements de cette nuit, et de ne plus jamais prononcer le nom de la traînée que j'ai failli épouser. Est-ce bien compris ?

— Ce que vous semblez ne pas comprendre pour votre part, répondit-elle en soutenant bravement son regard, c'est que je n'ai aucunement l'intention de me marier. Mon but, en trouvant refuge ici, était d'y fonder une école, d'y partager mon savoir, de...

Comme il soulevait sa chemise pour l'enfiler, Catherine laissa sa phrase en suspens. Sa musculature jouait souplement sous sa peau, révélant toute sa puissance. Bouche bée, elle se força à prendre une profonde inspiration et poursuivit :

— Ma mère, dans sa correspondance, ne s'est-elle pas montrée suffisamment claire à ce sujet ?

— Diana Percy s'est montrée parfaitement claire, dit-il en continuant de s'habiller. Je me suis engagé auprès d'elle à vous protéger des hommes du roi d'Angleterre et à vous fournir le gîte, le couvert, ainsi que tout ce dont peut avoir besoin pour assurer son train de vie une demoiselle de votre rang. En échange, il est vrai, j'ai accepté que vous prodiguiez à mes gens quelques rudiments d'instruction.

Catherine voulut y voir des raisons d'espérer et s'écria :

— Vous voyez !

— Mais c'était avant de vous rencontrer... enchaîna-t-il aussitôt. Après vous avoir entendue ratiociner comme vous le faites, je ne peux pas dire que cette perspective soit pour m'enchanter. En conséquence, puisque le fait de vous être placée sous ma protection vous contraint à m'obéir, vous serez ma comtesse comme je vous l'ordonne.

Le comte d'Athol était sans conteste un très bel homme, songea Catherine en examinant son visage altier, ce qui ne l'empêchait nullement d'être plus têtu qu'une mule. Ce qu'il ignorait, c'est qu'elle ne manquait pas de suite dans les idées, elle non plus.

Ayant achevé de s'habiller, il glissa son épée dans son fourreau et gagna la porte. Le prenant de vitesse, elle vint se plaquer contre le battant et plaida sa cause avec une énergie renouvelée.

— Montrez-vous raisonnable, je vous en supplie ! Dans ce pays, il ne doit pas manquer de beaux partis qui ne rêvent que de vous épouser. Pourquoi vouloir à tout prix faire de moi votre femme ?

John Stewart la dévisagea sans aménité avant de répondre d'une voix cassante :

— Pour deux bonnes raisons. La première, c'est que j'ai compromis votre honneur. Toute la maisonnée est à présent au courant que je vous ai rejointe dans votre lit, même si ce n'était pas intentionnellement.

Catherine vit dans cet argument une opportunité. Peut-être s'était-elle montrée trop injuste avec lui. D'un ton radouci, elle assura :

— C'est très noble de votre part de prêter attention à d'éventuelles rumeurs malveillantes me concernant. Mais ce que vous ignorez, c'est que je n'attache aucune importance à ma réputation ou à l'opinion que l'on se fait de moi. J'ai passé l'âge de me marier et peu m'importe ce que…

— Vous vous leurrez sur ce point, l'interrompit-il, mais je n'ai pas de temps à perdre en vaines discussions avec une femme déraisonnable et bornée telle que vous.

Elle ouvrit la bouche pour protester. Il la fit taire d'un geste impérieux de la main.

— La deuxième raison pour laquelle il vous faut devenir ma femme, c'est que nulle autre que vous n'est à blâmer si je me retrouve dans cette situation.

— Moi ! s'offusqua Catherine.

— Oui, vous ! Ce chien galeux qui prétendait faire de moi un cocu sous mon toit avant même que mon mariage ait été prononcé n'est-il pas arrivé dans votre sillage ? N'est-ce pas dans votre chambre que se trouvait la gueuse qu'il est allé rejoindre nuitamment ?

Les poings serrés, Catherine le fusilla du regard et lâcha d'une voix blanche :

— Seriez-vous en train d'insinuer que c'était moi que David Hume pensait trouver dans ce lit ?

— Je n'ai rien dit de tel et de toute façon peu m'importe. Le fait est que par votre faute je dois renoncer à un mariage que j'espérais imminent. Vous ne me laissez donc d'autre choix que de vous épouser. J'ai besoin d'un fils légitime à qui transmettre mon titre, et vous êtes la seule femme dans l'immédiat à pouvoir me le donner. Vous êtes de noble lignée – même si à moitié anglaise – et vous êtes vierge… comme j'ai pu moi-même le vérifier. Cela me garantit au moins du risque d'avoir pour héritier le bâtard d'un autre.

— Vous ne pourrez pas m'obliger à vous épouser ! cria Catherine, exaspérée. Et encore moins à vous donner un héritier. Je ne suis pas une jument reproductrice égarée, que quiconque peut s'approprier à son gré !

Ses yeux gris inflexibles rivés aux siens, le comte hocha lentement la tête.

— Vous m'épouserez, assura-t-il tranquillement. Je vous garantis que vous serez pour moi une épouse obéissante et fidèle, dussé-je pour cela vous enfermer dans le donjon de Balvenie Castle jusqu'à vous faire entendre raison.

Un sourire arrogant flotta sur ses lèvres pleines avant qu'il ne conclue :

— Et aussi longtemps que vous ne m'aurez pas donné un fils, vous n'aurez d'autre choix que de partager mon lit.

Troublée, Catherine détourna les yeux. Elle tressaillit lorsque le comte prit son menton entre le pouce et l'index mais ne fit rien pour l'empêcher de faire pivoter sa tête de manière à ce que leurs regards se croisent à nouveau.

— Le prêtre sera là d'un instant à l'autre, ajouta-t-il. Je vais prendre mes dispositions. Habillez-vous. J'enverrai un de mes hommes vous chercher.

L'instant d'après, la porte se referma derrière lui. Au bruit de clé qui se fit entendre, Catherine comprit qu'elle devait dorénavant se considérer comme prisonnière.

4

En regardant deux de ses hommes entraîner de force hors de la grand-salle la créature déchaînée qu'il venait de prendre pour épouse, John Stewart prit toute la mesure de l'erreur qu'il venait de commettre. Pourquoi diable avait-il jugé opportun de leur infliger à tous deux cette caricature de mariage ?

Morose mais silencieuse dans sa simple robe de laine brune, Catherine Percy s'était prêtée tranquillement à la cérémonie, jusqu'à ce que le prêtre s'adresse à elle pour lui demander son consentement. Telle une furie, elle s'était alors lancée dans une tirade enflammée pour dénoncer les conditions d'une telle union. À bout de patience, le comte d'Athol lui avait agrippé le bras si fort qu'il s'étonnait de ne pas le lui avoir brisé. Sans trahir la moindre frayeur ni la moindre douleur, ses yeux bleu nuit emplis de reproche, elle s'était contentée de soutenir le regard menaçant qu'il lui adressait pendant que le prêtre, docile, prononçait en hâte d'ultimes paroles rituelles.

Laissant l'homme de Dieu longer un mur pour s'éclipser discrètement, John gagna son fauteuil près de l'âtre et s'y laissa glisser. Les yeux perdus dans les flammes, il regretta de s'être laissé dominer par la colère. La trahison d'Ellen Crawford l'avait tellement mis hors de lui qu'il lui avait fallu trouver moyen de se venger. Les deux amants ayant déguerpi sans demander leur reste, l'infortunée Catherine Percy lui avait servi d'exutoire.

Il n'était pas assez stupide pour s'être imaginé faire un mariage d'amour avec la cadette des Crawford, qui était sa maîtresse depuis quelques années. Il savait qu'elle ne l'avait pas attendu pour avoir un solide appétit pour les hommes. Naïvement, il avait voulu croire que l'union inespérée qu'il lui offrait suffirait à lui gagner sa loyauté. Telle avait été sa première erreur, la seconde consistant à prendre pour femme, sur un coup de tête, une vieille fille manifestement aussi prude et vertueuse que sa cousine, Susan McIntyre.

Lorsque la comtesse douairière l'avait amenée, six mois plus tôt, lui faisant part de son intention d'en faire sa bru, John s'était immédiatement rebiffé. Non seulement la jeune femme au visage sévère ne possédait pas une once de charme, mais elle ne portait en plus aucun intérêt à quoi que ce soit, mis à part au sempiternel ouvrage avec lequel elle s'occupait les doigts. Une nonne aurait fait preuve de plus de caractère ! Mis en demeure de se marier, il s'était donc résolu à épouser sa maîtresse, jurant que, s'il devait prendre femme, il en choisirait au moins une avec laquelle il ne s'ennuierait pas au lit.

Saisi par une fureur rétrospective, le comte d'Athol se dressa sur ses jambes et se mit à faire les cent pas devant l'âtre. En y réfléchissant bien, Adam des Glens était le seul responsable de ses malheurs. Un demi-frère bâtard… Comment avait-il pu ignorer durant tant d'années tout de son existence et idéaliser le couple en apparence idéal formé par ses parents ? Le soin avec lequel on lui avait caché la vérité constituait déjà un mystère. Les bâtards élevés sous le toit de leur noble père étaient monnaie courante. Pour quelle raison cet Adam faisait-il exception ? Plus étrange encore : en quoi s'imaginait-il autorisé à revendiquer son titre ?

Pressée de questions, sa mère s'était soustraite à sa curiosité en glissant dans le sommeil. Il en avait été réduit à se perdre en conjectures, mais l'homme d'action en lui était bien décidé à en avoir le cœur net. Dès l'aube, il irait en compagnie de quelques hommes écumer les lieux fréquentés par son père dans sa jeunesse, afin d'y mener son enquête auprès de ceux qu'il avait fréquentés à l'époque. Ensuite seulement, lorsqu'il saurait à quoi s'en tenir sur le compte d'Adam des Glens, il pourrait regagner Balvenie Castle et tenter, autant que possible, de rentrer dans les bonnes grâces de sa nouvelle épouse. Pour le meilleur et pour le pire…

Balvenie Castle avait l'aspect sinistre et menaçant d'une prison. À cheval depuis l'aube, entourée de l'escorte que John Stewart lui avait assignée, Catherine en détaillait la formidable masse grise à travers les voiles d'une pluie glaciale qui n'avait quasiment pas cessé de toute la journée. À la jonction de deux étroites vallées, au sommet d'une colline, le château s'élevait, entouré de profondes douves. Le fait que l'on eût levé la herse et baissé le pont-levis à leur approche ne le rendait pas plus accueillant.

Par un dernier effort des bêtes harassées qui piétinaient et glissaient dans la boue depuis leur départ, Catherine et son escorte gravirent la sente pentue qui menait à l'entrée du château. Alors qu'elle s'engageait sur le pont-levis, un jeune garçon d'écurie à la tignasse cuivrée et au visage couvert de taches de rousseur vint sans un mot prendre la bride de sa monture. Un instant plus tard, ils pénétrèrent dans une cour intérieure pavée, au beau milieu de laquelle les soldats l'abandonnèrent sans autre forme de procès.

De l'autre côté des écuries aux toits de chaume adossées au mur d'enceinte, quelques serviteurs curieux s'attardaient devant les portes enfumées de ce qui devait être le fournil et la brasserie. Un puits à la margelle de pierre marquait le centre de la place, à l'extrémité de laquelle s'élevaient les trois étages du château lui-même, d'apparence aussi solide et massive que les sommets escarpés d'Écosse.

Poussant un long soupir, Catherine ignora la main que lui tendait le lad et descendit de cheval. Du bout des doigts, elle essuya la boue mêlée de pluie qui maculait son visage. Trempée jusqu'aux os, elle préféra ne pas vérifier l'état de sa tenue de voyage. Tandis que l'on conduisait sa monture à l'écurie, elle demeura figée sur place et attendit, transie de froid, que quelqu'un se décide à venir l'accueillir.

Enfin, un vieillard chenu – majordome, à en juger par la livrée qu'il portait – sortit du bâtiment et se dirigea sans hâte vers elle. Catherine ne jeta qu'un coup d'œil à son visage ridé, aussi sévère et inhospitalier que le château lui-même. Sans lui adresser d'autre formule de bienvenue qu'un vague grommellement, il lui prit le coude et la conduisit à l'intérieur.

Certes, Catherine n'avait pas espéré un accueil des plus chaleureux, mais l'indifférence que suscita son entrée dans la grand-salle la prit au dépourvu. Contrairement à la domesticité de Corgarff, qui s'était immédiatement affairée autour d'elle, personne à Balvenie Castle ne semblait décidé à lever le petit doigt pour s'enquérir de ses besoins. Abandonnée par le vieil homme à son sort, il lui fallut se résoudre à patienter en détaillant d'un œil consterné ce qui était appelé à devenir sa nouvelle demeure.

Les murs étaient décorés à l'ancienne de tentures vert et or et de tapisseries à la française. Devant la gueule béante d'un âtre gigantesque, des tables sur tréteaux et des bancs de bois formaient un grand carré. Des tapis de jonc tressé étaient disposés sur le sol, parfois occupés par des chiens assoupis dans les coins et sous les bancs. Leur présence n'était pas le seul indice du goût du maître des lieux pour la chasse. Sur les murs, les multiples trophées et les panoplies d'armes diverses en témoignaient également.

Le plus curieux, songea Catherine en écoutant l'eau goutter de ses vêtements sur le sol dallé, c'était qu'il n'y avait en ces lieux pas âme qui vive. On avait certes disposé de grosses bûches dans l'âtre, mais nul n'avait jugé bon d'y mettre le feu. Il n'y avait pas trace de serviteurs occupés à dresser la table pour le repas du soir, ni de fermiers ou de guerriers attendant d'être reçus. Comme pour souligner le caractère inhospitalier de la forteresse, le cœur de Balvenie Castle était vide, froid et silencieux. Pour la première fois de la journée, Catherine sentit tout courage l'abandonner et faillit se mettre à pleurer.

Un bruit de pas dans son dos la força à se ressaisir et à se retourner. Le majordome était de retour, suivi d'un valet qui portait son sac de voyage et ses maigres possessions qui constituaient ses bagages.

— N'avez-vous pas de femme de chambre pour vous servir ? s'enquit le vieil homme.

— Non, répondit-elle. Et je n'en ai pas besoin.

— Nous verrons cela, maugréa-t-il. Suivez-moi.

Le porteur sur ses talons, le majordome fit volte-face et se dirigea vers l'escalier en colimaçon d'une tour. Résignée à subir sans broncher ce traitement singulier – après tout, n'était-elle pas prisonnière en ces lieux ? –, Catherine les suivit. Elle remarqua à peine l'enfilade de couloirs étroits et sombres qu'ils lui firent emprunter. Elle n'aurait pas été étonnée d'être conduite au fond de quelque oubliette, en guise d'appartement… Mais même si la pièce dans laquelle ils finirent par aboutir n'était pas très grande, elle n'avait rien, à son grand soulagement, d'un cul de basse-fosse.

— Une des servantes, du nom de Jane, viendra vous aider à vous installer, l'informa le majordome qui était resté sur le seuil. Mlle Susan vous fait dire qu'elle voudrait vous voir avant le dîner.

Catherine soutint tranquillement son regard glacial. Le valet qui avait déposé ses effets dans la pièce s'était déjà éclipsé. Sans prendre la peine de demander qui pouvait être cette demoiselle Susan, elle acquiesça d'un hochement de tête. Bien que transie, épuisée et misérable, elle ne devait attendre aucune sollicitude de la part de cet homme.

Après qu'il eut refermé la porte derrière lui, Catherine compta mentalement jusqu'à dix avant de se risquer, le cœur battant, à aller jeter un coup d'œil dans le couloir. Elle n'avait pas entendu de clé cliqueter dans la serrure et elle ne trouva pas de garde en faction. Apparemment, à présent qu'il l'imaginait en lieu sûr, le comte d'Athol ne craignait plus qu'elle lui fausse compagnie. Résistant au besoin d'en profiter sur-le-champ, elle prit la décision sage qui s'imposait et regagna sa chambre. L'heure viendrait, se promit-elle, où John Stewart comprendrait qu'il ne pouvait en aucune manière compter sur sa docile collaboration. Pour l'instant, il lui fallait se reposer et reprendre des forces.

Frileusement, elle s'approcha du petit feu qui vivotait dans une cheminée basse et étroite, insuffisant pour chasser l'humidité et le froid de la pièce. Un courant d'air soufflait de la fenêtre, que ses volets intérieurs rabattus ne parvenaient pas à protéger des assauts du vent. Les murs plâtrés étaient dépourvus de toute ornementation, et il n'y avait au-dessus du petit lit aucun baldaquin pour ajouter un peu de confort à l'ameublement spartiate des lieux. À part le lit ne s'y trouvaient en effet qu'un coffre à linge et un simple tabouret. Heureusement, Catherine s'était habituée par la force des choses à se contenter du minimum.

Après s'être brièvement annoncée en cognant contre la porte, une servante pénétra dans la chambre. En apercevant l'aiguière dont elle était chargée, Catherine sentit le froid la transpercer et se surprit à rêver d'eau chaude.

— Mlle Susan, expliqua la soubrette, a pensé que vous pourriez avoir besoin de faire un brin de toilette.

— Je lui en suis très reconnaissante.

Pendant que la jeune fille posait son chargement sur le tabouret, Catherine se demanda qui pouvait être cette Susan qui semblait faire à Balvenie Castle la pluie et le beau temps. Ellen Crawford, lorsqu'elle l'avait interrogée sur la famille du comte, n'avait jamais prononcé ce nom. Elle s'était en revanche montrée plus diserte sur la comtesse douairière, qu'elle lui avait présentée avec une moue de dépit comme une femme âgée et malade, gardant depuis son lit tout pouvoir sur le château et sur son fils.

Tout en l'observant d'un œil critique, la servante reprit d'un air compassé :

— Mlle Susan vous fait dire que lady Anne prend son souper de bonne heure. Dans sa chambre, bien sûr. Il vaudrait mieux que vous soyez prête à lui rendre visite avant qu'elle ne sonne son repas.

Si ces gens paraissaient déterminés à la détester sans la connaître, songea Catherine, elle n'était pas prête pour sa part à s'abaisser à leur niveau en leur rendant la pareille.

— C'est entendu, répondit-elle d'un ton égal. Je suppose que vous devez être Jane ?

L'intéressée acquiesça d'un hochement de tête et hésita un court instant, en la voyant dégrafer son manteau trempé, à l'aider à s'en débarrasser. Manifestement perplexe, elle dit en examinant sa simple robe de laine brune crottée par la boue du voyage :

— Si vous passiez d'autres vêtements, je pourrais porter ceux-ci à la buanderie pour les faire laver.

— Je vous suis très reconnaissante de votre gentillesse, assura Catherine avec un sourire.

Aussitôt qu'elle eut ôté sa robe et déchaussé ses souliers, elle fut prise de tremblements et se mit à claquer des dents. Pendant que Jane sortait du sac de voyage les quelques effets qui s'y trouvaient pour les disposer sur le lit, elle se rendit compte que son jupon, trempé comme le reste de ses sous-vêtements, était boueux jusqu'aux genoux. Repêchant dans l'eau le linge qui y flottait pour se débarbouiller, elle réprima un petit cri de surprise en la découvrant glaciale.

— Avant de vous habiller, suggéra Jane, nous devrions peut-être attendre que l'on ait fait monter le reste de vos malles ?

Catherine retint son souffle et se passa le linge humide sur le visage et les bras.

— Inutile. Tout ce que je possède est là, répondit-elle.

Sous l'effet de la surprise, la servante pivota sur ses talons et la dévisagea avec des yeux ronds.

— Mais... ce n'est pas possible, protesta-t-elle. N'êtes-vous pas la nouvelle épouse du maître ?

Catherine résista à l'envie de la détromper. Que cela lui plaise ou non, c'était bien ce qu'elle était à présent !

— Avant que votre maître décide de me prendre pour épouse, dit-elle en fixant Jane droit dans les yeux, je ne me destinais qu'à ouvrir une école avec l'aide des bons pères de la cathédrale d'Elgin.

Soudain très pâle, la jeune fille murmura :

— Vous… vous n'êtes donc pas Ellen Crawford ?

— Absolument pas. Je m'appelle Catherine Percy.

Ce nom suffit à transformer radicalement l'attitude de la jeune servante à son égard. Se précipitant vers la cheminée, elle y enfourna autant de bois que possible.

— Vous allez attraper la mort à rester dans ce linge mouillé ! Déshabillez-vous, je vais vous frictionner, lança-t-elle par-dessus son épaule.

En un tournemain, Catherine se retrouva dûment séchée, frictionnée, enveloppée d'une couverture et installée sur le tabouret devant l'âtre.

— Restez tranquillement près du feu à vous réchauffer, milady, conseilla Jane gentiment en se préparant à quitter la pièce, les bras chargés de ses vêtements souillés. Je serai de retour en un rien de temps. Il me faut… je dois… parler à Mlle Susan… du dîner.

Catherine n'était pas dupe. De ce brusque revirement de situation, elle comprenait que le comte d'Athol n'avait pas jugé utile de prévenir ses proches du changement intervenu dans ses projets matrimoniaux, ce dont la fidèle Jane tenait à informer sa maîtresse. Il était également intéressant de constater quel accueil glacial avait été réservé à celle que tous avaient prise pour Ellen Crawford.

— Je vous remercie, répondit-elle. Je peux fort bien m'habiller seule si d'autres tâches vous appellent. Mais dites-moi… Cette demoiselle Susan, que vous semblez fort apprécier… Dois-je comprendre que c'est elle qui dirige la maisonnée ?

Un franc sourire illumina le visage de Jane.

— C'est bien cela, milady… Depuis que la maladie de lady Anne l'empêche de quitter son lit, c'est Mlle Susan qui a pris le relais.

Plus bas, elle ajouta sur le ton de la confidence :

— Je ne crains pas de vous avouer que nous y avons gagné au change. Chacun, ici, est soulagé de prendre ses ordres auprès d'elle plutôt que de devoir affronter les colères de lady Anne. Mlle Susan est tellement plus agréable que madame la comtesse ! Depuis qu'elle est là, l'ambiance a bien changé entre ces vieux murs...

— Mlle Susan ne vit donc pas ici depuis toujours ? s'étonna Catherine.

— Bien sûr que non ! s'exclama Jane, les yeux ronds. Elle n'y est arrivée que l'été dernier, peu de temps avant la moisson. C'est madame la comtesse qui l'a fait venir...

Elle hésita un court instant avant de conclure :

— Ce n'est un secret pour personne : lady Anne espérait bien lui faire épouser le maître !

5

Catherine étudiait d'un œil perplexe les épaules étroites et les nattes enroulées sous la coiffe de la jeune femme qu'elle suivait. Elle ne parvenait pas à comprendre pour quelle raison le comte d'Athol avait préféré épouser l'inconnue qu'elle était pour lui plutôt que Susan McIntyre, ce qui aurait manifestement arrangé tout le monde. Jane, qui les éclairait d'une lanterne en les précédant dans les sombres corridors du château, les observait toutes deux à la dérobée en se posant probablement la même question. Elle ne devait pas s'étonner, dans ces conditions, que Susan lui ait réservé un accueil glacial, même après avoir appris qu'elle n'était pas Ellen Crawford.

Il était tout aussi surprenant de constater à quel point elles se ressemblaient, toutes les deux. Bien qu'un peu plus jeune, la protégée de lady Anne était comme elle de taille moyenne et dotée des mêmes cheveux noirs et du même teint clair. Sans ses yeux sérieux perpétuellement baissés et ses lèvres pincées, le semis de taches de rousseur qui lui parsemait le nez aurait pu égayer son visage. Même sa robe, droite et noire, était austère au point d'en paraître triste. Ce n'était pas Catherine qui l'en aurait blâmée, elle qui préférait se distinguer par la vivacité de son esprit plutôt que par l'élégance de ses tenues.

La chambre de la comtesse douairière était située dans l'aile sud-ouest du château. Au long des larges corridors, Catherine admirait les tapisseries pendues aux murs plâtrés et blanchis à la chaux. Manifestement, cette partie de la vieille bâtisse était plus récente et confortable que celle où on l'avait logée. Mais puisque les appartements du comte devaient également s'y trouver, elle n'allait sûrement pas s'en plaindre, préférant garder entre eux le plus de distance possible.

Des quelques mots qu'elle avait pu arracher à Susan, Catherine avait appris que la mère du comte d'Athol avait dû s'aliter, pour la première fois de son existence, suite à un refroidissement contracté au début de l'été. Aucun des traitements du médecin n'était parvenu à la remettre sur pied et, au fur et à mesure que les semaines passaient, le moral de la malade s'était dégradé aussi vite que ses forces déclinantes. Depuis une quinzaine de jours, le mal avait empiré au point que le docteur avait fini par baisser les bras, laissant présager une fin rapide.

En pénétrant dans la chambre enténébrée à la suite de Susan, Catherine fut frappée par l'atmosphère lourde et oppressante qui y régnait. Debout près de la porte, elle regarda la jeune femme donner ses ordres aux servantes qui veillaient la douairière. Une vieille dame de compagnie, qu'elle appela Auld Mab, se chauffait en silence devant l'âtre. De là où elle se trouvait, Catherine ne put distinguer la malade, masquée à sa vue par un imposant baldaquin damasquiné. Son regard glissa sur les meubles élégants, les tapis confortables et les tapisseries raffinées. Elle aurait pu s'émerveiller du luxe de la vaste pièce si l'ambiance qui y régnait n'avait été si lugubre.

Un noir de tombeau s'appesantissait sur chaque chose, comme s'il avait fallu enterrer lady Anne vivante. Devant chaque fenêtre, d'épaisses tentures tenaient soigneusement à distance la lumière aussi bien que le moindre souffle d'air. Une toux caverneuse se fit entendre. Dans cette atmosphère confinée, songea Catherine, rendue irrespirable par la consumation du bois dans l'âtre autant que par le manque d'aération, il était miraculeux que la comtesse douairière puisse encore respirer. Elle-même n'y parvenait qu'avec difficulté.

Un coassement rauque, venu du lit, la fit sursauter.

— Approchez !

Essuyant ses paumes moites contre sa jupe, Catherine jeta un coup d'œil hésitant à Susan, qui hocha la tête. Non sans réticence, elle contourna à pas lents le lit imposant et se prépara au pire. Jane ne lui avait-elle pas confié que lady Anne avait souhaité que son fils en épouse une autre ? Elle pouvait presque sentir le rejet dont elle faisait l'objet peser comme une épée de Damoclès au-dessus de sa tête.

— Plus près ! s'impatienta une voix revêche. Allons, je ne vais pas vous manger !

Redressant le menton et les épaules, Catherine inspira profondément et s'avança dans le cercle de lumière dispensé par une chandelle posée au chevet du lit. Elle ne vit d'abord que le rosaire aux perles d'ambre polies par l'usage que la malade serrait entre ses doigts secs et parcheminés. Puis, elle découvrit le regard perçant de ses yeux gris posés sur elle et rougit. John Stewart avait hérité des yeux de sa mère. L'acuité de ce regard, l'autorité de ces traits que ne parvenait pas à amoindrir la maladie dénotaient l'intelligence et la volonté.

Pointant sur elle un doigt fléchi mais qui ne tremblait pas, la comtesse lança d'une voix chargée de mépris :

— Autant vous faire une raison, Catherine Percy. Vous ne serez jamais à la hauteur !

Inutile de demander ce qui motivait un jugement aussi sévère. Lady Anne ne la jugeait pas digne de son fils et ne se gênait pas pour le lui signifier. Catherine noua ses mains dans son giron pour les empêcher de trembler et s'obligea à relever les yeux pour soutenir son regard.

— Vous m'en voyez ravie, répondit-elle crânement. Car je n'ai à aucun moment entretenu l'ambition de devenir votre bru.

— Vous mentez.

— Que j'aille brûler en enfer si je mens !

Une expression amusée chassa sur le visage de la vieille femme la grimace hautaine qui s'y attardait.

— Laissez-nous ! lança-t-elle sèchement.

Entraînant dans son sillage les deux servantes et la dame de compagnie, Susan s'éclipsa, refermant soigneusement la porte derrière elle.

— Pour une surprise, ce fut une surprise ! reprit lady Anne d'un ton plus léger. Le messager envoyé par mon fils pour me prévenir de l'arrivée de sa femme s'est bien gardé de préciser qu'il n'avait pas épousé cette maudite Crawford comme il en avait l'intention. Susan me dit que vous êtes l'aînée de cette chère Diana Erskine ?

— Diana Percy, corrigea Catherine. Ma mère a pris le nom de son époux lorsqu'ils se sont mariés.

— Oui, naturellement, lâcha sèchement la douairière. Je suis peut-être mourante, mais j'ai encore toute ma tête.

En butte à son silence prudent, elle poursuivit au bout d'un instant :

— Je ne l'ai plus revue depuis bien longtemps, mais je garde un excellent souvenir de votre mère. Grâce, beauté, gentillesse : elle avait tout pour elle, même si elle était déjà trop intelligente pour son bien. Apparemment, vous n'avez pas hérité grand-chose d'elle.

Sous le regard implacable qui la toisait de la tête aux pieds, Catherine s'empourpra de plus belle. Outrée, elle s'entendit protester d'une voix pincée :

— Milady, si je peux me permettre de vous corriger, il ne manque pas de gens pour estimer que j'ai hérité du don de ma mère pour les langues et de son goût pour les études en général. Et en dépit du fait que le monde s'attache plus aux apparences qu'aux vraies valeurs, c'est davantage à son érudition qu'à sa beauté qu'elle doit sa réputation. Le désir de faire partager à d'autres ce que nous avons appris est également une passion que nous partageons.

De crainte de paraître ridicule, Catherine marqua une pause. S'était-elle montrée pédante ? Non, décida-t-elle, juste réaliste et honnête. Manifestement, lady Anne voyait les choses d'un autre œil.

— Taisez-vous donc, jeune péronnelle ! Votre conduite me paraît relever bien plus d'un orgueil démesuré que de la proverbiale sagesse de votre mère.

Les yeux plissés, elle scruta son visage un long moment et tapota le matelas.

— Venez plus près de moi ! Asseyez-vous là, dit-elle péniblement.

À contrecœur, Catherine s'exécuta. Soulevant sa tête de l'oreiller au prix d'un gros effort, la vieille femme étudia avec intérêt son visage éclairé par la chandelle avant de se laisser retomber pesamment.

— Vous avez ses yeux… murmura-t-elle dans un souffle rauque. Les beaux yeux bleu nuit de Diana. Il semblerait donc qu'il reste malgré tout un peu d'espoir.

Ce discours décousu laissait Catherine perplexe.

— Un peu d'espoir ? répéta-t-elle d'une voix incertaine. Que voulez-vous dire ?

— Je veux dire que tout espoir n'est pas perdu de faire de vous une comtesse, Catherine Percy ! Afin que John puisse remplir son devoir en donnant…

Lady Anne laissa sa phrase en suspens. Détournant les yeux du ciel de lit, elle dévisagea Catherine avec méfiance et s'inquiéta :

— Rassurez-moi ! Vos noces ont bien été célébrées sous les auspices d'un prêtre ?

— Oui, milady. Mais j'ai été forcée à…

— Parfait ! l'interrompit la douairière avec soulagement. Je sais que ce serait faire fi du délai de quatre jours, mais… ce mariage a-t-il été consommé ?

— Non, milady. Et s'il n'en tient qu'à moi, il…

— Par tous les feux de l'enfer ! tempêta-t-elle. Ce n'est pas bon ! Pas bon du tout !

Pour la première fois depuis qu'on les avait laissées seules, la malade fut prise d'une violente quinte de toux. Imitant Susan, Catherine se leva et porta jusqu'à ses lèvres une coupelle emplie d'un sirop verdâtre et odorant. Lady Anne n'en but qu'une gorgée avant de repousser avec un geste d'agacement le récipient. En se rasseyant près d'elle, Catherine songea que, pour une moribonde, la comtesse douairière semblait soudain ne plus avoir le temps d'être malade, et encore moins de mourir.

— Sachant ma mort prochaine, reprit-elle avec un œil vif qui démentait ses propos, mon fils n'osera pas rester absent plus de quelques jours. Je vais demander à Susan de vous installer dans sa chambre et de faire en sorte de vous apprêter un peu mieux. Ainsi, à son retour…

— C'est tout à fait inutile! assura vivement Catherine. Je suis très satisfaite de la chambre qui m'a été assignée.

— Vraiment? s'étonna son interlocutrice, l'œil rond.

— Vraiment, répondit-elle en soutenant tranquillement son regard. Je n'ai aucune intention de déménager.

— Vous déraisonnez, Catherine Percy. Ce trou à rat n'est pas digne d'une dame de votre qualité, et encore moins de la femme d'un comte! Il n'était pas destiné à abriter la fille de mon amie Diana Erskine, mais à faire affront à cette traînée d'Ellen Crawford.

— Et pourtant, milady, je peux vous assurer…

— M'assurer de quoi, jeune entêtée?

Une fois encore, une lueur de défi flamba dans les yeux gris de lady Anne.

— La seule chose dont vous puissiez m'assurer, reprit-elle sèchement, c'est de me donner aussi vite que possible un petit-fils vaillant et en bonne santé.

— C'est tout à fait hors de…

La faisant taire d'un geste impérieux de la main, la vieille poursuivit:

— Pensez-vous réellement pouvoir être heureuse, dans ce réduit humide, sachant votre mari bien à l'aise dans la plus grande chambre, à l'autre bout du château? Serez-vous satisfaite de vous terrer dans cet antre glacial pendant qu'il fera asseoir dans la grand-salle, à votre place, quelque dame venue de la cour, et qui ne demandera pas mieux que de le suivre au lit? Êtes-vous réellement certaine d'être la fille de Diana Erskine? J'en doute, pour ma part.

À ces mots, Catherine se raidit.

— Je n'ai pas l'intention de devenir un objet de risée ni une martyre, répliqua-t-elle fièrement. Je compte envoyer une requête au pape lui-même pour demander l'annulation de cette parodie de mariage. Je suis fondée à le faire, car le prêtre pourra témoigner que j'ai été forcée de prononcer mes vœux. De plus, il n'existe ni contrat de mariage ni publication des bans.

Le rouge aux joues, elle se força à ne pas détourner le regard.

— Plus important encore, il n'y a pas eu consommation de cette union, conclut-elle.

— Je ne parviens pas à me faire une opinion... Êtes-vous tout à fait idiote, ou juste un peu trop rêveuse ?

— Lady Anne ! Que cela vous plaise ou non, je n'ai pas l'intention de rester mariée à votre fils !

— Quelle pitié de voir la propre fille de Diana Erskine se ridiculiser ainsi !

Il lui était de plus en plus difficile de se laisser insulter de la sorte, mais Catherine ne pouvait se permettre le luxe de se mettre à dos la comtesse douairière. Lady Anne avait été très liée à sa mère et, dans la situation précaire qui était la sienne, elle pouvait représenter pour elle à Balvenie Castle une précieuse alliée.

— Je comprends, dit-elle d'une voix posée, que vous ayez à cœur l'intérêt de votre fils et l'avenir de votre nom, mais...

— Êtes-vous réellement si naïve ou vous forcez-vous à le paraître ? Vous n'êtes tout de même pas simple d'esprit !

— Y a-t-il une raison pour que vous continuiez à me jeter de la sorte toutes sortes d'insultes à la figure ?

— Oui, il y en a une ! Et si vous ne cessez pas de jouer les effrontées et de m'interrompre à tout instant, il y en aura d'autres !

Sous le coup de la colère, Catherine serra les poings. La voyant faire, lady Anne laissa choir sur le drap son rosaire et prit l'une de ses mains entre les siennes.

— Petite sotte... murmura-t-elle avec ce qui pouvait passer pour de l'affection. C'est aussi votre intérêt que j'ai à cœur. Est-ce si difficile à comprendre ? Vous qui êtes à présent sans dot pour assurer votre avenir. Vous dont les biens de famille ont été confisqués par ce babouin qui se prétend roi d'Angleterre. Vous dont la tête est mise à prix.

À bout de souffle, la malade tendit une main tremblante vers la coupelle de tisane médicinale. Catherine s'en saisit et la lui approcha des lèvres. Après en avoir bu une petite gorgée, lady Anne grimaça et la repoussa.

— Comment comptez-vous vous y prendre ? repritelle avec véhémence. Quel cardinal, quel évêque, quel simple prêtre voudrait plaider votre cause auprès du pape ? Vous ne trouveriez même pas un moine dépenaillé pour aller plaider à Rome une cause perdue d'avance.

— Tout ce que vous dites est vrai, reconnut Catherine en baissant les yeux, mais cela ne pourrait constituer pour moi un problème que si j'étais décidée à me marier. Or, j'ai depuis longtemps décidé que je resterais célibataire. Il n'y a rien de plus désirable à mes yeux qu'une vie vouée à l'étude et, s'il ne m'est pas possible d'ouvrir ici cette école dont ma mère a dû vous entretenir par courrier, je suis prête à finir ma vie au couvent. Voilà pourquoi je suis fermement opposée à ce mariage avec votre fils. Si, pour faire entendre raison au comte d'Athol, il me faut restée claquemurée dans cette chambre que vous m'avez assignée, je suis prête à le faire jusqu'à ce que le Seigneur me rappelle à Lui.

Lady Anne fit entendre un bruit rauque que Catherine prit d'abord pour une nouvelle quinte de toux. Prête à lui tendre son remède, elle se ravisa lorsqu'elle comprit qu'il s'agissait plutôt d'une crise de fou rire incoercible, qui secouait la vieille femme au point de lui donner le hoquet.

— Eh bien, ma chère petite, conclut-elle lorsqu'elle se fut calmée et qu'elle eut repris souffle, vous allez recevoir une bonne leçon. Et croyez-moi, elle ne vous sera pas donnée en latin ni en grec ! À présent, laissez-moi, je suis lasse.

Pour bien marquer qu'il était inutile d'insister, la malade détourna la tête et ferma les yeux. Réprimant un soupir, Catherine se leva et gagna la porte.

— Je retire ce que j'ai dit, Catherine Stewart. Vous ferez peut-être bien l'affaire, après tout, lança la comtesse douairière presque à regret depuis son lit.

Catherine referma la porte.

6

Protégé par la pénombre qui régnait dans la grand-salle, John Stewart vit avec satisfaction sa femme descendre enfin l'escalier. La seule lumière provenait des braises qui rougeoyaient encore dans l'âtre. Il sourit en la voyant jeter un coup d'œil inquiet en direction du fauteuil qu'il avait pris soin de ne pas occuper. Deux douzaines de ses hommes dormaient sur les bancs, mais pas un ne broncha quand un chien dressa la tête en grondant, avant de bâiller et de reposer son museau sur ses pattes croisées.

À pas de loup, elle se glissa dans le passage qui menait aux cuisines. Elle allait être déçue de ne rien y trouver pour se sustenter, songea le comte d'Athol, qui avait donné en ce sens des ordres stricts. Tant que Catherine Percy ne daignerait pas le rejoindre à table pour partager son repas et celui de ses gens, elle n'aurait d'autre choix que de mourir de faim.

John était rentré à Balvenie Castle, la veille avant midi, furieux de n'avoir pu découvrir le moindre indice d'une aventure extraconjugale qu'aurait eue son père, et dont Adam des Glens serait le fruit adultérin. Depuis son retour, pas une fois sa nouvelle épouse n'avait jugé utile de se présenter devant lui, ignorant même les invitations à le rejoindre qu'il lui avait fait transmettre.

Il avait été surpris d'apprendre que sa mère avait fait installer sa nouvelle bru dans la partie la plus délabrée du château. L'aile ouest, où il avait ses appartements, avait été restaurée par son grand-père et offrait un plus grand confort que l'aile est où Catherine se terrait avec tant d'opiniâtreté. En fait, connaissant l'inquiétude que se faisait lady Anne quant à sa succession, il n'aurait pas été surpris de trouver à son retour sa femme bouclée à double tour dans la chambre du laird.

Mais bon gré mal gré, pensa-t-il en voyant Catherine regagner la grand-salle, à la recherche de nourriture, elle lui donnerait ce fils qu'il lui tardait à présent de tenir dans ses bras. Ce ne serait pas pour lui la plus facile des batailles à mener, mais ce serait assurément la plus agréable.

Pour faire taire les grondements intempestifs de son estomac, Catherine pressa une main contre son ventre. Elle s'était attendue, en arrivant à Balvenie Castle, à souffrir de bien d'autres tourments, mais il lui fallait reconnaître qu'en l'affamant le comte d'Athol avait choisi un redoutable moyen de pression.

Jane s'était montrée désolée, la veille au soir, de revenir dans sa chambre sans la moindre nourriture. Les ordres de son maître étaient formels, et nul au château ne se serait risqué à les braver. Naturellement, Catherine était au courant de son retour. Il avait fait en pénétrant avec ses hommes dans la forteresse un tel tintamarre qu'il lui aurait été difficile de l'ignorer. Sa détermination à lui résister s'en était trouvée renforcée, pourtant il lui fallait bien survivre. Elle avait donc attendu qu'un silence complet se fasse entre les vieux murs pour se risquer hors de sa chambre, à la recherche de pain et d'eau. Si par la même occasion une opportunité de s'enfuir s'offrait à elle, elle ne la négligerait pas non plus.

Hélas, elle avait fait chou blanc dans les cuisines, vaste salle dominée par une cheminée à double foyer, où il lui avait fallu enjamber prudemment bien des corps endormis sur le sol sans rien trouver à se mettre sous la dent. De retour dans la grand-salle, il lui fallut veiller à ne pas réveiller les soldats endormis sur les bancs en se glissant de table en table. À la lueur rougeoyante de l'âtre, elle ne distingua qu'une demi-douzaine de bols et quelques pintes, reliefs de libations tardives. Les jambes tremblantes et les paumes moites, elle reprit ses recherches. Après tout, songea-t-elle, elle n'était pas une voleuse et ne faisait rien de mal. Même les chiens ont droit à être nourris.

Avec un sourire en coin, John vit Catherine tendre la main vers un bol posé près de l'oreille d'un sergent assoupi sur la table voisine. Elle le trouva vide, comme il s'en était lui-même assuré avant de gagner son poste d'observation. D'un geste brusque, elle fit glisser de sa tête la capuche de son manteau et porta à son front une main lasse qui trahissait son désappointement.

Elle était à présent assez proche pour lui permettre de distinguer son visage adouci par la lueur d'ambre des braises. Quant à elle, il lui était impossible de le distinguer, assis les bras croisés sur un banc, tapi dans l'ombre du mur, ses longues jambes étendues sous la table. Elle avait un profil émouvant, avec ce petit nez droit, ces lèvres pleines, ces pommettes hautes qui s'étaient empourprées de si charmante manière lorsque lui avaient échappé quelques paroles inconsidérées au relais de Corgarff.

Puis elle tourna la tête vers lui, et le comte d'Athol en eut le souffle coupé. Ces yeux… Comment avait-il pu ne pas remarquer les yeux magnifiques, assombris par la pénombre ambiante, qui étaient les siens ? Même si elle pointait le regard dans sa direction, ce n'était pas lui qu'elle observait mais la nourriture déposée sur la planche à découper installée devant lui. Elle fit un pas hésitant puis parut se raviser et fit glisser son manteau de ses épaules et l'abandonna sur un banc. La gorge sèche, il détailla les courbes rondes et harmonieuses de son corps et se laissa submerger par un flot de souvenirs. Avec une cruelle acuité, il se rappelait la douceur de ses hanches, de ses lèvres appétissantes contre les siennes, du parfait modelé de ses seins au creux de ses paumes.

Comment avait-il pu ne pas comprendre immédiatement que ce n'était pas l'exigeante Ellen Crawford qu'il venait de rejoindre au lit ? À bien y réfléchir, il avait tout de suite été troublé de ressentir en la caressant dans le noir quelque chose de différent – et d'infiniment plus tendre – que ce qu'il avait l'habitude de ressentir avec sa maîtresse. Il était resté de trop longs mois éloigné d'Ellen pour s'y attarder. Aussitôt que son corps tendu par le désir s'était pressé contre ce corps chaud et complaisamment offert, il n'avait plus eu qu'une chose en tête...

John vit Catherine bousculer accidentellement un pichet en tendant le bras et le rattraper *in extremis*. Sans doute s'y était-il trouvé encore un peu de bière, car elle porta la main à ses lèvres et suçota avec gourmandise le bout d'un de ses doigts. En la regardant faire, une bouffée de désir flamba en lui. Peut-être n'avait-il pas commis d'erreur en épousant Catherine Percy. Avec une faim de loup, il fixa cette bouche adorable. Dans son esprit défilaient des images explicites où celle-ci tenait un grand rôle.

Un goût amer mais délicieux de bière sur la langue, Catherine se glissa précautionneusement jusqu'à la table voisine, la plus proche du mur, sur laquelle se trouvait effectivement de la nourriture. En découvrant le guerrier immobile qui était attablé devant, le dos calé contre le mur lambrissé, elle eut un bref mouvement de panique. Sans doute s'était-il endormi devant son dîner, se dit-elle pour se rassurer. Tout ce qu'elle avait à faire, c'était de prendre l'alléchante planche de bois abandonnée avant de battre en retraite aussi rapidement que possible.

Les mâchoires serrées, elle s'efforça de faire preuve de courage, voire de hardiesse. Le visage de l'homme était masqué par les ténèbres. Sa large poitrine s'ornait du tartan rouge et vert porté par presque tous les hommes du comte d'Athol. L'estomac de Catherine émit un grondement sourd. Elle comprit que son ventre venait de prendre sa décision pour elle. Les deux mains tendues, elle se pencha pour saisir la planche à découper.

À la vitesse de l'éclair, les mains de l'homme assoupi surgirent et se verrouillèrent autour de ses poignets. Catherine laissa échapper un petit cri étranglé et se sentit attirée vers la table. Effarée, elle vit le visage de John Stewart sortir lentement des ténèbres.

— Ainsi, dit-il d'une voix onctueuse, vous vous êtes décidée à sortir de votre réclusion volontaire pour venir partager avec moi un petit souper tardif.

Ses yeux gris perçants étaient assombris par le manque de lumière mais semblaient lire en elle à livre ouvert. Il lui était tout simplement impossible de retrouver sa voix. La proximité soudaine du comte d'Athol, le contact de ses mains sur sa peau avaient provoqué en elle une réaction aussi inattendue qu'indésirable. Son visage était brûlant, tout son corps était en feu, mais pourtant un long frisson lui remontait le long de l'échine. Une sorte de fièvre foudroyante, telle qu'elle n'en avait jamais connue, s'était emparée d'elle.

— Pourquoi ? reprit-il. Pourquoi vous être cachée ainsi ?

Le soupçon de regret qu'elle perçut dans le ton de sa voix la surprit. Se soustrayant à l'intensité magnétique de son regard, elle laissa dériver ses yeux jusqu'à sa bouche. Le comte d'Athol avait des lèvres pleines et sensuelles, qui s'étaient déjà posées sur les siennes. Elle en gardait un souvenir tellement vivace qu'il suffisait à la faire trembler.

— Je... je pensais que... que vous... balbutia-t-elle.

Il lui lâcha les poignets, et Catherine se redressa avec l'énergie du désespoir. En dépit de tout ce qu'elle avait pu dire à lady Anne, il suffisait donc à John Stewart d'un contact, de quelques paroles et d'un regard pour réduire ses défenses à néant. Jouant d'une autre tentation, elle le vit pousser vers elle le plateau chargé de victuailles.

— Asseyez-vous donc et mangez tout votre soûl... dit-il. C'est un soulagement pour moi de constater que vous avez assez de bon sens pour ne pas vous laisser dépérir.

Malgré cette invite, Catherine demeura figée sur place.

— Vous n'avez plus faim ? fit-il mine de s'étonner. À moins que vous n'ayez trop peur de moi pour vous risquer à accepter ma compagnie.

Catherine s'empourpra violemment.

— Vous rougissez, constata-t-il avec un sourire. Je ne dois donc pas être loin de la vérité.

— Vous vous leurrez ! parvint-elle enfin à répliquer. C'est la colère qui me fait rougir.

— Vraiment ! s'exclama-t-il, l'œil malicieux. Je vous comprends, croyez-le bien. Vous êtes en colère contre moi pour avoir déserté le lit conjugal lors de notre nuit de noces. Bien qu'il soit de coutume chez nous de patienter quelques jours avant de consommer une union, pour vous être agréable je suis prêt à faire une entorse. Laissez-moi emporter ce repas dans ma chambre. Quand vous aurez repris des forces, nous pourrons…

Prise de panique, Catherine se glissa en hâte sur le banc.

— Inutile ! s'écria-t-elle. Je préfère manger ici.

Portant à ses lèvres un gobelet d'étain, elle but à longues gorgées. Le vin qu'il contenait lui parut incomparablement meilleur que les rares gorgées d'eau qu'elle avait pu avaler durant ces deux jours.

— Si j'étais vous, conseilla le comte, je ferais attention. Je ne voudrais pas que vous puissiez m'accuser de vous avoir grisée sciemment quand vous vous retrouverez tout à l'heure dans mon lit.

Cependant, lorsqu'elle reposa le gobelet sur la table, il saisit un pichet de vin sur le banc à côté de lui et entreprit de la resservir.

— D'un autre côté, poursuivit-il, puisque pour vous il s'agira de la première fois, les brumes de l'alcool pourraient sans doute vous aider à…

— Pourriez-vous, s'il vous plaît, cesser de faire comme si ce mariage était une affaire entendue ?

Le vin, songea-t-elle, devait lui avoir déjà monté à la tête, puisqu'elle n'avait plus du tout peur de l'homme assis face à elle – avait-elle d'ailleurs jamais eu peur de lui ? Décidée à passer à la contre-attaque, elle ajouta :

— Nous savons tous deux que les vœux que nous avons prononcés ne sont que mascarade. Alors pourquoi faire comme si de rien n'était ? Pourquoi vouloir à tout prix poursuivre cette farce ?

Elle s'était attendue à le voir protester, peut-être même s'emporter, comme cela lui était déjà arrivé. Contrairement à son attente, John Stewart la prit de court en ne pipant mot. Avec un sourire enjôleur, il se contenta de soutenir son regard, un charme irrésistible émanant de toute sa personne. En s'efforçant de ne pas ciller, Catherine comprit qu'elle avait de gros ennuis.

C'est alors que son traître d'estomac se remit à gronder, avec tant d'insistance que l'on dut l'entendre à travers tout le château. Avec un sourire contrit, elle haussa les épaules, détourna le regard et tendit la main vers le morceau de fromage posé sur la planche à découper.

— Vous verrez, dit le comte d'Athol en la regardant se servir, le mouton est particulièrement délicieux.

Catherine se garda bien de répondre, de peur de prêter le flanc à de nouvelles insinuations. Une fois encore, le comte déjoua ses attentes en se cantonnant dans le silence. Quand elle releva les yeux, elle vit qu'il s'était adossé de nouveau au mur et la regardait manger en souriant.

Il ne lui fallut que quelques minutes pour faire un sort à la nourriture. Le mouton était effectivement délicieux, de même que les tranches de pain d'orge, la cuisse de chapon et le fromage. Tout en buvant son vin, Catherine étudia par-dessus le rebord du gobelet le séduisant visage de son vis-à-vis. Sans trop savoir pourquoi, elle aurait voulu qu'il engage la conversation. Comme s'il avait pu lire ses pensées, John Stewart se mit à lui raconter la longue histoire de son clan. Charmée par sa voix grave et profonde, elle ne tarda pas à se retrouver immergée dans un monde empli de preux chevaliers, d'ignobles traîtres et de fières héroïnes vivant d'impossibles histoires d'amour – en somme, le monde de ses rêves…

Catherine revint brusquement à la réalité lorsque la voix de John se tut. Un instant, elle contempla, un peu hébétée, les traits sculptés de son visage – le front haut, le réseau de fines pattes d'oie au coin de ses paupières, une pâle cicatrice, le long de sa mâchoire jusqu'à ses lèvres ourlées et charnues. Il émanait à présent de lui une douceur et une gentillesse qui lui faisaient du bien, qui l'apaisaient. Plongeant au fond de ces yeux gris qui ne la quittaient plus, elle fut submergée par une émotion bien plus sensuelle qu'aucune de celles qu'elle aurait pu éprouver dans ses rêves. Confuse, elle baissa de nouveau les yeux vers sa bouche, la trouvant aussi appétissante qu'un fruit défendu.

Le gobelet, qu'elle sentait glisser entre ses doigts, fut reposé à temps pour l'empêcher de se ridiculiser. Prenant conscience qu'il lui fallait se reprendre – sans doute, après tout, avait-elle déjà bu trop de vin –, elle se dressa sur ses jambes tremblantes et bafouilla :

— Je… je vous remercie pour… pour ce repas… pour votre compagnie. Je…

John se leva à son tour. Catherine se sentit rougir en se remémorant les remarques suggestives qu'il lui avait faites précédemment quant aux suites possibles de leur rencontre nocturne. Pour se donner une contenance, elle saisit la planche à découper et le gobelet.

— Je vais… rapporter ceci aux cuisines.

— Inutile. Il y a ici suffisamment de serviteurs pour s'en occuper demain.

Le poids de sa large main sur son avant-bras la stoppa net et lui fit battre le cœur à coups redoublés. Catherine fit en sorte de lui échapper et reposa son chargement.

— Dans ce cas, conclut-elle, je vais me retirer dans ma chambre.

— J'espère ne pas vous avoir ennuyée ?

— Pas le moins du monde ! Mais il est tard.

— Fort bien. Je vous raccompagne à votre porte.

Incertaine quant à la conduite à tenir, Catherine le fixa un long moment. Son attitude courtoise la surprenait. Le comte d'Athol aurait pu, s'il l'avait voulu, l'entraîner de force dans sa propre chambre. Il en aurait eu le droit. Alors pourquoi ne le faisait-il pas ? Parce qu'il n'éprouvait pas de désir pour elle ? Sa perplexité s'accrut quand elle comprit qu'elle en concevait du désappointement.

— Eh bien ? insista-t-il, goguenard. Je n'ai même pas le droit de reconduire à sa porte ma propre femme ?

Incapable d'aligner deux mots, Catherine acquiesça d'un hochement de tête. John Stewart contourna la table et alla allumer une chandelle aux braises rougeoyantes de l'âtre. Sans un mot, ils traversèrent la grand-salle et s'engagèrent dans l'escalier circulaire. Le long des corridors étroits qui menaient à sa chambre, Catherine se sentit sur le point de s'enfuir pour lui échapper. La présence à côté d'elle de cet homme dont elle ne voulait pas pour mari mais qui la troublait comme aucun autre n'avait su le faire lui faisait battre le cœur si fort qu'à n'en pas douter il devait l'entendre.

Alors qu'ils pénétraient dans la partie du château où se trouvait située sa chambre, le couloir se fit plus étroit. Troublée de se sentir au coude à coude avec lui, Catherine trébucha et John la retint par le bras. Sa main s'attarda un peu plus que nécessaire. En vain tenta-t-elle d'ignorer le frisson qui gagnait tout son corps.

— Dites-moi, dit-il alors qu'ils se remettaient en route. comment se fait-il qu'aucun homme n'ait cherché à vous épouser plus tôt ?

Catherine l'étudia à la dérobée et comprit au sérieux de son expression qu'une vraie curiosité motivait sa question.

— Eh bien… je suppose que je ne dois pas être aussi attirante ni désirable que d'autres femmes, répondit-elle.

— Puis-je vous demander quel cuistre vous a mis cette idée saugrenue en tête ?

Un petit rire caustique s'échappa des lèvres de Catherine.

— Vous avez la mémoire courte ! Ne m'avez-vous pas vous-même traitée de vieille fille, il y a peu ? répondit-elle sans le regarder.

Ils s'arrêtèrent devant sa porte, et le comte se tourna vers elle. Il explosa :

— C'est faux ! Si ma mémoire est bonne, j'ai seulement dit que vous vous exprimiez comme une vieille fille. Je n'ai jamais prétendu que…

Laissant sa phrase en suspens, il dit en la fixant d'un œil soupçonneux :

— Vous cherchez à vous venger en me mettant hors de moi, n'est-ce pas ?

Adossée au chambranle de la porte, Catherine lui tint tête, le menton fièrement dressé.

— Pas le moins du monde ! Pour la bonne raison que je ne me sens nullement insultée. Ne pas avoir à tenir compte du regard des hommes m'a permis de développer d'autres qualités telles que…

— … l'entêtement, l'effronterie, l'orgueil… et le désir de faire partager votre savoir à autrui.

Catherine le récompensa de ce dernier propos par un sourire, mais sa réaction la tétanisa. S'avançant d'un pas vers elle, John caressa du bout des doigts le contour de ses lèvres.

— Vous avez un sourire des plus enchanteurs, murmura-t-il, un sourire ensorcelant…

Figée sur place, ne sachant ce qu'il avait en tête, elle attendit en frissonnant ce qui allait suivre. Puis, le souvenir du baiser impudique que lui avait donné le comte d'Athol à leur première rencontre lui revint en mémoire. Elle s'était alors imaginé qu'il ne s'agissait que d'un rêve, et elle en arrivait à se demander si ce n'en était pas cette fois-ci tout à fait un. Comme pour confirmer cette hypothèse, elle crut l'entendre suggérer tout bas :

— Laissez-moi entrer dans votre chambre.

Elle eut l'impression de secouer négativement la tête, mais elle n'aurait pu jurer l'avoir fait.

— Dans ce cas, insista-t-il, suivez-moi dans la mienne !

Catherine se força à sourire et à soutenir son regard.

— Je vous l'ai déjà dit, répondit-elle. Je ne suis pas ce que vous voudriez que je sois. J'ai la ferme volonté de me devenir pédagogue, de partager le savoir que…

— Nul n'est forcé de renoncer à tous ses rêves pour en poursuivre un seul.

Sans réagir, elle vit sa main s'élever vers son visage. Il caressa lentement le contour de son visage et descendit le long de son cou.

— Votre mère, par exemple… reprit-il avec conviction. Son érudition ne l'a nullement empêchée d'être une épouse parfaite et une mère exemplaire.

— Oui, mais…

— Je sais ce que vous allez m'objecter, l'interrompit-il. Nul homme en ce monde ne peut être comparé à votre père… Je vous le concède. Cela justifie-t-il pour autant que vous rejetiez en bloc tous les autres hommes ? N'est-ce pas un crime que de tenir sous l'étouffoir cette passion qui sommeille en vous comme en tout être humain ?

— Ma passion consiste à enseigner, lâcha-t-elle d'un ton péremptoire. Elle suffit à faire mon bonheur.

C'était une réponse sincère, qui lui était naturellement venue à l'esprit. Elle l'avait toujours tenue pour vraie, du moins jusqu'à ce qu'elle fasse la connaissance de John Stewart, comte d'Athol. Celui-ci, cependant, ne paraissait pas décidé à s'en satisfaire.

— Non, Catherine, dit-il en secouant la tête, ce n'est pas de cela dont il est question. Ce dont je vous parle, c'est du désir, de cette faim immémoriale que tout homme et toute femme ressentent l'un pour l'autre. Ce dont je vous parle, c'est de cette brûlante passion qui vous a emportée, vous aussi, au relais de chasse, lorsque je vous ai rejointe dans ce lit par erreur.

Catherine se creusait la tête pour trouver une réplique adéquate, mais son cœur se rebellait contre ses efforts.

— Comme vous le dites vous-même, commença-t-elle, ce n'était qu'une erreur.

— Je vois clair en vous… la coupa-t-il sans cesser de la fixer de ses yeux perçants. Vous pouvez faire illusion aux yeux du reste du monde, mais vous ne pourrez plus vous faire passer aux miens pour une autre. Je sais exactement qui vous êtes, Catherine Percy.

— Vous délirez. Vous me connaissez à peine.

— Je vous connais mieux que vous ne l'imaginez.

John se pencha vers elle. Comme hypnotisée, Catherine regarda ses lèvres s'approcher avec une lenteur irréelle des siennes et les effleurer tout doucement.

— Et selon moi, conclut-il dans un souffle, il est grand temps que vous commenciez à en apprendre un peu plus sur vous-même.

— Mais... je sais tout de...

Sa faible protestation s'éteignit d'elle-même lorsque la bouche de John prit possession de la sienne. Par un réflexe inconscient, Catherine serra les poings, puis se détendit et posa ses mains contre sa poitrine. Tandis qu'il l'attirait à lui, elle sentit son corps s'amollir contre le sien. Sans doute avait-elle cette fois tout à fait perdu la tête, car elle se hissa sur la pointe des pieds et passa les bras autour du cou de son mari pour se prêter à ce baiser. Elle sentit plus qu'elle n'entendit son grognement d'approbation.

— Contre la passion qui nous emporte, susurra-t-il en s'écartant légèrement, il n'existe aucun garde-fou...

Catherine aurait voulu se reprendre. C'était de la folie... Une folie étrange et douce qui faisait naître dans tout son corps des vagues de plaisir, et qui pouvait à tout instant dégénérer. Même dans ses rencontres nocturnes avec le chevalier de ses rêves, elle n'avait jamais ressenti rien de tel. Tous les sens aux aguets, elle buvait ses paroles, ses caresses et ses baisers comme la terre boit l'eau. Cette fois, elle n'eut aucun mouvement de panique lorsque John, après avoir repris possession de ses lèvres, introduisit sa langue dans sa bouche pour entamer un ballet troublant et délicieux.

Inquiète et émerveillée de sentir le flot impétueux du désir grossir peu à peu en elle et la submerger, Catherine ne protesta en aucune façon lorsque les mains de son mari se faufilèrent sous son manteau. D'une manière ou d'une autre, il avait dû comprendre qu'elle lui en donnait l'autorisation. Lorsqu'il l'accula contre la porte close, sentir sa virilité érigée se presser avec urgence contre son bas-ventre lui arracha un petit cri, de surprise autant que de ravissement.

— Vous me rendez fou de désir ! murmura-t-il contre son oreille. Laissez-moi vous montrer ce qu'est la passion.

Sans attendre de réponse, John introduisit habilement une main sous le rempart protecteur de sa jupe et de ses jupons. Catherine retint son souffle lorsqu'il posa sa paume brûlante sur son mont de Vénus.

— Tenez-vous prête ! conseilla-t-il d'une voix rauque. Préparez-vous à prendre votre envol…

De nouveau, Catherine avait l'impression de nager en plein rêve. Avait-il réellement prononcé ces mots ? Mais elle était bien trop accaparée par les sensations que ses caresses précises et intimes faisaient naître en elle pour s'interroger sur leur signification. Son corps entier semblait entrer en révolte contre sa volonté. Chaque centimètre carré de sa peau aspirait à ses caresses. Un insatiable besoin peu à peu la gagnait, avec une urgence impossible à ignorer. Sans se rendre compte de ce qu'elle faisait, elle passa les bras autour du cou de John et se pressa plus étroitement contre lui.

— Catherine, gémit-il dans un soupir, ce serait plus simple si vous me laissiez entrer.

Elle n'eut pas besoin d'y réfléchir pour lui refuser cette ultime reddition en secouant négativement la tête. Laisser cette porte se refermer sur eux, c'était se livrer à lui corps et âme, abandonner toute idée de résistance. Pourtant, elle n'avait aucune envie de le voir mettre un terme au jeu dangereux dans lequel ils étaient engagés. Faute de pouvoir le lui avouer, elle pressa ses lèvres contre son cou, dans l'espoir qu'il comprendrait.

— C'est de la folie, protesta-t-il. Vous vous êtes juré de me compliquer la tâche, n'est-ce pas ?

Il se pencha légèrement pour jeter un coup d'œil au bout du corridor. À part eux, il n'y avait pas âme qui vive dans ce petit hall, faiblement éclairé par la chandelle que John avait déposée dans une niche du mur. Bien longtemps avant que Catherine ne se risque hors de sa chambre, toute la maisonnée avait déjà sombré dans le sommeil. Mais, même si le risque qu'on les surprenne était faible, l'incongruité de cette situation commençait à percer les brumes sensuelles qui baignaient encore son esprit.

Comme s'il avait suivi le cheminement de ses pensées, John s'empressa de l'embrasser de nouveau. Il était conscient du pouvoir que ses caresses lui conféraient et il reprit le manège affolant de ses doigts au plus tendre de sa chair. En l'espace de quelques secondes, incapable de lui résister, Catherine se retrouva frissonnante, pantelante et totalement abandonnée entre ses bras. Puis, elle se sentit soulevée sans effort dans les airs et étouffa un petit cri. L'instant d'après, John la déposa précautionneusement sur le banc de pierre d'une embrasure de fenêtre.

— En guise de lit nuptial on fait mieux, plaisanta-t-il en s'agenouillant entre ses jambes, mais nous devrons nous en contenter.

Loin de la crainte que ces paroles auraient dû susciter en elle, Catherine fut gagnée par une excitation fébrile. Il n'y avait pas à se tromper sur ce qui allait suivre. C'était ce qu'elle aurait dû redouter plus que tout, mais pourtant, en le voyant s'activer entre ses jambes pour remonter son kilt, elle comprit que rien d'autre ne serait de nature à apaiser la fièvre qui la consumait.

— Vos jambes ! ordonna-t-il. Nouez-les autour de ma taille…

Sans se faire prier, Catherine s'exécuta. Elle se sentait sous l'emprise d'un charme puissant contre lequel aucun des arguments dictés par sa raison n'avait de prise. Prête à affronter la douleur à laquelle elle savait devoir s'attendre, elle se crispa dans une attente anxieuse. Lorsque les doigts de John se posèrent de nouveau sur les replis de son intimité féminine, les caressant doucement pour se frayer un chemin, elle perdit tout contrôle. L'explosion de son plaisir au centre de son être fut pour elle aussi brutale et inattendue que bouleversante. Émerveillée, elle comprit ce qu'il avait voulu dire en lui suggérant de se préparer à prendre son envol…

Elle n'avait pas encore retrouvé ses esprits quand son mari, avec un luxe de précautions, pénétra en elle. Elle sentit une vague douleur au moment où l'hymen se déchira, mais elle devait être en quelque sorte anesthésiée par l'extase qu'elle venait de connaître. À présent, elle commençait à le sentir se mouvoir en elle. Avec lenteur et prudence, tout d'abord, puis avec une énergie et sur un tempo beaucoup plus soutenus.

De nouveau, Catherine eut l'impression de prendre son envol. Avec émotion, elle découvrait la sensation de sentir son mari s'imbriquer aussi parfaitement au plus intime de son corps. Elle s'émerveillait de son souffle contre son oreille, son visage, son cou. Elle entendait son cœur battre plus vite à l'unisson du sien. En longues et puissantes poussées de ses reins, John amenait leur union toujours plus haut, toujours plus loin. Les deux poings serrés dans sa chemise, Catherine se prêtait de son mieux à cette invasion consentie, qui la replongeait dans un océan de sensations inédites. Et lorsque, de nouveau, son plaisir explosa en elle avec la puissance d'un raz-de-marée, elle sentit John se raidir entre ses jambes. Ce fut ensemble, cette fois, unissant leurs gémissements étouffés, qu'ils se laissèrent emporter par la vague immense de leur plaisir.

7

Un soleil éclatant se déversait à flots par les deux fenêtres à meneaux. Assis derrière son bureau, John remercia d'un geste le soldat qui venait d'escorter les trois moines jusqu'à sa chambre et reporta son attention sur eux. Leurs soutanes grises couvertes de boue portaient les traces du long périple qu'ils venaient d'accomplir.

— Ainsi, lança John d'un ton bourru, vous prétendez connaître ma femme.

Perplexes, les ecclésiastiques se dévisagèrent avant que le plus gros du trio, frère Bartholomew, ne s'étonne :

— Votre femme, milord ? Nous sommes à la recherche de Catherine Percy. On nous a dit que Balvenie Castle…

— Qui ? l'interrompit-il brutalement. Qui vous l'a dit ?

— Elle-même, milord… C'est Mlle Catherine qui nous a informés qu'elle se réfugierait ici. Comme nous l'avons indiqué à vos hommes, nous arrivons de l'abbaye de Jervaulx, dans le Yorkshire. Peu de temps après le départ de Mlle Catherine et de ses sœurs, nous avons été contraints à la fuite, nous aussi, pour échapper à la vindicte du lieutenant du roi. C'est…

Le moine se reprit et poursuivit :

— C'est votre épouse qui nous a suggéré de la rejoindre ici si jamais lord Courtenay s'en prenait à nous. Cela, afin de l'aider à concrétiser son projet d'ouvrir une école, à la cathédrale d'Elgin et sous votre haut patronage.

Le visage du comte d'Athol devait être éloquent, mais il ne se priva pas d'exprimer ses doutes.

— Voyez-vous ça… Pouvez-vous m'expliquer en quoi trois moines anglais pourraient nous être utiles ?

De nouveau, frère Bartholomew s'improvisa porte-parole.

— Notre abbaye est liée de longue date aux différents évêques qui se sont succédé à la cathédrale d'Elgin. J'ai été moi-même l'élève de sir Andrew Forman – Dieu ait son âme ! – lorsqu'il dirigeait l'abbaye de Cottingham. J'ai également eu le privilège de connaître l'évêque Shaw et sir Alexander Stewart. Nous avons tous été attristés par la nouvelle de sa disparition.

John darda sur lui un œil méfiant.

— Vraiment… Et qu'en est-il de vos rapports avec la famille Percy ? marmonna-t-il d'air vague, les mains jointes sous le menton.

— Nous avons tous trois servi de tuteurs à Mlle Catherine et à ses sœurs. Leur père, lord Edmund Percy, était un grand bienfaiteur de notre abbaye, qui dispense son instruction aux fils et aux filles de la gentry locale.

John s'adossa au dossier haut de son fauteuil.

— À n'en pas douter, lança-t-il avec mépris, une belle brochette de bons à rien !

L'homme, de plus en plus nerveux, se garda bien de répondre. Détournant le regard, il essuya de sa manche boueuse la sueur qui perlait à son front.

— Et quels merveilleux secrets enseignez-vous à vos élèves ? reprit John sur un ton caustique. Que les Écossais mangent leurs enfants ? Que le soleil ne brille que sur le sol anglais ?

— Bien sûr que non, milord ! se récria frère Bartholomew, tandis que ses deux compères appuyaient ses paroles en secouant énergiquement la tête.

— Quoi qu'il en soit, reprit John, peu m'importe que vous soyez capables de me jeter à la figure les noms de tous les évêques de la cathédrale d'Elgin. Dites-moi plutôt en vertu de quelles précieuses compétences je devrais vous accorder l'asile…

D'un coup de menton, le moine désigna son voisin de droite et dit :

— Frère Egbert enseigne l'arithmétique, milord. À un niveau élémentaire comme à un niveau avancé.

— Que voulez-vous que ça me fasse ! Il y a au moins deux ou trois clercs à Elgin qui en sont capables. Il vaudrait mieux qu'il sache également dessiner les cartes s'il veut prétendre passer plus d'une nuit sur mes terres !

— C'est également dans mes cordes, précisa l'intéressé, mais j'imagine que votre seigneurie n'aura pas besoin de mes compétences en ce domaine. Mlle Catherine est très versée dans cet art, et sa main est aussi sûre que celle de Vespucci lui-même.

— Vous êtes donc en train de m'expliquer que vous ne me serez utile en rien.

Reculant d'un pas, frère Egbert baissa le menton et secoua lugubrement la tête. Frère Bartholomew, quant à lui, ne semblait pas prêt à s'avouer si vite vaincu.

— En ce qui me concerne, ajouta-t-il vivement, je puis donner des cours de géographie. Quant à Mlle Cat… je veux dire *votre épouse*, l'astronomie, l'astrologie et même la navigation n'ont plus de secrets pour elle. Elle a toujours été une excellente élève. Je dois dire humblement qu'elle nous a surpassés dans bien des domaines.

— Si je vous comprends bien, il n'y a aucune matière que lady Catherine ne pourrait enseigner aussi bien, voire mieux que vous.

Frère Bartholomew demeura un long moment bouche bée, les yeux vitreux la mine contrite.

— Eh bien… c'est-à-dire que… je… bafouilla-t-il enfin. C'est exact, milord.

Satisfait de sa démonstration, John tourna la tête vers le grand homme sec et dégingandé qui était venu se planter devant l'une des fenêtres, comme pour se distinguer des deux autres.

— Et vous ? s'enquit-il. Frère Paul, si ma mémoire est bonne… Quel est votre champ de compétences ?

Avant de répondre, le moine s'inclina onctueusement.

— J'enseigne le grec, milord… De même que quelques langues vivantes.

Sans quitter le moine des yeux, John s'accouda à son bureau.

— Pouvez-vous m'expliquer en quoi une telle matière peut être utile à mes gens ? demanda-t-il le visage de marbre.

— D'un point de vue humaniste, la connaissance des langues est essentielle, milord !

Surpris, frère Paul tourna la tête vers la porte. Catherine, qui venait d'apparaître au seuil de la pièce, lui avait volé sa réplique. John se laissa éblouir par celle qu'il avait cherché à voir en vain depuis qu'il était levé. Son visage sévère, aux sourcils froncés, prouvait le sérieux avec lequel elle discutait de ces choses, mais sa robe bleu nuit, si simple et sans prétention, ne pouvait dissimuler la perfection de ses seins ou la courbe émouvante de ses hanches. Un regard sur elle, et John fut submergé par les souvenirs torrides de leur étreinte de la nuit précédente.

Elle avait réussi par la magie de cette rencontre à l'envoûter, au point de l'obliger à apaiser dans l'embrasure d'une fenêtre la faim qu'elle avait su éveiller en lui. Et lorsque tout avait été terminé, sans même lui laisser le temps de reprendre son souffle, elle l'avait planté là pour aller s'enfermer dans sa chambre, lui claquant presque la porte au nez. Après avoir regagné comme une âme esseulée sa propre chambre, il lui avait fallu se retourner longtemps dans son lit avant de trouver le sommeil. Comme l'austère Vésuve capable de se craqueler à tout moment pour cracher ses laves, Catherine avait aux premières caresses fait mentir son apparence de vieille fille pour laisser jaillir la passion qui couvait en elle. Dans ces conditions, savoir qu'elle refusait toujours de le rejoindre dans sa chambre était bien de nature à lui ôter le sommeil.

Conscient qu'ils n'étaient pas seuls dans la pièce, John détourna son regard de sa femme pour en revenir aux trois moines. Fugitivement, il se demanda ce qu'elle avait pu surprendre de leur échange. Ce matin, de nouveau, elle avait refusé de le rejoindre dans la grand-salle pour le petit-déjeuner. Au moins savait-il à présent qu'elle ne restait pas totalement indifférente à ce qui se passait hors des murs de sa chambre. Apprenant leur arrivée, elle s'était empressée de venir en aide à ses protégés.

Cette seule idée suffit à le rembrunir. Ce n'était pas lui qu'elle était venue rejoindre, mais ces couards de moines anglais, incapables de se défendre ou de se salir les mains pour se nourrir par eux-mêmes. Cela n'était pas de nature à le rendre magnanime.

— Je vous écoute, grogna-t-il. Expliquez-moi en quoi une langue aussi difficile que le grec peut nous être utile, ici dans les Highlands ?

Le moine du nom de Paul ouvrit la bouche, mais John le fit taire d'un geste impérieux de la main.

— Vous avez eu votre tour, dit-il d'un air menaçant. C'est à mon épouse que je posais cette question.

S'avançant jusque devant le bureau, Catherine soutint tranquillement son regard et expliqua :

— Le grec nous permet de prendre connaissance des Écritures sous leur forme la plus pure ! Il nous permet également de clarifier et de rectifier les textes latins qui sont parvenus jusqu'à nous. Il nous permet d'appréhender la pensée des philosophes de l'Antiquité, perdue pour nous depuis des siècles, et que l'on commence à redécouvrir dans les manuscrits rédigés en grec ancien.

— Mum... marmonna John. N'est-ce pas une bien grande ambition pour de si jeunes et si frustes cervelles ?

Catherine fit un nouveau pas vers lui. Alors, seulement, il remarqua les cernes bleutés sous ses yeux et songea qu'il n'avait peut-être pas été le seul à souffrir d'insomnie.

— Si vous voulez bien m'écouter, reprit-elle, je vous expliquerai mes plans et mon ambition pour cette école. Le but n'est pas seulement d'apporter quelques rudiments de savoir à des enfants, mais aussi de permettre à des adultes de se lancer dans des études plus poussées. Avec les clercs de la cathédrale d'Elgin plus nous quatre, nous pouvons préparer un nombre conséquent d'étudiants à entrer à l'université, si telle est votre volonté.

—Êtes-vous naïve au point d'imaginer que mes gens, où même ceux des lairds alentour, puissent consacrer leur existence à des buts si futiles ? À votre avis, combien de bouches inutiles et de prêtres les Highlands peuvent-elles nourrir ?

— Manifestement, sans doute un peu plus, mais là n'est pas le problème. Je ne connais certes pas ce pays aussi bien que vous, mais je ne suis pas simple d'esprit. Un bagage universitaire n'est plus de nos jours l'apanage des hommes de religion. Il ouvre l'esprit de qui le possède et permet de réussir dans toutes les carrières.

Le comte d'Athol refréna une soudaine envie de rire. Forçant une expression féroce sur son visage, il soutint le regard de défi qu'elle lui lançait. Toute trace de lassitude s'était évanouie sur les traits de Catherine, et il était surpris de constater à quel point elle était encore plus magnifique à la lumière du jour. Ses yeux bleu nuit, tentateurs dans la pénombre qui les avait entourés la veille, étaient à présent irrésistibles. Cependant pour une jeune Anglaise de la meilleure société, il fallait reconnaître qu'elle avait des goûts discutables et un peu vieux jeu en matière de coiffure et de mode.

Sortant de sa rêverie, John se tourna abruptement vers les trois moines qui n'avaient d'yeux, pleins d'espoir, que pour leur protectrice.

— Sortez ! leur ordonna-t-il sèchement. Tous les trois.

Catherine fut prompte à leur venir en aide.

— Ont-ils votre permission de rester à Balvenie Castle ?

— Cela dépend...

Avant de conclure, il prit le temps de la toiser de la tête aux pieds d'un air appréciateur, ce qui suffit aussitôt à faire rosir l'ivoire sans défauts de ses joues.

— Cela dépend, conclut-il, de votre bonne volonté dont vous ferez preuve pour aplanir nos différends quant à ce projet d'école.

John Stewart n'était pas fier de ses méthodes, mais il aurait été fou de se priver de ce moyen de pression pour amener sa femme à de meilleurs sentiments à son égard.

Si la priver de nourriture pour l'obliger à sortir de sa chambre s'était révélé plus efficace qu'il ne l'avait espéré, il était encore loin du but. La colère noire qui flambait pour l'heure au fond de ses yeux prouvait de manière éloquente qu'elle n'était pas encore sur le point de rendre les armes.

De quelque manière que Catherine décidât de jouer à ce petit jeu avec lui, il ne serait que trop heureux de lui donner satisfaction. Il lui tardait de commencer. Le petit intermède de la nuit précédente – aussi capital qu'il eût pu être pour elle – n'avait servi qu'à le mettre en appétit.

Le comte d'Athol, à présent, était prêt à se jeter corps et âme dans la bataille qui lui permettrait de conquérir le cœur de sa propre femme.

8

Avec une soudaineté imparable, les griffes du chat noir lacérèrent la main tendue vers lui. En étouffant un cri de rage et de douleur, le lieutenant du roi se retira vivement. Le moine encapuchonné qui se trouvait à ses côtés prit la relève et saisit par le cou l'animal hérissé et furieux pour l'amener jusqu'à ses yeux.

— C'est une mère, constata-t-il. Elle défend sa portée.

Entourant d'un mouchoir sa main ensanglantée, lord Courtenay pesta entre ses dents :

— Je commence à croire que cette course au trésor n'est qu'une mascarade, une façon habile pour elles de gagner du temps. Cette satanée carte n'était qu'un leurre. Après avoir écumé deux comtés et visité cinq abbayes, nous voilà aux prises dans une grange branlante avec un fauve en furie surgi tout droit des enfers. Je me tue à vous le répéter : elles se moquent de nous !

— Je l'ai ! triompha le moine, qui avait plongé le bras entre deux balles de paille. Je le savais !

— Où ça ? s'impatienta lord Courtenay en se précipitant vers lui. Montrez-le-moi !

La haute silhouette du moine se pencha sur le coffret de bois qu'il venait de déposer à ses pieds. Après avoir fait sauter d'un coup de poignard le cadenas qui le fermait, il en tira un rouleau de parchemin lié par un ruban rouge.

— Une carte... constata-t-il avec dépit. Encore une autre carte !

En pénétrant dans la chambre de son mari, Catherine ne s'était pas attendue à s'y retrouver seule avec lui.

Aussi lui fallut-il, après avoir regardé par-dessus son épaule la porte se refermer derrière le dernier moine, rassembler tout son courage pour se tourner vers lui et l'affronter.

La nuit avait été longue pour elle, après qu'elle se fut enfermée à double tour dans sa chambre et réfugiée au creux de son lit. Très vite, le constat de sa propre faiblesse l'avait fait fondre en larmes. Elle avait vécu entre les bras de John Stewart une expérience inoubliable, mais comment avait-elle pu lui céder si facilement et se prêter avec autant d'enthousiasme à ses caresses ? Comment avait-elle pu se laisser séduire aussi rapidement par lui alors qu'elle avait toutes les raisons de le combattre et de le haïr ?

Ces questions n'avaient cessé de la hanter jusqu'au lever du soleil, mais elle n'avait pu éviter de tirer aux premières lueurs du jour les conclusions qui s'imposaient. Bon gré, mal gré, sa vie venait de prendre un tour radicalement nouveau. Même s'il lui avait été imposé, leur mariage était dorénavant consommé, et il était encore plus vain d'espérer du pape une quelconque annulation. Si forte qu'eût été son envie de fuir au plus vite Balvenie Castle, la possibilité qu'elle pût d'ores et déjà porter dans son ventre l'enfant du comte d'Athol rendait cette fuite impensable.

Il avait fallu qu'aux alentours de midi Jane vînt lui annoncer l'arrivée des trois moines pour que Catherine se ressaisît et retrouvât quelque raison d'espérer. Peut-être, maintenant qu'il était arrivé à ses fins, le comte d'Athol l'autoriserait-il à ouvrir cette école qui devait rester dans la vie son seul but. Quant à elle, il lui serait sans doute plus facile, après avoir goûté au fruit défendu, de résister au charme tentateur du comte. En fait, à bien y réfléchir, John Stewart ne devait pas être aussi séduisant qu'elle en avait eu l'impression sous l'emprise de l'alcool.

Un seul coup d'œil dans sa direction suffit à lui prouver à quel point cette hypothèse était farfelue. Adossé à son fauteuil incliné en arrière, habillé d'une chemise blanche immaculée sous son tartan, les pieds bottés de cuir noir négligemment posés sur son bureau, John Stewart restait l'homme le plus irrésistible qu'elle eût jamais rencontré. Sans cesser de la fixer comme si elle avait été un succulent plat inscrit à son menu, il demanda négligemment :

— Dois-je vous faire monter quelque nourriture ?

— Inutile, répondit-elle en soutenant son regard aussi tranquillement que possible. Je me suis hier suffisamment sustentée pour quelque temps.

— Voilà des paroles qui me peinent.

— Dans ce cas, répliqua-t-elle, nous pourrions peut-être en revenir au sujet qui nous occupe ? Puisque mes vieux maîtres sont arrivés, nous allons entreprendre le voyage jusqu'à la cathédrale d'Elgin. Jane m'a dit que ce n'est qu'à une journée de chevauchée, et...

— Dites-moi, Catherine, l'interrompit-il, le front ridé de plis soucieux, vous ai-je fait mal, cette nuit ?

— Non.

Sa réponse lui avait échappé dans un murmure. Elle rougit et s'empressa d'enchaîner :

— À propos de cette école... Vous nous seriez d'un grand secours en nous conseillant sur sa localisation.

— Pour quelle raison avez-vous pleuré ?

— Je... je n'ai pas pleuré !

Croisant nerveusement les bras, Catherine le regarda se lever lentement, avec la souplesse d'un fauve dépliant ses membres.

— Pensez-vous, insista-t-elle, que la cathédrale d'Elgin serait un choix judicieux ou...

— Vous ne savez pas mentir, Catherine !

Inconsciemment, elle recula d'un pas en le voyant contourner son bureau. Contre ses tympans, elle entendait son cœur battre à coups redoublés. D'une voix trop aiguë, elle s'entendit pérorer :

— L'éloignement de la ville d'Elgin ne nous faciliterait pas la tâche. Peut-être y aurait-il dans les environs quelque abbaye, quelque couvent qui...

Ses mots la trahirent lorsqu'elle constata qu'il n'était plus qu'à quelques pas.

— Pourquoi, Catherine ? s'enquit-il d'une voix douce. Pourquoi m'avoir quitté si brutalement cette nuit ?

— Je…

À présent campé devant elle, il prit l'une de ses mains entre les siennes.

— Je me suis fait du souci pour vous, Catherine, poursuivit-il.

— C'est vrai ?

Catherine se mordit la lèvre, mais il était trop tard pour retirer ces mots qui lui avaient échappé.

— Naturellement, répondit-il.

Tremblante, le souffle court, elle le vit poser sa main sur sa joue et la fixer au fond des yeux. Faiblement, elle tenta de se préparer à le repousser. Pourtant lorsque John pencha la tête et amena doucement ses lèvres à la rencontre des siennes, elle ne fit rien pour s'y opposer. Au prix d'un effort surhumain, elle serra les poings et résista au besoin de refermer ses bras autour des larges épaules de son mari. John Stewart, comprit-elle, avait bien trop de pouvoir sur elle. Si elle n'y prenait garde, elle finirait par lui sacrifier tous ses rêves.

— Catherine ? s'étonna-t-il en s'arrachant au baiser pour la dévisager avec étonnement. Qu'avez-vous fait de la femme ardente et passionnée que j'ai épousée ?

Du bout des doigts, il traça le contour de ses joues en feu. Catherine détourna le regard et bafouilla :

— Je… je pensais que puisque… nous avons…

— Vous pensiez, intervint John d'un ton patient, qu'après avoir fait l'amour une fois dans ce corridor…

Il s'interrompit, la laissant libre de poursuivre à sa place. Bravement, elle redressa la tête pour soutenir son regard et conclut :

— Je pensais que cela aurait suffi à épuiser votre désir et à vous détourner de moi.

— Vous vous trompiez, Catherine.

Comme pour le lui démontrer, il la reprit dans ses bras et pencha la tête pour l'embrasser. Affolée, Catherine le repoussa de ses deux mains contre sa poitrine.

— Arrêtez ! protesta-t-elle. Je ne suis venue vous voir... que pour discuter de cette école.

— Nous allons en parler, dit-il sans relâcher la pression de ses bras autour d'elle, seulement lorsque vous aurez embrassé votre mari.

— Mais... c'est du chantage ! s'exclama-t-elle.

Innocemment, le comte d'Athol se contenta de hocher la tête en souriant. Catherine savait qu'elle aurait été folle de lui faire confiance, mais un simple petit baiser était peut-être après tout un moindre mal. Se hissant sur la pointe des pieds, elle déposa sur ses lèvres un rapide et superficiel baiser.

— À présent, enchaîna-t-elle, au sujet de cette école...

— Le compte n'y est pas ! l'interrompit-il. Cela n'avait rien d'un baiser...

Il s'amusait à ses dépens. Elle le lisait au fond de ses yeux.

— Cessez vos enfantillages ! gémit-elle en redoublant d'efforts pour le repousser. De telles méthodes ne sont pas dignes de vous.

— Certes, admit-il de bonne grâce. Avez-vous d'autres suggestions ? Peut-être enseignerez-vous dans cette école qui vous tient tant à cœur d'autres méthodes plus dignes et aussi efficaces. En attendant, vous ne vous en tirerez pas à si bon compte. J'attends toujours mon baiser.

Trahie par ses sens, Catherine se sentait sombrer peu à peu. Sa volonté n'y résisterait plus longtemps.

— Mais... murmura-t-elle tout bas. Pourquoi vouloir... à ce point que... que je vous embrasse ?

Un sourire à faire se damner une sainte flotta brièvement sur les lèvres de John. Catherine avait l'impression d'entendre son cœur battre plus fort qu'un tambour.

— Avez-vous remarqué, susurra-t-il, que vous perdez vos moyens chaque fois que je vous tiens dans mes bras ?

— Ce n'est... pas vrai, marmonna-t-elle.

— Menteuse !

Leurs lèvres se rapprochaient inexorablement. Dans un éclair de lucidité, Catherine comprit qu'il ne lui restait d'autre échappatoire que la fuite. Sans doute dut-il lire dans ses pensées, car il lui fit un rempart de son corps et plaqua ses deux mains, de part et d'autre de sa tête, sur la porte contre laquelle elle se retrouvait acculée.

— Un baiser ? demanda-t-elle en se forçant à soutenir son regard. Un seul baiser ?

John acquiesça d'un hochement de tête.

— Un baiser pour mettre le feu au ciel... Ensuite, nous parlerons de votre école.

Soudain, Catherine prit conscience de la drôlerie de la situation. Elle n'avait, de toute sa vie, été embrassée que deux fois par un homme, qui se trouvait être John Stewart. Le voir exiger d'elle un nouveau baiser, comme s'il y avait pris goût, comme si elle était experte en la matière, était vraiment du plus haut comique.

— Comme vous voudrez ! dit-il dans un soupir. Puisque vous ne voulez pas me faire la faveur d'un petit baiser, je me vois contraint d'envisager des représailles.

Ses mains, après s'être un instant attardées sur les épaules de Catherine, glissèrent le long de son buste et se posèrent sur ses seins. Tétanisée par ce contact, elle se hâta de se dresser de toute sa hauteur pour poser ses lèvres sur celles de John. Ce fut l'étincelle qui mit le feu aux poudres. Tandis que leurs langues se mêlaient, Catherine comprit qu'un simple baiser ne parviendrait jamais à les rassasier, l'un et l'autre.

Curieuses et exigeantes, les mains de John exploraient son corps avec avidité, à travers sa robe qui soudain lui parut plus fine que la plus légère nuisette. Catherine gémit de plaisir, les doigts enfouis dans ses cheveux.

Avant de laisser courir ses lèvres gourmandes le long de son cou, John redressa la tête.

— Cette fois, c'est dans mon lit que je vous veux ! lança-t-il vivement.

— Non !

Éperdue de désir, Catherine secoua négativement la tête mais ne fit rien pour l'empêcher de poser ses lèvres sur ses seins à travers sa robe.

— C'est… c'est impossible ! reprit-elle, le souffle court. Pas avant que vous n'ayez honoré votre promesse… en me laissant d'abord… vous parler de l'école.

Passant un bras autour de sa taille, John attira son corps tout contre le sien et plongea au fond des siens ses yeux brillants de passion.

— Si ce n'est pas le lit, alors ce sera mon bureau… ou cette chaise ! Certaines choses ne peuvent être remises à plus tard, Catherine, susurra-t-il.

En effet, songea-t-elle avec amusement, à en juger par la bosse impressionnante qui se pressait contre son bas-ventre il devait y avoir pour lui une certaine urgence. Mais, pour elle également, le temps n'était plus aux atermoiements. Un désir trop puissant pour être combattu avait eu raison de sa résistance. La perspective de l'accueillir de nouveau en elle l'emplissait d'impatience.

Quelques coups frappés sèchement contre la porte la firent sursauter et suffirent à lui faire reprendre ses esprits. Échappant à l'emprise de John, elle se recula d'un pas et remit un peu d'ordre dans sa coiffure et sa tenue.

— Oui, que se passe-t-il ? cria-t-il sèchement, maussade et rouge de colère.

— Ce démon d'Adam des Glens ! répondit à travers le vantail de chêne une voix qu'elle reconnut comme celle du majordome. Un fermier vient de nous informer qu'on a repéré sa trace dans le sud…

Sans même un regard ni un mot pour elle, John Stewart se précipita vers la porte, l'ouvrit à la volée et se rua hors de la pièce. En l'entendant lancer à travers tout le château des ordres pour rassembler ses troupes, Catherine conclut que cet Adam des Glens devait représenter un sérieux problème pour que le tout-puissant comte d'Athol se précipitât à sa poursuite toutes affaires cessantes sitôt qu'il était fait mention de lui.

Tout en s'assurant dans un miroir qu'elle était redevenue présentable, elle songea qu'elle en savait décidément trop peu sur les affaires de son mari. Quittant la pièce à son tour, elle décida que sa réclusion n'avait que trop duré. Elle savait exactement ce qu'elle cherchait : la vérité sur John Stewart afin de pouvoir peut-être enfin comprendre pourquoi elle était irrésistiblement attirée par lui. Elle savait également où trouver ces informations : nulle n'était mieux placée que la comtesse douairière pour les lui donner.

9

Le feu de camp qui brûlait au centre d'un cercle de pierres amenait à de monstrueuses proportions sur le sol l'ombre d'Adam des Glens. Autour de lui, réunis dans cette clairière protégée par une forêt impénétrable, ses hommes l'écoutaient dispenser ses ordres. Sur les visages de ces bandits de grand chemin ne redoutant ni les soldats du roi ni le diable, le respect, la crainte, voire même la peur se lisaient clairement.

De tous, Roy Sykes, jeune garçon d'écurie à la tignasse rousse flamboyante et au visage constellé de taches de rousseur, n'était pas le plus rassuré. Il le fut d'autant moins lorsque le chef de la bande, après avoir fait le tour de ses hommes, houspillant les uns, félicitant d'autres, termina sa revue des troupes par lui.

— Quant à toi, je veux que tu fasses sortir de Balvenie cette donzelle qu'il vient d'épouser. Tu m'entends, gamin ? Par quelque moyen que ce soit, tu dois nous l'amener.

Assis sur un rocher, Roy frotta nerveusement la paume de ses mains moites sur ses chausses rapiécées.

— Ça risque de ne pas être facile, répondit-il avec une crainte respectueuse. Depuis qu'elle est arrivée au château, elle reste claquemurée dans sa chambre.

Le regard noir par lequel Adam des Glens accueillit ces propos suffit à faire battre en retraite le garçon.

— Je vais voir… marmonna-t-il, terrifié, en baissant les yeux. Je vais voir ce que je peux faire.

Le mouvement du chef de bande surprit tout le monde. À peine ses hommes l'entendirent-ils dégainer son épée qu'il pivota sur ses talons et fit décrire à son arme un arc de cercle au-dessus de sa tête. Un genou à terre, il abattit sa lame sur le feu de camp, le scindant en deux dans une gerbe de flammèches et d'étincelles.

Un brouhaha confus s'éleva de la troupe des brigands. Prudemment, les plus proches du foyer se reculèrent. Adam des Glens attendit le retour au calme avant de tirer des braises son épée à l'acier noirci et fumant. Solennellement, il l'éleva dans les airs.

— Sur cette lame, je jure d'avoir recours aux services du diable s'il le faut ! Je me suis donné pour seul but dans cette misérable existence de transformer en enfer la vie de celui qui se prétend laird de ces terres, s'écria-t-il.

D'un regard farouche, il parcourut le cercle des visages peureux qui le cernaient et reprit :

— Nous avons attaqué ses fermes, volé son bétail, brûlé ses granges, terrorisé ses manants. Mais rien de tout cela ne lui fera aussi mal que le jour où nous réussirons à lui ravir sa toute nouvelle épouse.

Contournant le feu, Adam des Glens alla se camper devant le jeune garçon aux cheveux roux.

— Par la ruse ou par la force, Roy Sykes, tu trouveras le moyen de faire sortir la tourterelle de son nid. Nous nous tiendrons à l'affût, prêts à l'attraper. Alors, j'apprendrai enfin à John Stewart ce que signifie le mot vengeance ! conclut-il en le fixant gravement.

Au sortir du baquet en bois, Catherine accueillit avec gratitude la couverture de laine fine que Jane lui passa autour des épaules. S'asseyant sur un tabouret installé près de l'âtre, elle laissa la jeune servante sécher ses longues mèches noires.

— Vous avez de très beaux cheveux, commenta-t-elle ce faisant. Votre coiffure habituelle ne les met pas assez en valeur. Si vous me laissez faire, milady, je pourrais facilement arranger cela.

Catherine hocha distraitement la tête, tout occupée par le souvenir de sa visite de l'après-midi même à lady Anne. À peine l'avait-elle rejointe à son chevet, dans la chambre à l'atmosphère suffocante toujours plongée dans le noir, que la mère de John lui avait crûment demandé si son mariage avec son fils était à présent consommé.

Mortifiée et rougissante, Catherine avait gardé le silence un long moment. Susan et deux servantes avaient continué de vaquer à leurs occupations dans la pièce. Dans son dos elle avait senti leurs regards curieux peser sur elle. Le visage ridé d'Auld Mab, assise de l'autre côté du lit, avait failli se fendre d'un sourire narquois, mais la dame de compagnie s'était retenue à temps.

Quelle réponse aurait-elle pu donner ? Qu'il avait suffi de quelques minutes au comte d'Athol pour la conquérir corps et âme ? Qu'elle n'avait été que trop pressée de lui offrir sa virginité sur un plateau ? Qu'il leur avait fallu, tant leur frénésie érotique était grande, l'apaiser à la va-vite dans un sombre couloir ? Faute de pouvoir s'y résoudre, Catherine s'était contentée de baisser piteusement la tête. Lady Anne avait accueilli cet aveu implicite par un sourire triomphant et sèchement ordonné qu'on les laisse seules.

— Je reviens tout de suite, milady, prévint Jane en se préparant à sortir. J'en ai pour une minute.

Toute à ses pensées, Catherine hocha vaguement la tête. Elle était encore sous le coup des révélations que lui avait faites sa belle-mère sans se faire prier. Elle avait ainsi pu apprendre que John Stewart avait affûté son intelligence et perfectionné son érudition dans les meilleures universités. Ses qualités intellectuelles ne gâchaient en rien sa vaillance, et sa mère s'était fait un devoir de lui citer ses faits d'armes au service du roi d'Écosse. Mais ce dont lady Anne était la plus fière, c'était de son abnégation en tant que laird et du souci qu'il avait de la sécurité, du bien-être et de l'instruction de ses sujets.

En l'écoutant, assise au bord du lit, Catherine avait senti la colère monter peu à peu en elle. Ainsi donc, cet homme qui avait si mal accueilli les trois moines de l'abbaye de Jervaulx et qui prétendait douter de la nécessité d'une école sur ses terres était aussi féru qu'elle de culture et d'éducation ! À en croire la comtesse douairière, il avait même passé dans sa jeunesse quelques années sur le continent, à étudier les classiques français et le grec. Sous ce nouveau jour, elle comprenait mieux pour quelle raison sa mère avait choisi de la placer sous la protection du comte d'Athol lorsqu'il avait fallu lui trouver un refuge.

Quelques coups frappés à la porte lui firent lever la tête. Jane fit son entrée, portant sur le bras une robe blanche qu'elle alla déposer sur le lit, avant de la rejoindre pour l'aider à revêtir une chemise propre. Machinalement, Catherine se laissa faire pendant qu'affluaient à son esprit les détails amusants de l'enfance de John que lady Anne s'était fait un plaisir de partager avec elle. Un peu surprise mais ravie de cette résurrection, elle l'avait vue s'animer au fur et à mesure qu'affluaient à sa mémoire les souvenirs.

Un détail de cette conversation demeurait vivace en elle et continuait de lui inspirer une surprenante et déplaisante jalousie. Au détour d'une phrase, lady Anne avait évoqué une certaine Joanna MacInnes, d'Ironcross Castle, dont son fils avait été épris dans sa jeunesse, ajoutant bien vite qu'il fallait dorénavant l'appeler Joanna Kerr et que tout cela était de l'histoire ancienne.

De retour dans sa chambre, Catherine avait appris de la bouche de Jane que le comte d'Athol avait tardé à se marier dans l'espoir d'obtenir un jour la main de la belle Joanna. Pour quelque raison que la jeune servante affirmait ne pas parvenir à comprendre, celle-ci avait fini par lui préférer un Lowlander, laissant le soupirant délaissé sans épouse et sans héritier… jusqu'à ce jour, s'était-elle empressée de préciser.

Obéissant aux instructions de Jane, Catherine se leva et leva les bras pour passer la robe que la servante avait apportée. Elle imaginait sans peine les tourments par lesquels son mari avait dû passer après avoir été écarté. Qu'un homme de sa beauté et de sa position ait attendu si longtemps avant de prendre femme en disait long sur l'amour que lui avait inspiré cette Joanna MacInnes.

Immobile tandis que Jane dans son dos achevait de lacer la robe, Catherine s'abîma dans la contemplation du feu qui brûlait dans l'âtre. Hélas pour elles, les bonnes dispositions de lady Anne avaient pris fin aussitôt qu'elle s'était risquée à mentionner le nom d'Adam des Glens ! À ses questions, elle avait tout simplement refusé de répondre, se contentant de lâcher sèchement, lorsqu'elle avait insisté, qu'elle ferait mieux de ne pas se mêler de ce qui ne la regardait pas. Ainsi avait pris fin leur entretien.

Répondant aux douces injonctions de Jane, Catherine se rassit sur le tabouret et se laissa coiffer patiemment. De retour dans sa chambre, elle avait décidé de mettre un terme à sa réclusion en partageant ce soir-là le repas pris dans la grand-salle par toute la maisonnée. Sachant son mari de retour de sa mystérieuse expédition, elle espérait que ce serait l'occasion d'obtenir de lui des réponses à certaines de ses interrogations.

Une chose était à présent certaine : son mariage avec John avait atteint un point de non-retour. Plutôt que de se braquer de manière irréaliste pour obtenir une annulation qui ne pourrait plus être, il lui fallait concentrer ses efforts afin d'amender la conduite de l'homme intraitable qu'elle avait épousé. À certains de ses rêves – au premier plan desquels figurait la fondation de son école – elle ne renoncerait jamais. S'il tenait à ce qu'une vie commune pût être possible entre eux, John Stewart devrait bien finir par en convenir. Mais pour le convaincre et l'amadouer, elle ne pouvait compter sur sa seule force de persuasion. C'était pour l'aider à tirer partie de ses autres atouts qu'elle avait fait appel à Jane.

— Vous voilà fin prête, milady !

Quelque chose, dans son ton guilleret et dans l'intensité de son regard, attira l'attention de Catherine. Se dressant lentement sur ses jambes, elle la dévisagea d'un air intrigué et demanda :

— Pourquoi me regardez-vous ainsi ?

Sans cesser de l'admirer de pied en cap, Jane se mit à tourner autour d'elle et lâcha un petit rire ravi.

— Regardez-vous et vous le saurez. Dès que le maître aura posé les yeux sur vous, il m'est avis qu'il ne pourra plus les en détacher.

Avec une sourde appréhension, Catherine baissa les yeux sur sa tenue et poussa un petit cri de surprise. Bien vite, elle recouvrit de ses mains ses épaules nues et la naissance de ses seins généreusement dévoilée.

— Non, non, non ! protesta Jane sévèrement. Surtout ne faites pas ça !

À contrecœur, Catherine laissa la jeune fille écarter ses mains du décolleté carré et plongeant.

— C'est… tellement révélateur ! murmura-t-elle. N'est-ce pas un peu trop… impudique ?

Il lui fallait reconnaître que la robe blanche rehaussée de broderies d'or était magnifique, même si elle l'aurait plus volontiers imaginée sur une autre qu'elle.

— Pas du tout ! assura Jane en secouant vigoureusement la tête. Avec ces cheveux de jais et cette peau laiteuse que vous avez la chance de posséder, elle fait tout simplement merveille ! Je vous garantis, milady, qu'ainsi habillée vous obtiendrez du maître votre école et bien d'autres choses encore. Vous n'aurez qu'à demander.

Pas tout à fait convaincue, Catherine secoua la tête avec perplexité.

— Je sais que je vous avais demandé… de paraître un peu moins sévère… peut-être même… plus plaisante au regard… mais de là à ressembler à… à une… une…

— … une courtisane ? suggéra la jeune fille. Aucun risque. Aucune courtisane ne porterait le blanc et l'or avec autant de grâce et de naturel. Vous ressemblez à un ange – tout simplement à un ange tombé du ciel.

Comme elle s'apprêtait à émettre de nouvelles objections, Jane alla chercher un tartan aux couleurs des Stewart d'Athol dans le coffre. Après l'avoir déplié, elle le passa sur une des épaules de Catherine, s'arrangeant pour en disposer harmonieusement le drapé.

— Le temps est clément, et je ne pense pas que vous en aurez réellement besoin, dit-elle. Bien, il est trop tard pour perdre du temps en discussions stériles. Le maître a déjà rejoint la grand-salle pour accueillir ses commensaux.

— Vraiment ?

— C'est ce qu'une fille des cuisines m'a appris tout à l'heure. Si vous voulez mon avis, il vaudrait mieux pour tout le monde que vous le rejoigniez pendant que le reste de la compagnie est encore sobre.

Caressant du bout des doigts la douce et chaude laine du tartan, dont le contact était rassurant sur son épaule nue, Catherine se dirigea vers la porte. Sur le seuil, prise d'un ultime remords, elle se retourna et fit passer pardessus son épaule ses cheveux dénoués.

— Vous êtes sûre, demanda-t-elle, qu'il ne vaudrait pas mieux natter mes cheveux ?

— Certaine ! répliqua Jane d'un ton sans réplique. À présent dépêchez-vous de vous mettre en route, avant que je ne change d'avis et que je vous retire ce maudit tartan.

Riant de bon cœur, le comte d'Athol souleva le pichet de grès et emplit de vin la timbale de Susan. Depuis son retour à Balvenie, il n'avait pas encore eu le temps d'entendre de la bouche de la jeune femme le compte rendu de son voyage à Ironcross Castle, quinze jours plus tôt.

— Voilà une nouvelle des plus réjouissantes ! lança-t-il gaiement. Mais, dis-moi, comment a réagi Joanna quand son mari s'est effondré comme une masse sur le sol ?

— C'est le plus étonnant, milord ! répondit Susan, les joues rouges de plaisir. Elle a aussitôt crié à la sage-femme d'oublier l'accouchement pour se porter à son secours. J'ai dû m'en occuper moi-même pendant que la matrone donnait naissance à la deuxième petite fille.

— Des jumelles ! s'exclama le comte d'Athol en secouant la tête avec incrédulité.

Tout à sa joie d'avoir appris la nouvelle, il posa une main affectueuse sur l'épaule de Susan et reprit :

— Je suis heureux que tu aies pu être là pour les aider. Avec les deux aînés qui sont déjà de petits diables, Joanna a dû être soulagée de t'avoir à ses côtés. Surtout avec un mari d'aussi piètre secours !

— Oh, il s'est bien vite remis, milord ! Dès qu'on lui a mis les petites dans les bras, plus moyen de le faire bouger du chevet de leur mère.

Attendrie, Susan hocha la tête en observant pensivement la nourriture posée devant elle avant d'ajouter :

— Ces bonnes nouvelles ont même réussi à tirer la grand-mère de Joanna, lady MacInnes, de sa mélancolie habituelle. Mais je ne suis restée à Ironcross que le temps pour la nouvelle maman de se remettre sur pieds. Je voulais revenir au plus vite au chevet de lady Anne. Avant mon départ, le laird aussi bien que son épouse ont insisté pour que vous leur rendiez visite prochainement.

Souriant à cette perspective, le comte d'Athol but une gorgée de vin. Un tel voyage, songea-t-il, était envisageable à présent que Catherine se montrait plus conciliante. Ce serait pour lui un réel plaisir de lui présenter ses chers amis Gavin et Joanna. Et pour eux, qui s'attendaient encore à rencontrer Ellen Crawford, cela constituerait une surprise dont il serait heureux de constater les effets sur leur visage. Comment réagiraient-ils en faisant la connaissance de sa brillante et modeste épouse ? Les connaissant, ils seraient capables d'y voir un signe encourageant et pour lui le début d'une rédemption. Par le diable, conclut-il pour lui-même en vidant d'un trait sa timbale en argent, voilà qui suffirait à lui gâcher son plaisir !

Debout dans l'embrasure de la large porte qui menait à la grand-salle, cachée dans la pénombre, Catherine contemplait avec appréhension les convives réunis autour des tréteaux. Un feu de grosses bûches brûlait dans l'âtre, projetant une lumière dorée sur les visages et des ombres mouvantes sur les murs de pierre. Des groupes d'hommes et de femmes enjoués occupaient également le centre de la pièce, goûtant l'hospitalité du laird sans pour autant partager sa table. Chiens et enfants mélangés rôdaient et chipaient autant de nourriture qu'ils le pouvaient pour ensuite aller la déguster dans les recoins ou sous les tables. La grand-salle de Balvenie Castle, animé et résonnant d'appels, de cris et de rires, n'avait plus rien de la pièce déserte et lugubre qu'elle avait découverte le jour de son arrivée. Laissant son regard errer d'une table à l'autre, Catherine fut impressionnée et quelque peu intimidée par tous ces visages inconnus dont il allait lui falloir affronter le regard.

Dans le coin le plus éloigné, elle repéra les trois moines de l'abbaye de Jervaulx, mêlés aux gens du château et tout occupés à prendre leur repas. Cela lui réchauffa le cœur de constater que, bien que le comte d'Athol n'ait pas encore donné son accord en ce qui concernait l'école, il les avait néanmoins autorisés à rester. Peut-être, au moins, pouvait-elle y voir un signe encourageant.

Un groupe de guerriers lui bouchait la vue, et Catherine se hissa sur la pointe des pieds pour apercevoir son époux. Tout au fond d'elle, elle devait bien constater que son attitude envers l'homme qu'elle avait cru détester évoluait sensiblement. Un sentiment nouveau, qu'elle préférait ne pas nommer, commençait à poindre en plus de l'indéniable attirance physique qu'elle ressentait pour lui.

Après avoir présenté leurs respects, les soldats allèrent s'asseoir à une table proche. Les yeux de Catherine purent enfin se poser sur le laird, confortablement installé dans son fauteuil à haut dossier sculpté, et elle retint son souffle. John Stewart avait la main posée sur l'épaule de Susan McIntyre, assise à ses côtés, et tous deux riaient aux éclats, unis dans une flagrante complicité. Soudain, elle se sentit plus seule et indésirable qu'elle ne l'avait jamais été.

Incapable du moindre geste, Catherine demeura figée sur place. Susan, plus élégante qu'à l'accoutumée dans une robe d'un vert profond brodée d'argent, paraissait aux anges. Sans quitter des yeux son voisin de table, elle reprit ses explications enjouées. Pour la première fois de son existence, Catherine se surprit à avoir envie d'arracher les yeux d'une autre femme.

Repoussant de son mieux une réaction aussi indigne d'elle, elle recula et s'efforça de se ressaisir. Il n'y avait pas à s'étonner de la conduite du comte d'Athol. Ne l'avait-il pas prévenue, dans les termes les plus clairs, que leur mariage n'était qu'affaire de nécessité et de circonstances ? Ce qu'il attendait d'elle, c'était un héritier et rien de plus ! Après ce qui s'était passé entre eux la nuit précédente, peut-être le vague désir qu'elle avait pu lui inspirer s'était-il déjà épuisé.

Les lèvres tremblantes, Catherine porta une main à sa bouche. Comment avait-elle pu s'imaginer, à la faveur d'un bref moment de passion au fond d'un corridor, que leurs relations pourraient reposer sur des bases plus solides, sur un attachement plus profond ? Elle ne pouvait s'en prendre qu'à elle-même pour s'être montrée si malléable et si crédule. Les larmes affluaient à ses paupières, menaçant de tout emporter. En hâte, sans même jeter un dernier regard à la salle emplie d'une joyeuse assemblée, elle pivota sur ses talons et s'enfuit en direction de l'escalier. À l'heure qu'il était, Jane devait être aux cuisines en train de se restaurer. La voie était libre, et sa chambre, une fois de plus, serait pour elle le refuge où laisser libre cours à sa détresse et à son chagrin. Elle avait besoin de temps et de solitude pour panser ses plaies. Plus important encore, elle avait besoin de rebâtir autour d'elle le mur de rêves derrière lequel elle s'était cachée toute sa vie.

Son pied n'avait pas encore quitté la première marche lorsqu'elle fut fermement attrapée par les hanches. Avant d'avoir eu le temps de pousser le moindre cri, elle se retrouva soulevée dans les airs et déposée gentiment sur le sol – face à face avec son mari. Peut-être sous l'effet de la surprise ou peut-être parce que ses yeux gris perçants l'avaient apprivoisée aussitôt qu'ils s'étaient posés sur elle, Catherine n'eut le courage ni de s'enfuir ni de protester.

— Ainsi, lança-t-il avec un regard espiègle, vous vous êtes enfin décidée à venir me rejoindre, Catherine Percy. Êtes-vous préparée à ce que vos gens puissent enfin mettre un genou à terre devant leur comtesse ?

10

À la découvrir comme il la découvrait à cet instant, incarnation de la douceur, de l'émotion, de la beauté, de la passion, John en arrivait à se demander comment il avait pu se méprendre à ce point sur la femme qu'il avait épousée. Tout habillée de blanc, elle ressemblait à quelque créature surnaturelle descendue sur terre pour le séduire. Réduit au silence, dans l'attente de sa réponse, il se contenta de l'admirer à satiété, si jamais cela était possible.

— Certes non, répondit-elle enfin. Comment pourrais-je être prête à ce qu'ils me reconnaissent comme ce que je refuse d'être ?

À cette réponse, John éclata de rire. Lui prenant la main, il lui fit descendre la première marche de l'escalier et sans la lâcher fit prestement un rempart de son corps pour la coincer contre le mur. Pour tenter de se dégager, elle lui bourra la poitrine de coups de poing, mais rien n'aurait pu l'empêcher de parvenir à ses fins. Ignorant ses coups, il posa un impétueux baiser sur ses lèvres rebelles. En l'embrassant, il songea à quel point cette femme qui se disait toute innocence et candeur avait le don d'enflammer ses sens. Son habitude de se défendre bec et ongles de ses faveurs avant de se muer en chatte ronronnante entre ses bras lui ôtait la raison et le bon sens. D'une certaine manière, l'effet qu'avait sur lui cette étrangère qu'il avait prise pour épouse sur un coup de tête avait de quoi l'effrayer. Pourtant, c'était bien autre chose que la peur qui l'emportait en lui à cet instant.

À regret, John mit un terme au baiser et se délecta de la vision des paupières closes de Catherine, de ses lèvres entrouvertes et charnues, de la soyeuse masse noire de ses cheveux, dans laquelle ses doigts s'étaient enfouis quand il l'avait plaquée contre le mur. À cet instant, rien n'aurait pu lui ôter la certitude qu'il était le plus chanceux de tous les hommes d'avoir fait sienne cette femme devant Dieu.

Lentement, elle ouvrit les yeux et croisa son regard. Dans le sien, bleu nuit et chaviré par l'émotion, John se perdit et comprit que des deux il n'était pas forcément le plus fort. Comme pour le détromper, elle battit timidement des paupières.

— Je... je suis... descendue pour... bafouilla-t-elle avec difficulté.

— Je sais, l'interrompit-il. Pour dîner avec votre époux.

Catherine acquiesça d'un hochement de tête. Tout en la maintenant entre ses bras, John passa les mains dans ses cheveux d'ébène, appréciant leur douceur.

— Magnifique... susurra-t-il. Vous êtes tout simplement magnifique dans cette tenue.

À ces mots, elle s'empourpra violemment. Simultanément, son regard étincela de colère. Elle lança d'une voix chargée de reproche :

— Je reviens de la grand-salle... J'ai tout vu.

— Comment pourrais-je l'ignorer, avec toutes ces dagues qu'ont lancées vos yeux...

— Si seulement quelques-unes d'entre elles avaient pu atteindre leur cible !

— Oh, mais elles l'ont fait, comtesse ! Ne voyez-vous pas à quel point vous m'avez atteint ? Je porte plus de plaies que le Grand Turc n'a de femmes...

Sur le point de s'indigner de plus belle, elle le fixa un moment d'un air incertain, puis se laissa aller à sourire.

— J'ai changé d'avis, lâcha-t-elle sèchement.

De ses deux mains plaquées contre sa poitrine, elle le repoussa. Cette fois, John se laissa faire et recula d'un pas. Depuis la grand-salle leur parvenaient les premières mesures jouées par un ménestrel et son apprenti.

— J'ai toujours adoré la musique, et je me joindrai à vous avec plaisir.

Pour toute réponse, John s'inclina devant elle, de crainte que sa voix ne le trahisse. En lui tendant la main, il venait d'apercevoir le tartan qu'elle portait. La voir drapée dans les couleurs de son clan l'emplissait d'une immense joie et d'une profonde émotion. Ce plaid lui allait à merveille. On aurait pu croire que Catherine Percy était une Stewart depuis toujours.

Un brusque silence se fit lorsqu'ils firent leur apparition dans la grand-salle. Voix et instruments se turent avec une telle soudaineté que Catherine éprouva la curieuse sensation de se retrouver dans quelque loch écossais.

Elle en serait presque venue à souhaiter être sourde, afin de ne pas être perturbée par cette subite absence de bruit. Elle aurait presque voulu être aveugle, pour ne pas se laisser émouvoir par les convives qui se levèrent pour saluer leur entrée, isolément tout d'abord, puis par groupes entiers. Mais rien n'aurait pu l'empêcher d'être ébranlée par les cris d'allégresse qui jaillirent à leur passage, tandis qu'ils traversaient la foule.

Pas un instant elle n'avait songé que le fait de se montrer en public au bras de son mari en arborant le tartan des Stewart prendrait une signification particulière. Il était trop tard à présent pour reculer et, s'il lui fut difficile de dissimuler le trouble qui l'avait envahie, cela ne gâcha en rien la chaleur de l'accueil que lui firent ces hommes et ces femmes, pas plus que la fierté manifeste de son mari.

Après avoir été conduite au centre de la vaste pièce, elle dut s'accrocher au bras de John tandis que celui-ci l'intronisait comme la nouvelle comtesse d'Athol auprès de son clan. Des cris d'approbation accueillirent cette annonce, et ils redoublèrent d'enthousiasme et de force lorsque John la souleva de terre et l'embrassa avec passion.

Quand ses pieds reprirent contact avec le sol, Catherine le fusilla du regard.

— Vous êtes un gredin, John Stewart ! Ce baiser était on ne peut plus inapproprié, murmura-t-elle en se penchant vers lui.

— Certes, ma chère Catherine. Cependant, ne pensez-vous pas que nous nous sommes placés au-delà des règles de la bienséance dès l'instant où je vous ai rejointe au lit, cette fameuse nuit, dans mon relais de chasse ?

— Ce n'était rien qu'une innocente méprise de votre part, répliqua-t-elle en observant d'un œil inquiet la file de rudes guerriers et de gaillards qui se formait devant elle.

— Peut-être, admit-il. Mais ce qui s'est passé cette nuit entre nous n'en était pas une.

Du coin de l'œil, Catherine enregistra son sourire rusé.

— Vous n'avez pas oubié, reprit-il négligemment, que j'ai dû me résoudre à vous honorer dans l'embrasure d'une fenêtre, tant notre hâte à nous aimer était grande.

— Non, bien sûr ! s'exclama-t-elle, dents serrées. Comment pourrais-je l'avoir oublié ? Mais nous n'avions pas une pleine salle de vos gens pour surveiller le moindre de nos faits et gestes.

Penché vers elle, il lui chuchota :

— Vous ne diriez pas une chose pareille si vous aviez eu vent des rumeurs qui courent les couloirs de ce château. Voulez-vous entendre la dernière qui m'est revenue aux oreilles ? Il paraît que vous m'auriez supplié.

— Taisez-vous ! lança-t-elle en lui assenant une tape sur l'avant-bras. Cessez de divaguer.

— Il paraîtrait donc que vous m'auriez supplié, tout en haut de la tour sud-ouest, nue comme Ève au premier jour, de vous faire l'amour ! Certains prétendent même qu'on vous aurait entendue depuis l'écurie gémir de…

Bien déterminée à le faire taire, Catherine se tourna vers lui pour lui filer un coup de pied. Tout ce qu'elle réussit à s'attirer, ce fut un sourire diabolique de sa part… et une salve d'applaudissements dans la foule. Après avoir gracieusement souri aux invités, Catherine en revint à son mari et le gratifia de son sourire le plus innocent.

— Si vous en avez terminé avec ce bavardage insensé, lui dit-elle, je crois que vos hommes sont prêts à m'offrir leur hommage.

— Leur hommage ? répéta-t-il, sourcils froncés.

Catherine fut ravie de voir son sourire s'estomper sur ses lèvres et son séduisant visage se rembrunir.

— Bien sûr ! Ne se sont-ils pas poliment mis en rang pour embrasser la mariée ? Je suis ravie de constater que cette charmante coutume anglaise est également...

— Vous vous trouvez à présent dans les Highlands et aucun autre homme que moi ne vous embrassera ! gronda-t-il en la serrant possessivement contre lui. C'est bien compris, Catherine Percy ?

Réprimant un sourire de contentement, elle se hissa sur la pointe des pieds.

— Je vous le promets si vous me promettez de cesser de divaguer lorsque je vous le demande.

— Divaguer ? s'étonna-t-il. Je ne faisais que plaisanter.

— Vraiment, cher mari ? Eh bien moi aussi !

Ses yeux gris perçants se rivèrent aux siens, l'espace de quelques instants, avant que ses lèvres ne se fendent d'un sourire réjoui. D'un air impressionné, il secoua la tête, faisant étinceler ses longs cheveux roux dans la lumière venue de l'âtre.

— Je constate que vous vous transformez en créature de la nuit aussitôt que vous vous trouvez en public, dit-il. La langue bien pendue et l'esprit taquin d'un elfe... Je devrais faire en sorte de vous garder enfermée dans ma chambre, puisqu'il semble qu'il n'y a qu'en tête à tête avec moi que vous perdez tous vos moyens.

Catherine s'efforça d'ignorer la langueur que faisait naître en elle la perspective d'un tête-à-tête avec John. De même, elle s'efforça de ne pas prêter attention à ses yeux qui se portèrent de manière suggestive sur ses lèvres et plus bas encore. Pour éviter d'avoir à croiser son regard, elle se concentra sur ses lèvres rouges, pleines et sensuelles. Elle crut entendre un bruit rauque monter de sa gorge, mais il tourna la tête pour faire face à l'assemblée. À son commandement, le chef de ses gardes, un géant du nom de Tosh, s'avança vers elle et mit un genou à terre. Prise une fois de plus au dépourvu par une telle démonstration de ferveur et de loyauté, elle sentit les larmes lui monter aux yeux.

Comme si l'on était au jour de leurs noces et qu'ils se trouvaient sur le perron de l'église, les Stewart d'Athol et ceux qui s'étaient placés sous la protection du comte défilèrent devant le laird et son épouse. L'un après l'autre, chevaliers et guerriers du clan s'inclinèrent devant Catherine et lui jurèrent fidélité et protection, au péril de leur vie s'il le fallait.

La solennité de l'instant ainsi que le silence qui régnait dans la salle mettaient Catherine mal à l'aise. Par orgueil et entêtement à l'égard de son mari, elle s'était tenue éloignée de ces gens merveilleux, qui pourtant l'accueillaient avec enthousiasme et spontanéité comme leur nouvelle comtesse.

Essuyant d'un revers de main une larme sur sa joue, elle salua d'un hochement de tête le dernier des chevaliers qui lui présentait ses hommages et laissa son mari la conduire sur l'estrade jusqu'au siège voisin du sien.

— Je suis heureux qu'ils approuvent mon choix, glissa-t-il à son intention tandis qu'ils s'asseyaient.

Levant les yeux, Catherine vit avec soulagement que les uns et les autres regagnaient leurs tables. De nouveau, la musique s'élevait dans la pièce. Du regard, elle chercha Susan, mais la jeune femme semblait s'être volatilisée. Elle s'efforça de surmonter sa déception. Plus ou moins consciemment, elle avait espéré trouver une amie en elle – voire même une sœur de cœur qui l'aurait aidée à surmonter le brusque éclatement de sa famille. Hélas, étant donné la rivalité bien involontaire qui les opposait à présent, elles pourraient s'estimer heureuses de ne pas finir ennemies. Après tout, même si ce n'était pas de son plein gré, elle était dorénavant l'épouse légitime de John Stewart et comptait bien faire prévaloir ses droits.

Du bout des dents, Catherine goûta son repas. Levant les yeux, elle découvrit ceux du comte d'Athol fixés sur elle. Se doutait-il qu'elle était prête à présent à se battre bec et ongles pour sauvegarder un mariage qu'elle avait si ardemment refusé ?

— Je n'aurais jamais imaginé pouvoir vous apprivoiser aussi rapidement, dit-il, le visage sérieux mais les yeux rieurs. Vous changez plus vite que je n'aurais osé l'espérer.

Sous l'effet de la surprise, Catherine faillit s'étrangler. Ce diable d'homme lisait-il en elle ainsi que dans un livre ouvert ? Elle but une gorgée de vin pour apaiser son malaise.

— C'est tout à fait exact, Catherine. Je lis dans vos pensées, confirma-t-il.

Une telle absurdité la fit éclater de rire.

— Riez si vous voulez, reprit-il. Je me moque de savoir si vous me croyez. J'ai toujours été loyal au combat, et je me devais de vous informer de ce formidable avantage que j'ai sur vous.

Certaine cette fois qu'il se moquait d'elle, Catherine décida de le prendre à son propre jeu. S'appuyant d'un coude sur la table, elle lui sourit.

— Voilà qui est très intéressant ! Dites-moi, votre don vous permet-il de lire uniquement dans l'esprit des humains, ou également dans celui des animaux ?

Bien malgré elle, Catherine se laissa captiver par son sourire enjôleur et par l'intensité de son regard. Avec des yeux pareils, songea-t-elle tandis qu'une bouffée de chaleur lui montait à la tête, comment aurait-elle pu lui refuser quoi que ce soit ?

— Vous ne me croirez sans doute pas, répondit-il enfin, mais une ou deux fois il m'est arrivé d'imaginer savoir ce que pensait l'un de mes chiens. Il y eut aussi cet étalon qui d'une ruade me fit valser dans un buisson, après avoir eu l'impression de l'entendre se plaindre d'être fatigué. En ce qui concerne les êtres humains, je dois admettre que vous êtes la première dont je puis partager les pensées.

Catherine hocha la tête d'un air dubitatif et demanda :

— Qu'en conclure, selon vous ? Que je ne suis toujours à vos yeux qu'une jument reproductrice égarée sur vos terres, une autre de vos possessions ? Quoi qu'il en soit, ce don vous ouvre de grandes perspectives, milord… Imaginez que vous parveniez à recueillir les confidences d'un miroir… ou d'un pot de chambre !

— Je préfère ne pas l'imaginer, répondit-il avec une grimace comique. Cela ne me procurerait pas la moitié du plaisir que j'ai à vous taquiner.

— À mon tour de vous mettre en garde, milord. À trop me titiller comme vous le faites, vous prenez le risque de goûter au fiel de ma langue et au fouet de mon esprit. Ne vous laissez pas abuser par mon apparente fragilité. J'en ai dressé de plus coriaces que vous ! murmura-t-elle d'un ton badin.

Le rire tonitruant du comte attira dans leur direction tous les regards.

— Par tous les dieux, Catherine ! conclut-il lorsqu'il eut repris son sérieux. Nous allons bien nous amuser, ensemble. Ce mariage s'annonce sous de meilleurs auspices que je ne l'avais imaginé.

— Je ne pense pas que…

— Avez-vous fini de manger, femme ?

— Non, mais…

Sans lui laisser le temps de finir sa phrase, le comte Athol se pencha vers elle et l'embrassa à pleine bouche. Elle le repoussa dès qu'elle fut remise de sa surprise et protesta en s'avisant qu'on les observait.

— Arrêtez ! Tout le monde nous regarde…

— Cela vous gêne ? fit-il mine de s'étonner. Dans ce cas je pense qu'il est temps de laisser ces braves gens trouver leur amusement ailleurs.

Catherine tressaillit en sentant sa main se refermer sur sa cuisse. Une nouvelle fois, les yeux de John se perdirent dans son décolleté.

— Quant à nous, conclut-il, nous savons où trouver le nôtre !

Vaillamment, elle s'efforça d'ignorer la langueur qui lui engourdissait l'esprit. Repoussant fermement sa main, elle se raidit sur son siège.

— Avant de descendre, je me suis fait la promesse de ne plus me laisser séduire par vous avant que nous n'ayons pu discuter de cette école dont je vous ai parlé, dit-elle.

— Je suis tout ouïe, assura-t-il, et prêt à me rendre à vos conditions. Quelles sont-elles ?

— Deux écoles, décréta-t-elle d'un ton assuré. Une pour les petits, l'autre pour les plus grands. Toutes les deux à Elgin.

— Il existe déjà une excellente école à Elgin, objecta le comte en secouant négativement la tête. Je vous autorise donc à en fonder une pour les petits enfants, ici même, à Balvenie.

— Mais ce serait plus pratique de réunir les deux enseignements dans un même lieu, protesta Catherine.

Repoussant sa chaise pour se lever, John eut pour toute réponse un grognement désapprobateur. Comprenant qu'il lui fallait lâcher du lest, Catherine se leva à son tour.

— Je consens à ce que les deux écoles soient regroupées ici, à condition que vous preniez en charge le déplacement des clercs que nous devrons faire venir d'Elgin, suggéra-t-elle.

— Inutile d'insister. Ce sera une seule école pour commencer.

Catherine pesa le pour et le contre. Elle avait déjà obtenu plus que ce qu'elle avait espéré et il lui semblait conserver d'importantes marges de manœuvre.

— Deux écoles, insista-t-elle. Et j'enseignerai…

Sans même prendre la peine de lui répondre, John glissa son bras sous le sien et se dirigea vers la sortie. Catherine n'eut d'autre choix que de se laisser entraîner. Sans avoir besoin de le vérifier, elle savait que tous les regards étaient braqués sur eux et qu'après leur départ les conversations iraient bon train quant aux raisons de leur départ précipité au beau milieu du repas.

Dans la pénombre du vestibule qui menait à la grand-salle, elle se campa fermement devant le comte, prête à le fustiger pour sa conduite. Le maître de Balvenie Castle ne lui en laissa pas le temps. Avec un sourire machiavélique, il la souleva sans effort dans ses bras et se rua vers l'escalier. Grisée par la sensation d'être ainsi emportée dans les airs, Catherine n'émit pas la moindre protestation et s'accrocha à son cou. Le vertige qui s'était emparé d'elle, l'excitation de ce qui allait suivre la faisaient frissonner. Resserrant l'emprise de ses bras autour de sa nuque, elle pressa son visage contre son cou.

— Catherine, si vous continuez ainsi, il me sera difficile de parvenir à ma chambre ! gémit-il.

Elle aimait l'urgence qu'elle percevait dans le ton de sa voix, ainsi que la tension qu'elle sentait dans les muscles de ses bras serrés autour d'elle. L'idée qu'elle pût avoir sur lui un tel effet, qu'il fût aussi impatient qu'elle, lui paraissait inconcevable et gratifiante. Enfin, après avoir gravi les marches de l'escalier quatre à quatre, John la reposa sur le sol et fit claquer derrière eux avec son pied la porte de sa chambre.

Sans attendre, il mit en place le verrou et la plaqua rudement contre le vantail de chêne, laissant courir ses lèvres brûlantes le long de son cou. Rejetant la tête en arrière pour mieux se prêter à ces baisers, Catherine lâcha un soupir de plaisir. Les mains impatientes de John glissèrent lentement le long de son dos et se refermèrent possessivement sur ses fesses. Arquant le dos, elle poussa un petit gémissement étouffé en sentant palpiter contre son ventre le sexe érigé de son mari. Pantelante et faisant fi de toute retenue, elle laissa sa tête reposer contre son épaule et se pressa tendrement contre lui. Plus que tout au monde, elle n'avait à cet instant d'autre envie que de sentir son mari se glisser en elle, de connaître de nouveau la sensation enivrante d'être unie et livrée à lui au plus intime de leur être.

— Pas si vite, murmura-t-il dans un souffle contre son oreille. Avec de telles pensées, vous allez me rendre fou de désir et mettre un terme prématuré à nos ébats !

L'esprit embrumé par le flot de sensations délicieuses qui se bousculaient en elle, Catherine releva la tête. En proie à la confusion, elle le dévisagea longuement.

— Qu'avez-vous dit ?

Sous le tartan, les doigts de John se posèrent en coupe contre ses seins. Fermant les paupières, Catherine s'adossa à la porte avec un petit gémissement rauque.

— J'ai simplement dit : « Pas si vite », répondit-il. Nous en arriverons fatalement à ce qui occupe vos pensées, mais pas tout de suite, ma douce.

Cela ne pouvait pas être. Il ne pouvait lire dans son esprit. Inexpérimentée comme elle l'était dans ces domaines, il devait tout simplement anticiper ses réactions et supposer le tour pris par ses pensées.

— Pensez ce qu'il vous plaira, murmura-t-il. Mais soyez assurée que nous goûterons cette nuit à toutes les délices que nos natures passionnées nous permettent.

Ces paroles la plongèrent dans un trouble profond.

— Apprenez-moi, John ? s'entendit-elle supplier.

Sa propre voix résonna à ses oreilles comme celle d'une étrangère. Ses envies lui semblaient appartenir à une autre et pourtant elles jaillissaient du plus profond d'elle-même.

— Déshabillez-vous, répliqua-t-il tout bas. Déshabillez-vous pour moi.

Rougissante, elle leva les yeux et croisa le regard brûlant qu'il posait sur elle.

— Enlevez ce tartan, Catherine, reprit-il d'un ton pressant. Enlevez-le que je puisse admirer votre beauté.

Les doigts tremblants de Catherine se hissèrent jusqu'à la broche qui maintenait à son épaule le lainage en place. Lentement, le plaid glissa jusqu'au sol, exposant au regard de John la naissance de ses seins généreusement révélée par son décolleté plongeant. Une longue minute durant, il la contempla avant de relever les yeux et de lui adresser un sourire reconnaissant. Il la prit par la main pour la conduire au centre de la pièce, puis il la laissa seule et marcha jusqu'à la cheminée.

Depuis leur départ de la grand-salle, c'était la première fois que Catherine se trouvait séparée de lui. Pour lutter contre le sentiment de dépossession qui l'avait envahie, elle laissa son regard errer à travers la chambre. Le grand feu qui brûlait dans l'âtre diffusait une douce chaleur et jetait sur les murs lambrissés une lueur dorée. Devant le foyer se trouvaient une table entourée de chaises et une imposante bancelle. Mais ce qui retint surtout son attention, à l'autre bout de la pièce, ce fut le lit à baldaquin sculpté de frises entrelacées et couvert d'une courtepointe en soie damassée.

— Non ! lança John. Pas encore, plus tard.

Catherine reporta son attention sur lui et le découvrit debout devant l'âtre, les bras ouverts et les mains tendues vers elle. Pas un instant elle n'hésita à répondre à son invitation muette. Son étreinte, la chaleur qui courut à travers son corps quand ses mains reprirent leur exploration lui procuraient une joie sauvage et enivrante.

À reculons, sans la lâcher un seul instant, John Stewart alla s'asseoir sur la bancelle et l'installa sur ses genoux. L'instant d'après, il baissa d'un geste sec le décolleté de sa robe, ce qui fit jaillir ses seins nus. Catherine laissa échapper un petit cri de surprise. Sans lui laisser le temps de protester, il porta ses lèvres à ses mamelons déjà dressés. À pleine bouche, puis du bout de la langue, il fit si bien pour lui faire perdre la tête qu'elle ne put y résister. Gémissante et se tortillant de plaisir, elle enfouit ses mains dans sa chevelure et se déroba à cet affolant manège.

Avec un grognement de protestation, John la fit se lever et l'installa entre ses jambes écartées. Alors, explorant du regard la peau qu'il dénudait, il entreprit de la débarrasser de sa robe et de sa chemise, les faisant glisser le long de son corps et jusqu'à ses pieds. Surprise de n'éprouver aucune gêne, Catherine le regarda faire avec une excitation croissante. Ces quelques préliminaires avaient suffi pour la submerger d'un désir plus fort que tout. Le regard de son mari balayant son corps, le ballet de ses mains sur sa peau enfiévrée, caressant ses hanches, ses seins, ses fesses, son ventre, concouraient à la rendre brûlante de passion. Lorsque ses lèvres, de nouveau, se posèrent sur elle, elle en aurait pleuré de joie et de reconnaissance.

John la désirait. Tout autant qu'elle, il était affecté par ce raz-de-marée de sensations enivrantes. Forte de cette certitude, Catherine sentit poindre en elle une exigence nouvelle. Écartant à deux mains l'échancrure de la chemise de John, elle explora du bout des lèvres son torse sculpté, goûtant sans retenue la saveur de sa peau. Ses mains, qui s'étaient posées sur ses genoux pour y prendre appui, s'aventurèrent sous son kilt.

— Catherine, vous voulez donc me faire mourir de plaisir, protesta-t-il, haletant.

— Oui, reconnut-elle sans cesser son manège. Mais je ne doute pas que vous saurez accueillir la mort bravement.

Plus forte et plus résolue à chaque seconde qui s'écoulait, elle continua de parsemer sa poitrine de chastes baisers, tandis que ses mains sur ses cuisses musclées poursuivaient leur périple.

— Ne me dites pas, poursuivit-elle, qu'une simple femme pourrait causer la perte du grand et puissant comte d'Athol...

— Cat!

Résolument, sa main venait d'empoigner sous le kilt le sexe de son mari. Avec curiosité mais non sans un certain trouble, elle en éprouva sous ses doigts la longueur, laissant rêveusement s'attarder le bout de son pouce à la surface soyeuse de l'épais gland. Le comte d'Athol faillit s'en étrangler de surprise. Précipitamment, il enfouit ses doigts dans la chevelure de Catherine pour lui donner un baiser plein d'ardeur. La tête lui tournait encore lorsqu'elle fut soulevée dans les airs et emportée en hâte vers le lit.

— Je voulais que nous prenions notre temps, marmonna-t-il, mais vous bousculez mes plans...

Sa voix rauque traduisait avec éloquence l'urgence qui s'était emparée de lui. Sans ménagement, il la jeta sur le lit et entreprit avec impatience de se défaire de ses bottes.

— C'est entièrement votre faute, répondit Catherine en se redressant sur les coudes. Je vous avais demandé de me montrer comment faire, vous avez refusé. Alors, il m'a bien fallu apprendre par mes pro…

Les boutonnières ne cédant pas assez vite à ses doigts pressés, le comte d'Athol venait de fendre en deux sa chemise, laissant Catherine sans voix. Puis, ce fut le tour du kilt, qui chut sur le sol. À la vue de l'impressionnant sexe en érection pointant fièrement vers le plafond, elle porta la main à sa bouche.

— Mon Dieu… Mais je ne vais jamais… murmura-t-elle les yeux écarquillés.

— Faites-moi confiance, la tranquillisa-t-il en venant vers elle, un sourire conquérant au coin des lèvres. Tout ira très bien, vous verrez.

Elle ne put que lâcher un petit cri de surprise lorsque son mari, après l'avoir saisie aux hanches, la fit glisser jusqu'au bord du lit. Avant qu'elle ait pu reprendre son souffle, il s'empara l'un après l'autre de ses seins dont il suçota sans merci les aréoles dressées. Puis il se laissa glisser le long de son corps, déposant le long de son ventre une pluie de baisers qui le conduisaient plus bas, toujours plus bas. Enfin, arrachant à Catherine un cri de délivrance, ses lèvres se posèrent entre ses cuisses.

En l'espace de quelques secondes, sous l'effet de ses habiles et affolantes caresses, elle sentit tout son corps se défaire. Une coulée de plaisir indicible montait inexorablement en elle. Sans se laisser le temps de récupérer, elle agrippa John par les cheveux et hissa de force sa tête au niveau de la sienne.

Elle le voulait à présent en elle, au plus secret de son être. Le lut-il dans ses pensées, comme il le prétendait, ou simplement au fond de ses yeux ? Toujours est-il que calant le creux des genoux de Catherine sur ses épaules, il l'empoigna par les hanches et présenta la tête de son sexe dressé contre les plis de son intimité. Creusant les reins pour lui faciliter la tâche, elle le sentit pénétrer en elle d'une lente et puissante poussée. Au long râle de plaisir que poussa John se mêla son propre cri de joie.

Alors commença leur ascension vers de nouveaux sommets de plaisir. Mais, cette fois, ce fut dans un bel ensemble qu'ils en atteignirent l'apogée, en une joyeuse et tumultueuse union de leurs corps aussi bien que de leurs âmes.

Aussitôt qu'elle eut récupéré ses esprits, alors que le corps en sueur de son mari reposait encore sur le sien, abandonné et repu, Catherine adressa mentalement au ciel une courte action de grâce. Il y avait tant de choses dont elle pouvait se montrer reconnaissante à Dieu. Mais plus que tout encore, elle voulait Le remercier de lui avoir donné la force d'apprivoiser cet homme en qui elle avait d'abord cru trouver un ennemi. Laissant courir une main sur ses fortes épaules, elle déposa un baiser au creux de son cou. Elle aurait sans doute de nombreuses autres occasions d'affronter John Stewart, comte d'Athol, mais ce serait sur le plus pacifique et le plus bienfaisant des champs de bataille qui soient.

11

Alors que les premiers rayons du soleil se glissaient derrière les tentures de sa chambre, John Stewart s'étira paresseusement et tâtonna dans le lit, à la recherche de sa femme. Mais là où son corps aux courbes adorables avait reposé, ce corps excitant qui avait accueilli le sien à plusieurs reprises au cours de la nuit, il ne découvrit que le vide. Relevant brusquement la tête et considérant l'oreiller déserté, John se surprit à sourire. Sans doute lui faudrait-il s'habituer à la voir le quitter ainsi.

Il demeura pensif un bon moment, assis au bord du matelas. Alors qu'elle se trouvait logée dans la partie la plus lugubre et la moins confortable du château, Catherine n'avait pourtant rien de plus pressé que d'abandonner le luxe de la chambre du laird dès qu'elle le pouvait. Il ne connaissait qu'une seule autre femme capable de se conduire aussi follement, et elle s'appelait Joanna MacInnes. La jeune femme n'avait-elle pas passé plusieurs mois à errer tel un fantôme dans les cavernes qui trouent le sous-sol d'Ironcross Castle, jusqu'à ce que Gavin Kerr prenne possession du bâtiment et la tire de sa retraite ?

En se mettant sur pieds pour rejoindre la chaleur d'une flaque de lumière, John souriait toujours. Il n'avait certes pu conquérir la belle Joanna, qui lui avait fait battre le cœur de longues années durant, mais le destin avait voulu qu'il épouse une femme aux vertus et aux principes similaires. De cela et de tant d'autres choses encore, il pouvait être reconnaissant à Dieu. Catherine Percy serait pour lui une épouse idéale. Même sans prendre en compte son érudition – qui constituait à ses yeux un trésor aussi inattendu que précieux chez une femme –, elle recélait en elle sous des dehors très sages des ressources insoupçonnées de fougue et de passion.

La seule évocation des plaisirs charnels auxquels ils avaient abondamment goûté cette nuit-là suffit à réveiller instantanément son désir. Cependant il y avait plus, dans ce qu'il avait partagé avec Catherine, que la simple satisfaction d'une attirance réciproque. Tout comme lui, elle s'était bien gardée de prononcer les mots qui l'auraient engagée pour toujours, mais il avait lu au fond de ses yeux, il avait vu sur son visage une dévotion et une confiance qui ne trompaient pas.

En le rejoignant dans son lit, sa femme n'avait pas fait que se plier de plus ou moins bonne grâce à ses devoirs matrimoniaux. Si elle s'était donnée corps et âme, c'était parce qu'elle avait fini par tomber amoureuse. Et cela, songea-t-il en rassemblant ses affaires pour s'habiller, changeait radicalement la donne. Apprivoiser Catherine Percy s'était révélé plus facile qu'il ne l'avait imaginé. Mais tomber amoureux d'elle était une conséquence inattendue, qui le surprenait tout autant qu'elle le rendait heureux.

Une fois encore, le rapace furieux plongea en rasant les têtes des hommes réunis au bord de la falaise, fondant vers celui qui se trouvait pendu à une corde le long de la paroi rocheuse.

— Vous l'avez ? cria le lieutenant du roi.

— Oui, milord ! répondit, entre deux jurons étouffés, une voix assourdie dans l'abîme.

— Hissez-le vite ! ordonna Courtenay.

Tandis que les soldats ramenaient leur camarade blême et ensanglanté, sir Arthur Courtenay marcha vers lui d'un pas nerveux. Il lui suffit d'un regard au parchemin roulé que l'homme tenait à la main pour grimacer de dépit.

— Un serpent au fond d'une tombe ! s'exclama-t-il. Des chats noirs dans une grange ! Une falaise défendue par un aigle ! Ces sœurs Percy ont juré de me ridiculiser. J'aurais dû les faire brûler vives alors que je les avais sous la main.

Saisissant d'un geste sec le parchemin que lui tendait le soldat, il le déroula.

— C'est sous le nid de l'oiseau qu'il était caché, milord. Si je ne m'étais pas protégé à temps, ce sont mes yeux et non mon épaule que ce monstre aurait déchirés, précisa ce dernier.

Silencieux et discret comme une ombre, le grand moine encapuchonné qui ne quittait plus Courtenay depuis l'attaque de l'abbaye de Jervaulx rejoignit le petit groupe.

— Cette fois, c'en est assez ! hurla le lieutenant du roi à son intention. Je ne me laisserai plus embobiner par ces garces ! Il est grand temps que nous fassions autre chose que nous promener à travers tout le pays. Je vous ai dit, il y a quinze jours déjà, que cette course insensée ne donnerait rien. À cette minute, ces trois démones sont bien à l'abri en Écosse et rient à nos dépens. Cette Catherine Percy a dû emmener le trésor avec elle et…

— Vous vous trompez, assura tranquillement le moine en se baissant pour ramasser le parchemin tombé dans la poussière. Je tiens pour une certitude qu'elle ne l'a pas fait. Je vous le répète : ce n'est pas une des trois sœurs qui détient la clé du mystère, mais les trois sœurs réunies. Voilà pourquoi il nous faut persévérer dans notre entreprise et ne pas nous décourager. Avant de disparaître, elles ont correspondu avec leur mère. Ces cartes peuvent fort bien constituer une partie de la solution.

Les mains croisées derrière le dos, le lieutenant du roi se mit à aller et venir au bord du gouffre. Enfin, mettant un terme à sa déambulation, il vint se camper devant le moine et décréta fermement :

— Je persiste à penser que nous ferions mieux de nous lancer à la poursuite de l'aînée. Ne m'avez-vous pas affirmé qu'elle avait trouvé refuge près d'Elgin ? Si elle ne peut nous mener au trésor toute seule, je me fais fort de lui faire avouer où se trouvent ses sœurs !

À ces mots, le visage du moine se rembrunit sous sa capuche.

— Cela risque de ne pas être aussi facile, objecta-t-il. Un de mes hommes m'a fait savoir que le comte d'Athol, cousin du roi écossais, l'avait pris pour femme.

— Un de vos hommes ! répéta Courtenay, abasourdi. Il y a un de vos hommes dans son entourage et vous ne m'en disiez rien. Cela signifie-t-il que vous êtes en position de la ramener ici de force depuis le début et que vous n'en avez rien fait ?

— Trop de précipitation ne pourrait que nuire à notre entreprise, répondit le moine en soutenant son regard sans ciller. L'essentiel est d'avoir introduit quelqu'un dans la place, et vous feriez mieux de m'en remercier. Rassurez-vous, nous agirons le moment venu.

Bien que l'été touchât à sa fin, le soleil brillait sans relâche, accablant de sa chaleur les deux voyageurs et leurs mules poussives. Par-dessus son épaule, Catherine lança un regard chargé d'inquiétude à la face congestionnée du gros moine épuisé. Faisant ployer sous son poids sa monture, frère Bartholomew s'essuyait le front avec la manche de sa soutane. Une fois de plus, Catherine ralentit l'allure afin de lui permettre de la rattraper.

— Je ne comprends toujours pas, gémit-il quand ce fut fait, pour quelle raison nous n'empruntons pas cette route à travers les vallées que le jeune lad nous a indiquée.

— Je vous l'ai déjà dit, répliqua-t-elle sur un ton égal. Un drôle capable de nous procurer pour un si long voyage de si piètres montures ne me semble pas digne de confiance.

Affectueusement, elle caressa la crinière de la mule hors d'âge qu'elle montait et laissa son regard vagabonder sur le paysage de collines rocailleuses et d'épaisses forêts qui les entourait. Dotée d'un bon sens de l'orientation, elle n'avait pas hésité à emprunter ce raccourci dont Jane lui vantait la beauté sauvage depuis qu'elle lui avait demandé le plus court chemin pour Elgin.

— De plus, ajouta-t-elle, vous connaissez mon penchant pour les beaux paysages, et celui-ci est à couper le souffle. N'êtes-vous pas de mon avis ?

Après avoir contemplé d'un œil morne le panorama grandiose qui s'offrait à leurs yeux, frère Bartholomew poussa un vague grognement puis éperonna sa monture pour cheminer en tête. Satisfaite de s'être débarrassée de son encombrant compagnon de voyage et de ses plaintes incessantes, Catherine reporta son attention sur la piste sinueuse et à peine visible qu'ils suivaient.

Il lui aurait été difficile d'avouer à son fidèle précepteur les raisons qui la poussaient à dédaigner les routes les plus fréquentées. Le garçon d'écurie qui s'était occupé d'eux, ce matin-là à l'aube, s'était montré trop empressé de croire que le laird leur donnait la permission de voyager jusqu'à Elgin sans escorte. Étant donné qu'il leur avait confié les bêtes les plus mal en point qu'il avait pu trouver, sans doute s'était-il précipité pour les dénoncer aussitôt qu'il les avait vus franchir le pont-levis de Balvenie Castle.

Or, s'il y avait une chose à laquelle Catherine ne tenait pas, c'était que son mari la rejoigne avant d'avoir pu atteindre Elgin par ses propres moyens. Pour mener à bien son projet, il lui paraissait fondamental de demander audience à l'évêque sans être chaperonnée par le puissant comte d'Athol. En voyageant à travers les collines plutôt que de suivre la route des vallées, il leur serait facile de parvenir à destination sans se faire rattraper. Cela leur prendrait certes plus de temps mais, selon les informations que Jane lui avait fournies, ils pourraient arriver avant la tombée de la nuit. Sans compter qu'étant donné la solitude des lieux qu'ils traversaient, ils se trouvaient sans doute plus en sécurité sous le couvert des arbres.

Alors qu'elle chevauchait, Catherine tenta de dresser une liste de tout ce qui lui restait à faire. Si ses sœurs avaient été près d'elle, comme dans le passé, il lui aurait été beaucoup plus facile de mettre en œuvre son projet. Des trois, elle avait toujours été l'idéaliste, celle qui poursuit un rêve et se met en tête de le réaliser. Laura, quant à elle, incarnait la sagesse et se faisait la voix de la raison. En somme, tout le contraire d'Adrianne, la plus jeune, véritable trouble-fête vouée à faire le désespoir des adeptes du calme et de la pondération. Bien qu'en public Catherine et Laura aient été forcées de refréner les élans de leur cadette, en privé elles étaient fières de cette sœur qui était pour elles un modèle et une source d'inspiration.

La sente s'élargissant sensiblement, Catherine accéléra le pas de sa monture et se porta à hauteur du moine ventru. Le soleil ne donnait plus directement sur leurs têtes, et elle put explorer du regard la chaîne de collines qui les attendait sans pour autant mettre un terme à ses cogitations. Elle le savait, en fondant cette école, elle se vouait à effectuer toute seule les tâches pour lesquelles ses sœurs lui seraient venues en aide autrefois. Le front ridé de plis soucieux, elle poussa un soupir. Laura et Adrianne lui manquaient énormément, et pas uniquement parce qu'elles n'étaient plus là pour l'aider.

Elle n'avait pas encore osé annoncer à son mari qu'une fois l'école ouverte, elle comptait demander à ses sœurs de la rejoindre à Balvenie. Laura et Adrianne étaient autant qu'elle versées dans les études et aptes à assumer un enseignement. Il n'y avait donc aucune raison pour qu'elle ne songe pas tout naturellement à elles pour compléter son équipe. John n'y trouverait sûrement rien à redire – du moins l'espérait-elle.

Il lui fallait procéder par étapes, et le plus urgent était de jeter les bases de la nouvelle école. Après avoir obtenu l'agrément de son époux, il lui restait à recueillir la bénédiction de l'évêque. Elle se doutait qu'il lui fallait y veiller de toute urgence. Si elle laissait faire son mari, il s'écoulerait plusieurs mois – le temps pour elle de mettre au monde un héritier, par exemple – avant qu'il accepte de parler en sa faveur.

— Priorité à l'évêque… murmura-t-elle, plus pour elle-même qu'à l'intention de son compagnon.

Celui-ci tourna la tête vers elle et la dévisagea un instant avant de parler.

— J'espère, dit-il, que vous êtes bien consciente de ce qui nous attend. Je n'ai jamais rencontré Patrick Hepburn, le nouvel évêque de la cathédrale d'Elgin, et je ne sais pas quel accueil il va nous réserver.

— Ne vous en faites pas, répondit-elle. Une certaine jeune femme avec qui j'ai voyagé jusqu'ici le connaît et m'a assuré qu'il se montrerait attentif à notre cause.

Le moine hocha la tête avec empressement et ajouta d'un air sentencieux :

— Sans compter qu'avec l'appui du comte d'Athol, non plus en tant que protecteur mais en tant qu'époux, toutes les portes devraient s'ouvrir devant vous. Pour une femme, même disposant de votre savoir et de votre éducation, c'est une bénédiction d'avoir un mari si riche et si puissant.

Catherine se garda bien de répondre. Elle fit presser le pas à sa mule et reprit la tête. Si elle ne s'était pas levée si tôt, ce matin-là, elle n'aurait pas été obligée de demander au plus matinal des trois moines de l'accompagner. Au moins, en compagnie de frère Paul ou de frère Egbert, n'aurait-elle pas eu à supporter les idées surannées et les discours moralisateurs du plus âgé des trois. Même si le brave homme avait tenu la promesse faite à lord Percy de veiller à l'éducation de Catherine et de ses sœurs, il avait le tort de s'accrocher à tout un tas de vieilles notions sur la place et le devoir de la femme dans un monde d'hommes.

Bon gré mal gré, conclut-elle pour elle-même, il lui faudrait supporter frère Bartholomew tel qu'il était. Même s'il se montrait vieux jeu, ses compétences dans le domaine de l'éducation étaient réelles. Il l'avait suivie pour l'aider dans son entreprise, et elle était bien décidée à le mettre au travail aussitôt que possible. Dès le départ, elle avait su qu'elle ne pourrait faire fonctionner cette école toute seule.

Soudain tirée de ses pensées, Catherine tira sur les rênes pour arrêter sa mule. De l'autre côté du vallon dont ils longeaient l'un des versants, à l'orée d'un bois, le miroitement du soleil sur une surface métallique avait attiré son attention. Avec un sentiment d'appréhension, elle prit conscience de leur vulnérabilité. Sa réaction fut instinctive. D'un geste du bras, elle ordonna au moine de la suivre et rebroussa chemin. Quelques instants plus tard, ils pénétraient sous le couvert d'un bois touffu, où nul ne pourrait les apercevoir. Elle n'était pas craintive, mais elle n'était pas non plus idiote au point de tomber tête baissée dans le premier piège venu.

John Stewart ne s'était pas inquiété outre mesure en ne découvrant pas sa femme ce matin-là à la table du petit-déjeuner. Avec un sourire satisfait, il s'était dit qu'elle devait être encore au lit, épuisée par la nuit blanche qu'il lui avait fait passer. Mais, lorsqu'il ne la vit pas non plus en s'installant à table pour le repas du midi, une sourde inquiétude se fit jour en lui.

Abandonnant dans la grande salle ses convives médusés, il se dirigea vers l'escalier en maudissant sa propre faiblesse et en l'excusant simultanément. Un homme n'avait-il pas le droit d'être obsédé par son épouse nouvellement mariée ? Qu'y pouvait-il si au cours de la matinée, alors qu'il tentait de régler les litiges de ses fermiers, ou en s'entraînant au combat avec ses hommes, le visage, les mimiques, les yeux, le corps de Catherine n'avaient cessé de lui occuper l'esprit ?

Un instant plus tard, il se surprit à lever le bras pour cogner à la porte de la chambre de Catherine. N'était-il pas le maître chez lui ? Il était en droit d'entrer sans même s'annoncer, mais si sa femme dormait encore. Un sourire grivois joua sur ses lèvres à l'idée que ce pourrait être un motif supplémentaire de ne pas faire de bruit. N'était-il pas tentant de se glisser sous les draps pour la surprendre dans son sommeil et l'éveiller en usant de méthodes plus douces et délectables ?

Déjà excité à la perspective de faire l'amour avec elle, il s'apprêtait à ouvrir la porte le plus doucement possible lorsqu'une voix dans son dos l'arrêta.

— Elle n'est pas là, milord.

Le comte d'Athol fit volte-face et se retrouva nez à nez avec Jane, la jeune servante en charge du service de sa femme.

— Non ? s'étonna-t-il. Dans ce cas où est-elle ? Dans la chambre de ma mère, peut-être ?

Jane secoua négativement la tête.

— J'arrive de la chambre de madame la comtesse. On ne l'y a pas vue de toute la matinée.

— Alors, elle se trouve sans doute avec Susan.

Manifestement ennuyée, la servante baissa les yeux.

— La dernière fois que j'ai vu milady, expliqua-t-elle, c'était hier soir lorsque je l'ai aidée à s'habiller pour vous rejoindre dans la grand-salle. Elle n'a…

Les joues de la jeune femme s'empourprèrent quand elle conclut d'un air gêné :

— Elle n'a plus eu besoin de mes services ensuite. Ce matin, je n'ai trouvé dans sa chambre que la robe qu'elle portait hier.

À ces mots, John sentit une boule d'angoisse se former au fond de sa gorge.

— L'as-tu cherchée dans tout le château ? insista-t-il. Dans la cour, les jardins, la chapelle ?

— Oui, milord.

— Et il ne t'est pas venu à l'idée de me prévenir ?

Rougissant de plus belle, Jane dressa le menton et lui lança un regard de défi.

— Ne la découvrant nulle part, répondit-elle, j'ai tout naturellement pensé qu'elle avait regagné votre chambre.

De plus en plus inquiet, John poussa la porte et pénétra dans la chambre de sa femme. Près du lit vide et non défait, il se figea. Le parfum de Catherine, discret et évocateur, flottait encore dans l'air, mais rien d'autre dans la pièce n'évoquait sa présence, et rien ne pouvait laisser deviner où elle était passée.

Sur le seuil, Jane reprit la parole en se tordant les mains.

— Si elle n'est pas dans votre chambre, milord, alors c'est qu'elle ne se trouve plus dans le château.

John la fusilla du regard.

— Que dois-je comprendre par là ? lança-t-il sèchement. Si tu sais quelque chose, je te conseille de parler.

— Ses vêtements de voyage… fit la soubrette sans oser soutenir son regard. Son manteau… Ils ne sont plus là.

John en avait la certitude à présent, Jane savait quelque chose qu'elle rechignait à lui confier. À bout de patience, il la rejoignit et l'empoigna par les bras pour la secouer sans ménagement.

— Vas-tu enfin parler ? s'emporta-t-il. Tu sais où elle est partie, n'est-ce pas ?

La servante hocha la tête misérablement mais n'osa pas relever les yeux.

— Où ça ? cria-t-il en la secouant de plus belle.

Au bord des larmes, Jane renifla bruyamment et gémit.

— Elle ne cesse de parler… de cette école qu'elle veut fonder. Et dès son arrivée… milady m'a demandé… le plus court chemin pour arriver à la cathédrale d'Elgin. Elle m'a dit qu'elle comptait s'y rendre… au plus vite, milord. Je n'aurais jamais imaginé… qu'elle envisageait de s'y rendre seule.

12

Sur le chemin forestier creusé d'ornières, les derniers vestiges du soleil couchant étaient en train de céder sous les assauts du crépuscule, enveloppant peu à peu dans les ténèbres les deux voyageurs fatigués. Soutenant d'une main le coude de frère Bartholomew, Catherine tenta de l'aider à enjamber un tronc en travers de la sente.

— Je n'en puis plus, soupira le gros homme, à bout de forces. Si je vous laisse faire, vous exigerez de moi jusqu'à mon dernier souffle.

— Nous y sommes presque, l'encouragea-t-elle sans s'énerver. Vous voyez le sommet de cette colline, là-bas ? De l'autre côté, nous découvrirons les remparts d'Elgin. Il me semble déjà apercevoir dans le ciel des fumées s'élever.

Secouant la tête d'un air buté, le moine cala son vaste derrière sur la souche abattue. Après avoir gonflé ses joues rosies par l'effort, il souffla longuement et décréta :

— Non, Catherine. Je ne vois rien de tel. Si vous voulez poursuivre cette aventure insensée, faites-le sans moi. Je persiste à penser que nous sommes perdus. En fait, depuis que vous avez réussi à me convaincre d'abandonner nos mules, je me demande comment j'ai pu vous laisser faire une telle folie. Au moins, avec ces bêtes pour nous porter, avions-nous une petite chance d'arriver quelque part !

— Je vous l'ai déjà répété mille fois, répliqua Catherine sur un ton patient. Elles faisaient beaucoup trop de bruit.

— Ce qui risquait d'attirer l'attention de vos soi-disant brigands ? Je suis convaincu qu'il n'y a que dans votre imagination que nous étions en danger. Quand je pense à ce que vous m'avez obligé à faire ! Cheminer sans répit, à travers ces collines escarpées, tout en longeant cette route de la vallée, si facile et si tranquille, par laquelle il nous aurait été si facile de passer.

Comme s'il ne parvenait pas à y croire, le moine secoua la tête avant de conclure :

— Je vous le dis franchement : moi qui suis un pèlerin expérimenté pour être allé jusqu'à Rome, j'aurais dû…

— Chut ! lui intima-t-elle soudain en posant un doigt sur ses lèvres.

L'oreille aux aguets, les yeux ronds, frère Bartholomew se laissa entraîner sans protester derrière un large tronc.

— Ils arrivent ! chuchota-t-elle tout contre son oreille. J'entends déjà le pas d'un cheval… L'entendez-vous ?

— Non, mais je suis tout prêt à vous croire, répondit-il avec satisfaction. Et quand ces cavaliers seront là, nous leur demanderons de nous venir en aide. De bons chrétiens ne pourront refuser à deux voyageurs égarés de les prendre en croupe.

— Faites moins de bruit ! protesta Catherine en jetant un coup d'œil inquiet entre les arbres. En tant que voyageur expérimenté, vous savez sûrement quel sort les bandits de grand chemin réservent aux infortunés voyageurs qui ont le malheur de tomber entre leurs griffes. En toute charité chrétienne, naturellement ! Sans doute sont-ce les mêmes « bons chrétiens » qui nous ont tendu en vain un guet-apens ce matin. Ils nous cherchent ! Ils nous suivent…

Elle avait su se montrer convaincante. Catherine le devina à l'angoisse qui transparaissait à présent sur le visage replet du moine.

— Mais que pouvons-nous faire ? murmura-t-il, au bord de la panique. Où nous cacher ?

Catherine ne prit qu'un instant pour étudier les environs.

— Nous ne trouverons aucune cachette sûre ici, lança-t-elle vivement. Nous ne pouvons pas grimper aux arbres et, même si nous y parvenions, des hommes rusés tels que ces bandits auraient certainement tôt fait de nous déloger.

— Alors quelle solution avons-nous ? gémit le vieil homme, cette fois tout à fait paniqué. Dites-le-moi, Catherine... Que pouvons-nous faire ?

— Courir ! s'exclama-t-elle. Jusqu'aux remparts de la cité. Il n'y a pas une seconde à perdre. Courez, frère ! Courez pour sauver votre vie !

Ces mots n'avaient pas totalement franchi le seuil de ses lèvres que le moine se lança sur le chemin, avec plus d'énergie qu'elle ne lui en avait vu dépenser de toute la journée. Satisfaite, Catherine réprima un sourire et se précipita à son tour derrière lui. Elle était certaine qu'aucun poursuivant ne les menaçait pour l'instant, mais à ce pas ils parviendraient à la cathédrale d'Elgin avant la tombée de la nuit. La première chose qu'elle ferait serait d'envoyer un messager pour rassurer son mari. Après la nuit d'amour qu'il lui avait offerte, elle ne tenait surtout pas à ce qu'il s'inquiète pour elle.

En pénétrant dans la grand-salle élégamment décorée de la demeure épiscopale, Patrick Hepburn, jeune évêque de Moray, tomba nez à nez avec le comte d'Athol.

— Mon cher comte, dit-il en avisant la mine renfrognée de son vis-à-vis, je présume que vous n'êtes pas ici pour me féliciter de la fin des travaux de restauration. Au terme de trente ans d'efforts, la cathédrale retrouve enfin tout son lustre ! Avez-vous vu les statues de la tour médiane ? Celle de l'évêque Innes est particulièrement...

— Oui, je l'ai vue, l'interrompit John Stewart avec impatience, et vous présumez correctement, Patrick. Je ne suis pas ici pour discuter travaux mais pour récupérer ma femme.

Un sourire ravi illumina le visage rond et lisse de l'évêque.

— Ainsi, les rumeurs qui me sont parvenues aux oreilles sont exactes. Vous avez pris femme.

— Oui, grogna le comte d'Athol, les dents serrées. Catherine Percy, mon épouse, a quitté Balvenie ce matin pour…

— Sans vous ?

— Oui, sans moi ! Il n'y avait pour l'accompagner que ce satané moine anglais qui…

— Vous êtes très charitable, comte d'Athol, d'accorder asile à tout réfugié anglais qui…

— Je n'ai pas accordé asile à ces maudits moines ! Je veux juste…

— Je vous comprends et je vous approuve, assura l'évêque en hochant la tête gravement. Moi aussi je suis persuadé que c'est une juste cause. Ces sbires à la solde de Henri Tudor qui ravagent les abbayes du sud de l'Angleterre…

— En ce moment, Patrick, je me fiche comme d'une guigne de Henri Tudor, de Soliman le magnifique ou du diable lui-même.

Voyant le prélat ouvrir la bouche – pour l'exhorter à la solidarité entre chrétiens, sans doute –, John le fit taire d'un geste impérieux.

— La seule chose qui me préoccupe pour l'heure, c'est de savoir si ma femme est arrivée chez vous, poursuivit-il.

— Elle avait l'intention de venir jusqu'ici ? fit mine de s'étonner l'évêque. J'espère, mon cher comte, que c'est une jolie femme. La beauté est un cadeau de Dieu qui…

— Comme j'essayais de vous l'expliquer tout à l'heure, le coupa le comte d'Athol, qui contenait de plus en plus difficilement son impatience, elle a quitté ce matin Balvenie Castle en compagnie d'un moine du nom de frère Bartholomew pour se rendre à la cathédrale d'Elgin.

— Une intention qui l'honore. Mais pourquoi choisir de s'y rendre sans vous ?

— Je ne pense pas qu'elle ait voulu s'y rendre *sans moi*. Elle était simplement pressée de venir solliciter votre aide pour fonder cette école qui…

— Une école ! Comme c'est fascinant… Et que pense le comte d'Athol d'un tel projet ?

— Catherine a déjà obtenu mon consentement, cependant…

— N'est-elle pas la fille aînée de Diana Erskine ?

— C'est exact.

À deux doigts d'exploser de fureur, John marcha jusqu'à l'une des fenêtres qui éclairaient la salle pour surveiller la tombée du jour.

— Avant qu'il ne fasse tout à fait nuit, reprit-il, je dois savoir si elle est arrivée.

Agitant vaguement une main en l'air, Patrick le rejoignit.

— J'ai reçu dernièrement une missive de sa mère. Si je m'en rappelle bien la teneur, il paraît que votre nouvelle épouse est une femme d'une grande érudition, tout à fait capable d'atteindre le but qu'elle s'est fixé.

— Je n'ai pas le temps d'en discuter avec vous. Tout ce que je vous demande, c'est si elle est *ici*.

— Inutile de crier, John. Je ne suis pas sourd.

John passa une main lasse sur son visage et tenta de se calmer. Le ton patelin de son interlocuteur autant que ses réticences à lui donner l'information qu'il réclamait avaient fini par lui mettre la puce à l'oreille. Catherine n'avait-elle pas menacé de demander l'annulation de leur mariage ? Et si elle était venue à Elgin pour se mettre sous la protection de l'évêque avant de s'en remettre au pape ? Non, songea-t-il en écartant résolument ce doute lancinant. Leur union était dorénavant consommée, et sa femme s'était montrée pour le moins satisfaite de son sort. Son enthousiasme lors de leurs ébats passionnés de la nuit précédente n'était pas celui d'une femme s'apprêtant à trahir son époux. Il devait pourtant s'assurer par lui-même que l'évêque n'avait pas accordé à Catherine l'asile pour la protéger de lui. Si c'était le cas, il allait le lui faire regretter.

— Écoutez-moi, Patrick, plaida-t-il avec une énergie renouvelée. Il est dangereux pour une femme de voyager sans escorte dans ces collines. Alors, si ma femme n'est pas encore arrivée chez vous, il me faut *immédiatement* me remettre en route pour la trouver. Adam des Glens rôde dans les environs. Mettre la main sur mon épouse serait une aubaine pour lui ! Voilà des mois que ce fils du démon me défie, pillant mes terres et terrorisant mes gens.

L'évêque hocha la tête d'un air soucieux.

— Oui, murmura-t-il, cela aussi je l'ai entendu dire. Vous devriez vraiment faire quelque chose pour mettre ce bandit hors d'état de nuire. Sa tête au bout d'une pique embellirait grandement les portes de Balvenie Castle.

Les dents et les poings serrés, John maugréa :

— Vous croyez que je ne le sais pas ? Mais c'est ma…

— Si Adam des Glens poussait ses raids jusque sur les terres de mon évêché, l'interrompit le prélat, il faudrait que nous parlions vous et moi de…

— Pas maintenant !

Posant la main sur le bras de son interlocuteur, John chercha son regard.

— Patrick, ma femme est-elle ici ? demanda-t-il gravement.

L'évêque soutenait son regard et scrutait intensément son visage, manifestement surpris par sa véhémence.

— Il est agréable pour moi de constater que vous vous souciez à ce point du bien-être et de la sécurité de votre épouse, John. Les choses se sont donc arrangées, entre vous ? Il m'a été rapporté qu'il a fallu littéralement la traîner pour lui faire prononcer ses vœux.

John comprenait mieux ses réticences. Le prêtre qui les avait mariés, Catherine et lui, avait dû faire son rapport.

— C'est exact, reconnut-il sans chercher à nier la vérité. Depuis, la situation a bien évolué entre nous.

— Je suis heureux de l'entendre, conclut l'évêque en s'inclinant légèrement. Je le suis également de pouvoir à présent vous annoncer que votre épouse est parmi nous.

Du regard, il indiquait par la fenêtre la cour pavée, en contrebas. Vivement, John tourna la tête et poussa un soupir de soulagement en apercevant les deux voyageurs exténués qui passaient les portes. Repoussant la capuche de son manteau, Catherine entreprit d'expliquer au portier les raisons de leur présence en ces lieux. En un instant, la fureur que lui inspirait l'inconscience de sa femme balaya tout autre sentiment dans l'esprit de John. Pivotant sur ses talons, il s'apprêtait à se précipiter vers la porte lorsque l'évêque, vif comme l'éclair, le retint par la manche.

— Vous n'allez pas vous montrer trop rude avec elle, n'est-ce pas, mon ami ?

— Il le faut ! Je dois lui faire comprendre qu'à présent qu'elle est ma femme, il ne lui est donc plus possible de n'en faire qu'à sa tête. En tant que comtesse d'Athol, elle est bien plus vulnérable que lorsqu'elle a fui l'Angleterre. Un renégat tel que cet Adam des Glens ferait tout pour mettre la main sur elle. Catherine doit comprendre qu'elle ne peut si inconsidérément mettre en danger sa vie et celle d'autrui.

L'évêque acquiesça d'un hochement de tête conciliant.

— Certes, reconnut-il. Votre femme va devoir s'y faire. Cependant la manière forte n'est pas obligatoirement le meilleur moyen de vous assurer sa confiance et son obéissance.

— Je suis ravi que vous me preniez pour une brute, grommela John en libérant sa manche d'un geste brusque. Je vous promets de ne pas la tuer.

— J'y compte bien, car j'ai hâte de la rencontrer. Faites-la monter ici, John, et acceptez mon hospitalité pour…

— Il en est hors de question ! Ma femme rentre avec moi à Balvenie Castle dès cette nuit, dussé-je pour y parvenir la ligoter sur mon cheval.

S'inclinant légèrement, John tourna les talons.

— Dans ce cas, lança le prélat dans son dos, assurez-la de mon soutien pour ce qui concerne cette école. Au moins, laissez ici son jovial compagnon. Je m'entretiendrai avec lui et verrai ainsi de quelle manière je peux être utile à ce projet. Surtout, n'oubliez pas : de la douceur, du doigté, de la persuasion !

John déboula dans la cour de l'évêché avec toute la délicatesse d'un taureau chargeant une cible. Aussitôt, la joie qu'avait éprouvée Catherine en le découvrant se teinta de méfiance. Prudemment, elle ralentit le pas. Ses longues enjambées rageuses et l'air farouche qui assombrissait son visage prouvaient qu'il ne partageait pas son enthousiasme à l'idée de ces retrouvailles. Prenant conscience qu'il valait peut-être mieux que frère Bartholomew n'assiste pas à la scène, elle fit halte et se retourna pour conseiller au moine de se rendre sans l'attendre à la salle capitulaire. Sans tenir compte de ce sage conseil, son compagnon de voyage se précipita à la rencontre du comte d'Athol, l'abreuvant sans attendre d'un discours alarmiste et confus

— Il m'est impossible de vous dire, milord, comme je suis heureux de vous trouver ici. Étant donné que nous avons failli mourir à l'aller, la perspective de devoir rentrer à Balvenie Castle par nos propres moyens et sans escorte était des plus effrayantes.

Catherine vit son mari ignorer le clerc, à côté duquel il passa sans même lui jeter un regard, et réduire à néant en quelques pas la distance qui le séparait d'elle. Les yeux plongés au fond des siens, il ne s'arrêta que lorsqu'ils se retrouvèrent quasiment nez à nez. Le moine, déblatérant sans cesse et gesticulant comme un pantin, rebroussa chemin et fut aussitôt sur lui.

— Nous avons affronté dans ces collines des dangers innombrables, milord. Des dangers bien plus terrifiants que tout ce que j'ai pu rencontrer au cours de mon existence.

Catherine leva les yeux au ciel, certaine que son mari ne pourrait croire un récit tellement outré.

— Cernés par des bandits coupeurs de gorge, renchérit frère Bartholomew, nous avons dû abandonner nos mules et continuer à pied à travers les sommets les plus escarpés jamais créés par Dieu ! Hannibal et ses éléphants auraient eux-mêmes eu les plus grandes difficultés à les franchir ! Vous ne pouvez savoir, milord, ce que...

— Cela suffit, frère Bartholomew ! intervint Catherine en se tournant vers le moine. Je suis certaine que mon mari se fait une idée assez précise de nos conditions de voyage.

Les yeux exorbités, le vieil homme secoua la tête avec vigueur et protesta :

— Mais je n'ai pas encore parlé des assassins qui ont bien failli nous rattraper à deux lieues d'ici. Si nous n'avions pas marché aussi vite, les gredins auraient été capables de nous poursuivre jusqu'au pied des remparts. Je pense que ce sont les mêmes malandrins qui nous ont pourchassés la journée durant, de colline en colline, milord. Ils nous auraient certainement tranché la gorge dès qu'ils nous auraient rattrapés !

À la dérobée, Catherine guetta les réactions de son mari. Son silence commençait à la rendre nerveuse.

— L'essentiel est que nous soyons arrivés sains et saufs, conclut-elle. Inutile d'exagérer les périls que nous avons traversés, frère Bartholomew.

Le moine faillit s'en étouffer d'indignation.

— Exagérer ! Vous vous montrez bien trop modeste. Votre époux doit savoir de quel courage vous avez fait preuve.

Pour mieux le lui expliquer, il se tourna derechef vers le comte d'Athol, qui n'avait toujours pas prononcé un mot. Catherine lutta contre l'envie de fourrer la capuche du vieil homme dans sa bouche pour le faire taire.

— Je dirais qu'ils étaient... au moins une cinquantaine ! Peut-être même une centaine à nous donner la chasse. Si lady Catherine n'avait pas...

— Laissez-nous !

L'ordre proféré par John avait claqué comme un coup de fouet. Frère Bartholomew ne se le fit pas dire deux fois. En un instant, dans la pénombre qui achevait de conquérir la cour de l'évêché, il fila sans demander son reste en direction de la salle capitulaire.

Lorsqu'il eut disparu à ses yeux, Catherine reporta son attention sur le visage de son mari, aussi lourd de menaces qu'un ciel d'orage. Un peu déstabilisée de se retrouver seule avec lui, elle se hissa sur la pointe des pieds pour observer par-dessus son épaule la cour obscurcie. Une cloche, appelant aux vêpres, retentit. Dans les écuries et les ateliers répartis autour de la cour, ouvriers, moines et apprentis cessèrent leur travail pour converger vers la cathédrale. Tous firent un détour pour les éviter, mais bien peu résistèrent à l'envie de leur lancer au passage un regard intrigué. Désormais, il n'y avait plus personne, à l'exception du vieux portier assis sur une souche devant l'entrée.

— Inutile d'espérer, ma douce, susurra John. Personne ne viendra vous sauver !

Sans ménagement, il la saisit par le coude et lui fit traverser la cour en direction des écuries.

— Me sauver ? répéta-t-elle d'une voix trop aiguë. Je ne vois pas de quoi je voudrais être sauvée, étant donné que je n'ai rien à me reprocher. Je trouve votre attitude déplacée, m'entendez-vous ? Tout à fait déplacée !

Dans l'ombre plus dense prodiguée par le mur des écuries, John la saisit par les bras et la fit pivoter de manière à lui faire face.

— Pour une femme qui revendique une intelligence plus élevée que la moyenne, vous agissez avec moins de bon sens que ces mules que vous m'avez volées !

— Volées ?

— Oui, volées ! Mais les mules, elles, ont au moins eu assez d'intelligence pour regagner la route de la vallée où mes hommes ont pu les récupérer.

— Vous me voyez ravie et soulagée, milord, que vous ayez pu rentrer en possession de votre *précieux* bien !

Catherine vit les mâchoires de son mari se contracter. Dans la pénombre, son visage devint presque aussi sombre que ses cheveux et ses yeux flamboyèrent de colère. Comprenant qu'elle ne pourrait pas se soustraire à son courroux, elle décida de l'affronter au lieu de chercher à s'y soustraire. Croisant les bras, elle se campa sur ses jambes et pointa fièrement le menton.

— Fort bien, lança-t-elle crânement. Vous avez envie de tempêter, de me fustiger, de me fendre en deux... Eh bien, allez-y, je suis prête.

— Catherine Percy, n'essayez pas de m'amadouer. Je vois clair dans votre jeu.

— Allez-y, j'attends ! insista-t-elle avec un sourire d'invite. Qu'avez-vous, exactement, à me reprocher ?

— Je... je n'arrive pas à comprendre comment une femme telle que vous, qui vient juste d'arriver dans un pays aussi sauvage que celui-ci, a pu prendre le risque de...

John continua à dresser le catalogue de ses torts et de ses faiblesses sur un ton comminatoire, mais Catherine était trop occupée à l'admirer pour l'écouter. Sous l'effet de la colère, ses yeux étaient devenus aussi noirs que la nuit. Elle ne se lassait pas d'en admirer la profondeur et l'éclat. Les longs cils recourbés ne la laissaient pas indifférente non plus. Elle se prit à rêver aux beaux enfants que cet homme pourrait engendrer, et cette pensée aussitôt la fit sourire. Il n'y avait pas si longtemps, elle avait refusé d'envisager la possibilité de rester mariée avec John, alors qu'à présent l'idée de fonder une famille avec lui paraissait couler de source.

— Vous n'avez pas écouté un traître mot de ce que je viens de vous dire, lâcha-t-il sèchement.

John avait posé ses mains avec autorité sur les épaules de Catherine. Sortant de sa rêverie, elle hocha la tête sans pour autant quitter des yeux ses lèvres pleines. Plus que tout, elle aurait souhaité qu'il l'embrasse. Jusqu'à cet instant, elle n'avait pas compris à quel point il lui avait manqué tout au long de cette journée. En fait, quand elle l'avait vu sortir en trombe de la résidence de l'évêque, elle avait failli abdiquer toute fierté et courir vers lui pour se jeter dans ses bras. Confusément, elle se demanda si cela aurait pu apaiser sa colère.

— Catherine ! protesta-t-il de nouveau. Cessez de me distraire !

Levant les yeux, elle détailla longuement son visage. Ses cheveux roux paraissaient presque noirs dans la pénombre. Elle n'en distinguait que les deux tresses serrées qu'il portait aux tempes, les extrémités rejetées derrière ses épaules, comme le reste de sa longue chevelure retenue dans son dos par un ruban. Elle ne pouvait s'empêcher d'imaginer le goût qu'aurait sa peau sous ses lèvres si elle laissait libre cours à son envie de se hisser sur la pointe des pieds pour embrasser son menton, ses joues, son cou.

— Maintenant, ça suffit ! maugréa-t-il.

Se laissant docilement prendre par la main, Catherine le suivit à l'intérieur des écuries, où les accueillit une chaude et réconfortante odeur de paille et de chevaux.

— Qu'allons-nous faire ici ? s'étonna-t-elle.

— Chercher un peu d'intimité, répondit-il. Nous avons besoin vous et moi d'une petite conversation *privée*.

Sa voix se fit murmure lorsqu'il ajouta, comme une promesse :

— Et n'allez pas vous imaginer que je ne suis pas au courant de ce qui vous passait par la tête, juste à l'instant !

Catherine, qui s'apprêtait à répliquer, se ravisa. Une chose après l'autre, pensa-t-elle. Après tout, il ne servait à rien d'entretenir cette petite dispute en pure perte. D'autant que, lorsqu'ils en auraient terminé avec cette « conversation privée » que son mari lui promettait, il aurait probablement tout oublié de ce qu'il avait à lui reprocher.

Souriante, elle se pendit à son cou et se laissa emporter dans ses bras jusqu'au plus proche grenier à foin.

13

Roy Sykes recula d'un pas en voyant fondre sur lui Adam des Glens.

— J'ai essayé maître ! gémit-il peureusement. Je leur ai dit que la meilleure route pour Elgin était celle des vallées. Je leur ai même donné les mules les plus vieilles et les plus fourbues.

— Essayé ! cracha Adam avec dédain.

Laissant le jeune lad tremblant derrière lui, le chef des brigands marcha d'un pas énergique jusqu'au feu de camp. Roy le suivit des yeux et caressa distraitement son cou, comme s'il s'étonnait de le découvrir encore attaché à ses épaules.

— J'ai fait de mon mieux, reprit-il d'une voix plus ferme. Ils avaient à peine passé le pont-levis de Balvenie que j'accourais pour vous donner la nouvelle.

— La belle affaire ! répondit Adam en contemplant les flammes d'un air songeur. Tu t'es grillé, pauvre imbécile. À l'heure qu'il est, le comte d'Athol doit être au courant de ta félonie.

— C'est vrai, reconnut piteusement Roy, sans quitter des yeux la large épée pendue dans le dos d'Adam des Glens. Un des garçons d'écurie a dû me voir parler à lady Catherine. Il aura prévenu le laird que je lui ai confié ces mules. Il me pendra pour ne pas lui avoir dit qu'elle était partie ! Par pitié, maître, ne me renvoyez pas là-bas !

D'un bond, le Highlander fit volte-face et terrifia le garçon d'un simple regard chargé de fureur.

— Tu préfères affronter ma colère que la sienne, lança-t-il d'un ton rageur. J'aurais dû demander à Ren de te lier à cet arbre, et de laisser les corneilles te dévorer les yeux.

À ces mots, Roy Sykes se laissa tomber à genoux et joignit les mains en un geste implorant.

— Ne me renvoyez pas là-bas, maître ! Mais par pitié, épargnez-moi ! Je croyais avoir fait ce que vous attendiez de moi. Comment aurais-je pu imaginer que l'Anglaise et le moine choisiraient de prendre le chemin des collines ?

Se tournant vers un homme au visage couturé allongé nonchalamment près du feu, Adam des Glens s'écria :

— Tu entends ça, Ren ? Ce drôle prétend que tu es aveugle. Car s'ils ont emprunté le chemin des collines, c'est que tu dois l'être, pour ne pas les avoir surpris.

— À moins qu'il ne soit lui-même qu'un menteur, protesta le dénommé Ren en lançant au jeune garçon un regard meurtrier. Nous avons bloqué le chemin des bergers qui passe à travers les Mannoch Hills. Aucune chance pour qu'une frêle donzelle et un gros moine poussif aient pu nous échapper. Nous les aurions vus arriver à une lieue.

— Tu surveillais le chemin des bergers, intervint Adam. Mais avais-tu demandé aux hommes de se déployer jusqu'à la rivière ?

— C'est-à-dire que… commença Ren en détournant le regard. Je l'ai fait au cours de la journée, quand notre guet-apens n'a rien donné.

— Par le grand cornu ! s'emporta Adam. Ils ont donc pu sans problème contourner votre barrage !

— Bien sûr que non ! s'exclama l'homme de main en se redressant nerveusement. Enfin peut-être… Mais, maître… Il ne s'agissait que de deux inoffensifs Anglais, un moine et une femme. Comment imaginer qu'ils auraient…

La colère du chef de bande explosa avec une soudaineté qui fit sursauter tous les présents.

— La peste vous emporte ! hurla-t-il en lançant d'un grand coup de pied un nuage de poussière en direction de ses hommes. Je suis fatigué de devoir penser pour chacun de vous. Pour la première fois depuis des mois, j'avais enfin une vraie chance de me venger de cet usurpateur. Et c'est ce moment précisément que vous choisissez pour vous conduire tous comme des imbéciles !

Un murmure de mécontentement s'éleva des groupes d'hommes réunis autour du feu, ce qui ne fit que décupler la colère de leur chef.

— Elle était là, à portée de main ! cria-t-il de plus belle. Une fleur n'attendant que d'être cueillie... Mais aucun de vous n'a eu assez de courage, assez de bon sens pour...

Adam laissa sa phrase en suspens. Dans les ombres denses qui cernaient le campement, un cri d'effraie venait de retentir. Après avoir décoché un dernier regard noir à Roy et à Ren, il se dirigea à grandes enjambées vers la ruine aux pierres moussues qui s'élevait à l'orée de la clairière, où il se savait attendu.

L'unique lumière dans l'écurie provenait d'une lanterne accrochée au linteau de porte et laissée là en veilleuse. Mais sa femme, songea John en la dévorant du regard, aurait été belle sous n'importe quel éclairage. Ils avaient fait l'amour avec un appétit décuplé par le danger auquel Catherine venait d'échapper. Allongés sur une meule dans le grenier à foin, nul n'aurait pu les surprendre. Par mesure de précaution, il avait même fait basculer l'échelle avec le pied avant de la rejoindre. Se pressant contre elle, il goûta avec bonheur la chaleur de son corps contre le sien. Tendrement, il fit passer derrière l'oreille de Catherine une mèche noire qui lui était tombée sur les yeux.

— J'ai honte... murmura-t-elle en l'ensorcelant de ses beaux yeux bleu nuit. La vieille fille que j'étais s'est muée par votre faute en femme sensuelle et débauchée.

John hocha gravement la tête.

— Je suis sûr que l'évêque aurait beaucoup à reprocher à une femme si dépravée qu'elle désire faire l'amour avec son mari. Heureusement, je me fiche comme d'une guigne de savoir ce que Patrick pourrait penser s'il nous voyait.

Le petit rire satisfait de Catherine le fit sourire. Avec dévotion, il lui embrassa les cheveux.

— Ainsi donc, reprit-elle, il n'y a selon vous rien de répréhensible à faire l'amour dans les écuries d'un évêque, à l'ombre même de la cathédrale.

— Rien du tout ! assura-t-il en lui rendant son sourire. Pas plus qu'il n'est interdit à un homme de prendre la virginité de sa femme dans un sombre corridor plutôt que dans le confort d'un lit nuptial.

Avec un soupir de contentement, Catherine se lova un peu plus confortablement contre sa poitrine.

— J'aime la façon de voir les choses de cet homme-là, sussurra-t-elle.

John Stewart émit un petit rire satisfait et la serra fort contre lui. Tout compte fait, sans même le savoir, il avait épousé une enchanteresse. Catherine Percy avait le pouvoir de faire de lui ce que bon lui semblait, au point de contrôler son corps, ses faits et gestes et même son cœur. Par la grâce de quelques regards et de quelques sourires, elle avait réussi à faire d'un homme furibond sur le point d'éclater en colère un amoureux transi prêt à tout oublier.

— Vous n'êtes plus furieux contre moi, dit-elle.

Dans sa bouche, ce n'était pas une question mais un constat. Cela suffit à ramener John au sens des réalités. Il était disposé à tout oublier, conclut-il pour lui-même, ou presque.

— Catherine…

S'écartant d'elle, il prit en coupe entre ses larges mains son visage rayonnant de beauté.

— Je suppose, poursuivit-il, que je ne peux entièrement vous blâmer pour ce qui s'est passé aujourd'hui. Si vous aviez eu conscience des dangers qui vous guettent, ici dans les Highlands, vous n'auriez sûrement pas entrepris cette folle équipée à travers les collines.

— Je suis plus solide que vous ne l'imaginez, John.

— Croyez-vous que je ne le sais pas ? Mais il existe ici des ennemis bien plus déterminés et féroces que ceux qui vous ont forcée à fuir l'Angleterre.

— Des ennemis ? répéta-t-elle sans paraître comprendre. Je n'ai fait de mal à personne. Pourquoi m'en voudrait-on ? À moins que le fait d'être à moitié anglaise ne m'attire des ennuis dans ce pays. Est-ce cela que vous redoutez ?

— Non, ce n'est pas cela. Vous devez comprendre qu'en m'épousant, vous êtes devenue une cible privilégiée pour ceux qui veulent me détruire.

— Vous détruire ! s'exclama-t-elle en le dévisageant avec incrédulité. Mais qui pourrait avoir de pareilles envies ? Vous êtes un chef respecté par votre peuple. Pour ce que j'ai pu constater, on vous tient en haute estime et tous vous reconnaissent comme leur comte et leur laird.

La confiance qu'elle lui témoignait lui était précieuse. Tout en continuant de la dévorer des yeux, John caressa le contour de sa bouche avec son pouce. Puis, saisi par un soudain élan de frayeur rétrospective, il la serra contre lui avec passion. Le désespoir qui s'était emparé de lui quand il avait appris sa disparition n'avait pas été entièrement effacé par la joie de l'avoir retrouvée.

— Ne me faites plus jamais une chose pareille, Catherine ! Ne vous mettez plus jamais en danger comme vous l'avez fait aujourd'hui.

De ses deux mains plaquées contre son torse, elle le repoussa et le dévisagea sévèrement.

— Si vous voulez que je sois capable de distinguer mes amis de mes ennemis, John, j'ai besoin d'en apprendre plus à votre sujet. Par exemple, il me faut savoir qui est ce mystérieux ennemi susceptible de vous en vouloir au point de s'en prendre à moi. Selon moi, rester claquemurée entre les murs de Balvenie Castle ne suffira pas à me prémunir contre tout danger.

— Je vois... Vous faites allusion au garçon d'écurie, Roy Sykes.

Catherine acquiesça d'un hochement de tête, un sourire amusé au coin des lèvres.

— Je me suis méfiée dès qu'il s'est laissé convaincre sans difficulté que vous nous laissiez partir sans escorte. Mais je n'ai compris qu'il nous avait tendu un traquenard que lorsque j'ai été éblouie par un rayon de soleil se réfléchissant sur l'acier d'une arme, à l'orée d'un bois devant lequel nous devions passer.

— À notre retour, je veux que vous me montriez avec précision l'endroit où ils vous attendaient.

À l'idée de ce qui aurait pu advenir si sa femme ne s'était pas montrée aussi avisée, le comte d'Athol serra les dents. Jusqu'ici, ces brigands s'étaient toujours arrangés pour lui échapper chaque fois qu'il les avait pris en chasse. Cette fois, se promit-il, il ne renoncerait plus avant de les avoir mis hors d'état de nuire, même s'il devait les suivre jusqu'en enfer, même si cela devait lui prendre plusieurs mois.

Pris d'un soudain besoin d'agir, John se redressa après avoir déposé sur le front de Catherine un ultime baiser. Achevant en hâte de se rhabiller, il la laissa faire de même et descendit le long d'un pilastre pour remettre l'échelle en place. Quand elle fut prête, il gravit les échelons pour l'aider à descendre, luttant contre l'envie de la charger sur son épaule afin de la ramener dans leur nid d'amour. Elle finissait de descendre le dernier barreau et se tournait vers lui lorsqu'un détail le frappa.

— Dites-moi, comment étiez-vous sûre que ce n'était pas moi et mes hommes qui vous attendaient à l'orée de ce bois ? demanda-t-il en laissant ses mains s'attarder sur ses hanches

Cette question la fit sourire. Passant un bras sous le sien, Catherine l'entraîna vers la sortie.

— Vous ? M'attendre ainsi ? Impossible ! En fait, pour vous dire la vérité, je redoutais de vous voir apparaître sur la route principale, lancé à toute allure à mes trousses. C'est en partie pour cette raison que j'ai choisi de passer par les collines.

— Je vois.

John était impressionné. Elle le connaissait mieux qu'il ne l'imaginait.

— Et comment avez-vous fait pour vous rendre à Elgin à travers bois et sans guide ?

— Ce ne fut pas le plus difficile, répondit-elle avec un haussement d'épaules. Le plus dur fut de convaincre frère Bartholomew d'abandonner les mules et de marcher. J'ai un très bon sens de l'orientation. Mais, au fait, comment se fait-il que vous soyez au courant de la trahison du garçon d'écurie ?

Ils étaient parvenus à la porte, que John venait d'ouvrir. S'apercevant qu'ils avaient oublié le manteau de Catherine dans le grenier à foin, il la laissa sur le seuil en précisant :

— Je vais vous le dire. Attendez-moi une minute.

À son passage, un magnifique hunter leva la tête pour le flairer. Celui de l'évêque, sans aucun doute, songea-t-il.

Quand il rejoignit Catherine, elle était appuyée contre le mur et contemplait le spectacle qui s'offrait à elle dans la cour que traversaient quelques chanoines et moines encapuchonnés. Avant de passer le manteau sur ses épaules, il le secoua énergiquement.

— Pour répondre à votre question, dit-il ce faisant, il était déjà plus de midi quand j'ai constaté que vous ne vous trouviez plus à Balvenie Castle. Rapidement, j'ai appris que Roy Sykes avait disparu alors que vous aviez vous-même quitté le château en compagnie de frère Bartholomew. Sachant qu'il avait préféré s'enfuir plutôt que de venir m'informer de votre départ, il n'était pas difficile de deviner que ses intentions n'étaient pas très honnêtes.

— A-t-il vécu à Balvenie toute sa vie ?

— Non. Il est arrivé, quémandant du travail et du pain, peu de temps après que ce bandit d'Adam des Glens avait commencé à attaquer mes fermiers. Un de nos lads venait de succomber à une fièvre, et ce garçon s'y connaissait en chevaux. Cela a suffi pour que je l'autorise à rester, mais j'aurais dû être plus méfiant et faire le rapprochement.

— Qui est cet Adam des Glens, John ?

John se renfrogna et tenta de se réfugier dans la pénombre des écuries, mais Catherine, posant sa main sur son bras, insista.

— S'il vous plaît, plaida-t-elle en le fixant droit dans les yeux. Comment suis-je supposée veiller à ma propre sécurité si je ne sais rien de ce mystérieux personnage qui est censé me guetter, tapi dans l'ombre ?

— Eh bien, je ne sais que peu de chose à son sujet, avoua-t-il à contrecœur.

— Vous n'êtes pas honnête avec moi, mon cher époux ! Vous devez en savoir davantage, car votre mère...

— Quoi ? l'interrompit-il vivement. Que vous a-t-elle appris à son sujet ?

Une grimace comique déforma un instant le beau visage de Catherine.

— Rien du tout ! se plaignit-elle. Mais son revirement d'attitude et son silence de plomb m'en ont dit bien plus qu'un long discours. Elle s'est refermée comme une huître aussitôt que j'ai prononcé le nom d'Adam des Glens. Il est bien plus pour votre famille qu'un simple renégat local, n'est-ce pas ?

Le comte d'Athol tressaillit et marcha jusqu'à la stalle du hunter de l'évêque. Une fois encore, la faculté d'analyse et de discernement de sa femme ne pouvait que l'impressionner. Si seulement lui-même était parvenu à faire parler sa mère, pensa-t-il en flattant le museau de l'animal, Adam des Glens aurait peut-être été déjà mis hors d'état de nuire ! Il avait eu beau mener une enquête serrée sur les lieux qu'avait fréquentés son père dans sa jeunesse, auprès de ceux qui l'avaient côtoyé de près, personne n'avait été en mesure de lui indiquer qui pouvait être la mère du renégat. Apprendre, de surcroît, de la bouche d'un vieux meunier, que ce bandit était passé avant lui poser le même genre de questions n'avait fait que le plonger un peu plus dans un profond désarroi.

En silence, Catherine l'avait rejoint. Dans son dos, il sentait sa main qui tentait d'apaiser les tensions qui lui nouaient les épaules.

— John, insista-t-elle doucement, dites-moi ce que vous savez.

Résigné à se confier à elle, il soupira et se retourna pour lui faire face.

— Il est mon demi-frère. Autrement dit, le fils bâtard de mon père. J'en ignorais tout, il y a peu encore. Comment aurais-je pu imaginer que le brigand qui pille mes terres et rançonne mes gens puisse m'être apparenté ?

Même dans la pénombre, le comte d'Athol pouvait remarquer sur le visage de Catherine une expression de profonde tristesse.

— Vous croyez qu'il est au courant de cette parenté ?

Submergé par une bouffée de colère, John se détourna et se mit à aller et venir entre les stalles.

— Bien sûr qu'il est au courant ! s'emporta-t-il. Sinon, il ne chercherait pas avec tant d'opiniâtreté à me nuire. Mais, à part cela, je ne sais rien d'autre de lui. J'ignore surtout pour quelle raison il a attendu de si longues années avant de commettre ses méfaits.

— Quand ont-ils commencé ?

— Cela fait plus ou moins six mois.

Stoppant sa déambulation sans but, John leva sur elle un regard chargé de colère.

— Mais où était-il avant cela ? Que faisait-il ? Selon les descriptions qu'en ont données ses victimes, il n'est pas un tout jeune homme. C'est même une force de la nature ! Pourquoi, soudain, surgir ainsi et terroriser le pays ?

En proie à la frustration, John assena du plat de la main un grand coup contre un pilastre. Toute la charpente vibra, ce qui délogea un couple d'oiseaux dont l'envol énerva les chevaux qui levèrent la tête et piétinèrent nerveusement.

— Peut-être lui aussi a-t-il appris la vérité récemment, suggéra Catherine. Quant à vous, qui vous a renseigné ?

— Ma mère. Elle n'a rien voulu me dire de plus. Elle semble avoir fait vœu de silence sur le sujet. Malgré tous mes efforts, elle est restée ferme dans son refus de parler. En dernier recours, sa santé déclinante lui sert de prétexte pour mettre un terme à toute discussion.

Catherine fit un pas vers lui et lança d'un air incertain :

— Je suppose que vous comprenez pourquoi. Il ne doit pas être très facile pour elle d'accepter le fait que son mari ait pu aimer une autre femme et engendrer un fils illégitime...

John ne put retenir un rire caustique.

— Où avez-vous été élevée ? railla-t-il. Il est fort courant qu'un homme fasse un enfant à une maîtresse, dans les Highlands comme en Angleterre ou ailleurs ! Ce qui est étonnant, c'est que l'existence de cet Adam des Glens ait pu m'être cachée durant si longtemps...

Les poings serrés, Catherine le fusilla du regard.

— Si je vous comprends bien, vous n'auriez rien vous-même contre le fait de peupler vos terres de fils et de filles illégitimes !

Sa colère masquait mal sa détresse. La lutte qu'elle menait pour empêcher ses lèvres de trembler et pour retenir ses larmes lui alla droit au cœur. Le comte d'Athol savait que sa femme avait fini par tomber amoureuse de lui, et son attitude ne faisait que renforcer cette certitude.

— Je n'ai aucune intention de vous infliger la présence de bâtards à Balvenie Castle tant que vous resterez une bonne épouse pour moi, répondit-il d'un ton apaisant.

— J'ai été jusqu'à ce jour une épouse idéale et je n'ai aucune intention de ne pas le rester.

Un sourire amusé au coin des lèvres, John la rejoignit, vérifia d'un coup d'œil sa mise et rabattit la capuche de son manteau sur sa tête.

— Manifestement, plaisanta-t-il en l'entraînant par le coude vers la porte, nous n'avons pas tous deux la même définition de l'épouse idéale !

Catherine manqua s'en étouffer d'indignation.

— Comment ! s'exclama-t-elle. Je ne vois pas de quoi vous voulez parler...

— Ah oui ? Dans ce cas, je vais vous l'expliquer : une épouse idéale ne quitte pas nuitamment le lit de son époux pour s'en aller battre sans escorte la campagne dans un pays livré au pillage de bandits !

Alors qu'ils sortaient dans la cour à présent éclairée par des torches, il fit halte pour observer le visage de sa femme. Déjà, elle ne lui prêtait plus aucune attention. Peut-être même n'avait-elle pas entendu un traître mot de ce qu'il venait de lui dire.

Curieusement, cela n'était pas pour lui déplaire. En fait, il commençait à apprécier ce trait de sa personnalité – Catherine était une rêveuse. Comment aurait-il pu lui en vouloir, alors qu'il était lui-même si souvent l'objet des rêveries éveillées de son épouse – de son idéale épouse, se reprit-il aussitôt.

14

Les raids d'Adam des Glens ne firent que se multiplier. Aux alentours de Balvenie Castle, il poursuivit son œuvre de saccage et de destruction, aussi féroce qu'insaisissable, laissant dans son sillage John Stewart écumer de rage et de frustration. Dans le même temps, de jour en jour plus impatiente et frustrée elle aussi, Catherine ne cessa de réclamer à son mari – avec insistance mais sans succès – de lui fournir une escorte pour retourner à Elgin.

Plus de deux semaines s'étaient écoulées depuis son équipée à travers les collines. Pour la punir de la frayeur que lui avait occasionnée son escapade, John ne l'avait pas autorisée à rencontrer l'évêque avant de repartir. Même si frère Bartholomew était resté sur place, Catherine n'avait toujours pas la moindre idée de l'accueil que le prélat avait réservé à son projet de fondation d'une école. Sachant l'importance du clergé dans des décisions de cet ordre, elle était consciente que la bénédiction de son époux ne lui servirait à rien sans celle de l'évêque. Elle enrageait d'autant plus qu'elle était parvenue au prix d'efforts insensés à deux pas de la demeure épiscopale sans pouvoir lui parler.

Le besoin d'entreprendre un nouveau voyage se fit de jour en jour plus impérieux. Profitant d'une éclaircie, elle eut la tentation d'embarquer un des deux moines dans l'aventure et de tenter de nouveau sa chance. Hélas, les hommes du comte d'Athol avaient reçu des ordres stricts. Ils se déclarèrent *vraiment* désolés de ne pouvoir laisser Madame la comtesse franchir les portes du château à dos de cheval, de mule, ou même de chèvre naine si l'envie lui en prenait. Si Madame la comtesse désirait faire une promenade au village, ils étaient tout disposés à l'accompagner pour plus de sûreté. Madame la comtesse avait-elle envisagé de faire le grand tour des jardins de Balvenie pour prendre l'air ?

Enfin, une nuit, alors qu'elle arpentait sa chambre comme un fauve en cage, des cris d'hommes et des bruits de chevaux piétinant le pavé se firent entendre. Jane frappa impatiemment contre sa porte avant même qu'elle ait pu l'atteindre. Ensemble, elles coururent le long du corridor glacé jusqu'à la haute et étroite fenêtre donnant sur la cour. Le comte d'Athol était absent depuis plusieurs jours – une éternité aux yeux de Catherine – mais enfin il était de retour. Après être descendu de cheval et avoir confié sa monture à un lad, il se précipita vers la grand-salle.

Une agitation aussi soudaine qu'un accès de fièvre s'empara du château endormi. Des cavalcades firent résonner couloirs et escaliers. Des cris retentirent. Des ordres claquèrent. On fit mander qu'eau chaude et nourriture fussent apportées aussi vite que possible dans la chambre du laird. Laissant Jane se rendre en cuisine pour joindre ses efforts à ceux du reste de la domesticité, Catherine affermit en regagnant sa chambre ses résolutions. Même si John Stewart tombait sans doute de sommeil, elle irait frapper à sa porte pour l'obliger à tenir la promesse qu'il lui avait faite de l'aider à concrétiser son projet. En s'habillant, elle passa en revue mentalement les arguments qu'elle allait lui servir.

Catherine ouvrit la porte et frissonna de froid. Un courant d'air souffla la chandelle dont elle s'était munie. Retournant sur ses pas, elle alla ramasser au pied de son lit le tartan des Stewart, dont elle s'enveloppa frileusement les épaules. Puis, décidant qu'après tout elle n'avait pas besoin de lumière, elle referma soigneusement sa porte. À peine s'était-elle engagée dans le corridor qu'un bruit de pas la fit se figer sur place. Quelqu'un venait à sa rencontre, et elle savait que ce ne pouvait être Jane.

Sans même réfléchir à ce qu'elle faisait, elle se rencogna dans l'embrasure d'une porte et vit bientôt une ombre la dépasser. En plein jour, cela aurait pu être une des servantes mais, à cette heure de la nuit, qui pouvait bien traverser cette partie du château ?

Piquée par la curiosité, Catherine se glissa hors de sa cachette et emboîta silencieusement le pas à l'inconnue – car c'était une femme, de cela elle put s'en assurer à la faveur de la lumière de la lune déversée par une fenêtre en ogive. Lorsque l'inconnue disparut dans la bouche d'ombre d'un escalier en colimaçon, elle hésita un court instant. S'il s'agissait de Susan, que diable faisait-elle en pleine nuit dans cette aile où elle n'avait pas à se trouver ? Et s'il s'agissait d'une autre personne, était-il bien prudent de la suivre ?

Sa curiosité et sa nature aventureuse finirent par avoir raison de ses réticences. Prenant une ample inspiration, elle s'engagea dans l'escalier, guidée par les bruits de pas qui lui parvenaient et par le mur contre lequel elle prenait appui de la main. Marche après marche, aux aguets, elle s'enfonça dans les ténèbres.

Soudain, elle s'arrêta alors que retentissait un bruit de bois raclant la pierre, mêlé aux halètements précipités d'une femme fournissant un gros effort. Ce ne pouvait être que Susan, elle en était certaine à présent. Catherine hésita à rebrousser chemin, paniquée à l'idée que la jeune femme puisse faire demi-tour. Bientôt, le silence se fit, et elle finit par rassembler assez de courage pour continuer de descendre.

Sur un petit palier, ses doigts tâtonnèrent à la surface d'une porte en bois bardée de clous en fer. Des voiles de toiles d'araignées tendus dans l'embrasure prouvaient que Susan ne pouvait être passée par là. Une porte identique, une volée de marches plus bas, se trouvait dans le même état d'abandon. À tâtons, Catherine poursuivit son chemin jusqu'à atteindre un sol de terre battue. L'escalier s'arrêtait en cul-de-sac. Aucune aspérité, aucun renfoncement ne venait perturber la surface circulaire du mur de pierre.

Pestant contre elle-même pour ne pas s'être munie d'une chandelle, Catherine se figea une longue minute, espérant percevoir un indice sonore qui lui donnerait une indication de ce qu'était devenue Susan. Un silence aussi total et oppressant que l'obscurité ambiante régnait dans l'escalier. En désespoir de cause, elle se résigna à regagner l'étage, intriguée au plus haut point par ce mystère. Était-ce dans l'entrée d'un passage secret que Susan avait disparu au bas des marches ? Et dans ce cas, où ce passage menait-il et qu'allait-elle y faire au beau milieu de la nuit ?

En repassant devant la porte de sa chambre, Catherine décida qu'il lui faudrait remettre à plus tard l'élucidation de cette énigme. Pour l'heure, elle avait de plus urgents sujets de préoccupation.

L'agitation était retombée, lorsque Catherine parvint devant la porte de la chambre de son mari. Songeant à la fatigue qui devait être la sienne au terme d'une semaine passée à pourchasser Adam des Glens à travers tout le pays, elle hésita un instant à cogner contre le battant de bois. Pourtant, quel autre choix John lui laissait-il ? Demain, dès l'aube, il pouvait tout aussi bien être reparti, et elle aurait perdu l'opportunité de lui parler. Il n'y avait donc pas à hésiter.

À l'instant où elle se décida à frapper, ses doigts ne rencontrèrent que le vide. Surprise, elle leva les yeux et découvrit le visage las de son époux qui la regardait, l'esquisse d'un sourire au coin des lèvres. Debout dans l'encadrement de la porte, aussi immobile qu'une statue, il laissa son regard brûlant courir sur elle de la tête aux pieds. Catherine se sentit instantanément rougir et entendit les battements précipités de son cœur pulser à ses tympans. La tête penchée sur le côté, le comte d'Athol laissa son regard s'attarder un instant sur le tartan des Stewart passé autour des épaules de sa femme. Puis, sans un mot de bienvenue, il se pencha brusquement et posa un ferme baiser sur ses lèvres.

— Je suis content de vous revoir, lança-t-il. Je m'apprêtais à aller vous chercher.

— Me chercher ? répéta-t-elle. Pour quelle raison ?

Sans lui répondre, il la saisit par le poignet, l'attira dans l'antichambre et referma la porte derrière eux.

—Vous pouvez conserver ce cagibi que vous appelez votre chambre quand je dois m'absenter mais, quand je me trouve à Balvenie Castle, j'entends que vous partagiez mon lit.

Au lieu de se rebeller comme elle l'aurait fait il y avait peu encore contre de telles prétentions, Catherine fut confortée par ces paroles. Sans broncher, elle laissa son mari la guider. Elle repéra immédiatement le grand baquet en bois rempli d'eau fumante qui avait été installé devant la cheminée. Derrière elle, elle entendit John fermer à double tour le verrou de la porte. La signification d'un tel geste, la profonde intimité qu'il impliquait entre eux, fit courir un frisson le long de son échine et lui donna le vertige. Sans paraître avoir remarqué son trouble, Athol marcha jusqu'à la cheminée, décrocha le chaudron de cuivre pendu à la crémaillère et vida dans la baignoire l'eau bouillante qu'il contenait.

Figée, Catherine s'entendit bafouiller :

— J'ai... je vous ai... entendu arriver...

— Je constate que je suis resté absent trop longtemps, dit-il en ôtant sa chemise. Vous perdez de nouveau tous vos moyens dès que nous nous retrouvons en tête à tête.

Catherine recula d'un pas en direction de la porte. Il lui fallait absolument récupérer ses esprits, formuler sa requête avant que ce diable d'homme ne lui fasse tout à fait perdre la tête.

— Je dois retourner à Elgin, parvint-elle à articuler.

Sans lui prêter attention, John dégrafa son kilt et le laissa choir à ses pieds. Catherine ne put s'empêcher de caresser du regard les muscles sculptés de ses pectoraux, le relief marqué de ses abdominaux, la longue traînée de poils roux qui partant du nombril s'étalait jusqu'à son...

— J'ai besoin de votre attention ! s'exclama-t-elle en relevant vivement les yeux. Tout de suite.

— Voilà une réaction des plus épidermiques au corps de votre mari, Catherine. Il me faut d'abord prendre un bain.

Il ne la prenait pas au sérieux. Cela ne fit que décupler la volonté de Catherine de lui arracher son consentement.

— Cela peut attendre ! Promettez-moi de demander à vos hommes de ne plus me faire barrage quand je demande à me rendre à Elgin.

Enjambant le baquet, John entra dans l'eau.

— J'ai bien peur que vous ne soyez pas en position d'engager des négociations, répliqua John.

Après s'être assis, il lui adressa un sourire des plus machiavéliques. Cependant, lorsqu'elle ôta de ses épaules le tartan pour le déposer au pied du lit, elle vit flamber dans ses yeux une lueur de désir. Pourtant, habillée d'une simple robe de lin que Jane lui avait confectionnée, Catherine ne se sentait pas vraiment l'âme d'une séductrice mais, consciente que son mari se montrait nettement plus compréhensif à son égard dès lors que ses sens étaient émoustillés, elle se prépara à lancer toutes ses forces dans la bataille. Après tout, l'enjeu en valait la chandelle.

— Comme il me semble vous l'avoir déjà dit, susurra-t-elle en s'approchant de lui d'un pas chaloupé, il me faut absolument me rendre à Elgin dès que possible.

Les yeux fixés sur son déhanchement lascif, John n'en demeura pas moins ferme sur ses positions.

— Je vous ai entendue, Catherine, mais c'est totalement hors de question, et qui plus est cela me semble inutile. Vous feriez donc mieux de vous ôter ce projet de la tête.

Catherine porta les mains au lacet qui fermait le devant de sa robe pour le défaire. Elle eut un frisson d'excitation en le voyant se raidir dans le baquet et regarder fixement ses doigts qui s'activaient.

— Je ne comprends pas pour quelle raison vous vous obstinez, répliqua-t-elle. Je connais déjà le chemin et, si cela peut vous tranquilliser, je peux emmener avec moi frère Paul et frère Egbert.

— Je vous répète que vous n'irez pas.

Le discours était le même, mais le ton sur lequel il avait été prononcé était déjà moins ferme. Tirant sur son décolleté, Catherine fit glisser hors de la robe une de ses épaules. Avec satisfaction, elle constata que son mari, à ce spectacle, retenait son souffle.

— Obtenir votre accord pour l'ouverture de cette école, reprit-elle, ne me sert à rien si je n'obtiens pas également celui de l'évêque. Lui seul pourra me conseiller sur les locaux dont nous pourrions disposer à Elgin.

— À Elgin ? répéta-t-il en la dévisageant brièvement. Ma position sur ce point n'a pas changé. C'est à Balvenie, et nulle part ailleurs, que vous fonderez cette école.

Catherine dégagea l'autre épaule. Aussitôt, la robe glissa le long de son corps et chut. Elle n'était plus habillée que d'une fine chemise de batiste, et le regard fixe du comte d'Athol prouvait qu'il n'ignorait rien de ce qu'elle dissimulait, et que cette connaissance ne diminuait en rien le désir qu'il en éprouvait.

— Il me vient à l'idée, dit-elle d'un ton innocent, que vous pourriez être intéressé par un marché.

— Vous êtes une libertine, Catherine.

Il fit mine d'y réfléchir un instant, avant de hocher la tête en souriant.

— Admettons que je le sois. Qu'avez-vous à proposer ?

Mobilisant tout son courage, Catherine fit un nouveau pas vers lui.

— Si vous cessez de me retenir captive ici et si vous me permettez de mener à bien les démarches nécessaires à la fondation de mon école, je pourrai en retour vous...

— Oui ?

— Vous laver le dos ?

Le rire de John fut aussi brusque qu'éclatant. Catherine ne put s'empêcher d'esquisser un sourire.

— Catherine, protesta-t-il en secouant la tête, j'espère que vous êtes disposée à faire bien plus que cela pour le bien de cette école qui vous est si chère !

— Très bien ! renchérit-elle. Je vous laverai le dos, les bras et... et je vous sécherai également. En échange, vous tiendrez votre promesse.

— Venez ici.

Il avait lancé cet ordre d'un air indolent, mais il n'y avait pas à se tromper sur l'intensité qui faisait briller ses yeux.

— Non, parvint-elle à répondre avec une fermeté feinte. Pas avant que vous...

— Si vous ne venez pas, l'interrompit-il, je viens vous chercher.

D'un air buté, Catherine secoua négativement la tête et recula d'un pas, plaçant une chaise entre eux pour plus de sécurité.

— Je ne viendrai pas, insista-t-elle. Pas avant que vous ne m'ayez donné votre promesse que...

— Ma promesse, vous l'avez déjà. Je vous ai donné mon accord pour l'ouverture de cette école dont je vais finir par être jaloux, tant vous ne pensez qu'à elle !

— Certes, admit-elle de mauvaise grâce. Mais sans le parrainage de l'évêque – que j'étais allé chercher à Elgin, je vous le rappelle – je ne pense pas que...

Ses dernières paroles demeurèrent bloquées dans sa gorge. Avec la puissance d'un Neptune sortant de l'onde, le comte Athol venait de se dresser dans son bain. À la vue de son sexe fièrement dressé, Catherine écarquilla les yeux et les reporta bien vite sur son visage où fleurissait un sourire de contentement.

— Vous ne lâchez jamais rien ! lança-t-elle d'un ton accusateur. La dernière fois, vous ne m'avez même pas laissée parler à Patrick Hepburn...

— Allez-vous vous décider à venir à moi de votre plein gré, ou dois-je en fin de compte vous y forcer ?

— Vous... n'écoutez rien de ce que je vous dis ! Vous ne m'avez pas donné de réponse qui me convienne.

— Venez me laver le dos, Catherine, et je vous promets de vous donner une réponse qui vous convienne.

— Promis ? s'enquit-elle d'un air sceptique. J'ai votre parole d'honneur ?

Le comte d'Athol hocha la tête avec un sourire rusé et se rassit lentement dans l'eau.

— Vous l'avez, répondit-il. Approchez et vous aurez ce que vous cherchez.

Catherine devait bien s'avouer vaincue. Il n'y avait pas moyen de lui résister, tout comme il lui était impossible d'ignorer les désirs qui bouillonnaient en elle. Avec la lenteur d'un condamné se rendant à l'échafaud, elle marcha vers le baquet sous le regard amusé autant qu'inquisiteur de John. Quand elle ne fut plus qu'à un pas de lui, il lui tendit un linge mouillé.

— Vous voilà enfin, dit-il.

Alors qu'elle tendait la main pour s'en saisir, avec une rapidité confondante il la saisit par le poignet. Puis, passant son autre bras autour de sa taille, il l'attira à lui. Avant d'avoir pu pousser un cri de protestation, Catherine se retrouva assise dans l'eau.

— Ah, voilà qui est mieux ! se réjouit-il. Finalement, peut-être est-ce moi qui vais vous laver, ma douce.

À demi immergée dans l'eau, le bras entourant les épaules de son mari, Catherine s'efforça d'ignorer la bosse impressionnante qui palpitait contre son flanc. Levant les yeux, elle s'obligea à soutenir son regard sans ciller et dit d'un air sévère :

— Avant que nous allions plus loin dans…

— … ces ébats ? suggéra-t-il. Ce bain, cette négociation ?

— Peu importe ! Votre… votre promesse. Je veux partir pour Elgin dès demain.

Le souffle précipité, Catherine essayait en vain d'ignorer son manège. Avec la main, John versait de l'eau sur ses seins, mouillant la fine chemise pour la rendre transparente.

— Non, répondit-il tranquillement. Vous n'en ferez rien.

À bout de patience, Catherine tenta de se débattre pour lui échapper, mais John venait de refermer autour d'elle le piège de ses bras puissants.

— J'aurais dû m'en douter ! fulmina-t-elle. J'ai été folle de vous faire confiance !

— Calmez-vous... Vous êtes en train de renverser toute l'eau hors de la baignoire !

Loin de se calmer, Catherine redoubla de fureur.

— Quand j'en aurai terminé avec vous, c'est bien plus qu'un peu d'eau chaude que vous aurez à regretter !

— Je vous le répète, vous n'avez pas besoin de vous rendre à Elgin.

En dépit de tous ses efforts, Catherine ne pouvait rien contre la force de ses bras qui l'emprisonnaient. Elle était à sa merci, et elle se sentit perdue lorsque les lèvres de John se posèrent sur son cou.

— Vous vouliez la bénédiction de l'évêque, dit-il entre deux baisers. Eh bien réjouissez-vous, vous l'avez. Il n'y a donc aucune raison de poursuivre ce pugilat alors que nous pourrions tranquillement profiter de ce bain.

L'esprit embrumé par le plaisir que faisaient naître en elle les lèvres gourmandes de son mari, Catherine ne saisit pas immédiatement le sens de ces paroles. Quand, finalement, elle comprit, elle se redressa vivement et le dévisagea en plaçant les mains sur ses épaules.

— Qu'avez-vous dit ?

— Ce que je ne cesse de répéter depuis tout à l'heure. Vous n'avez plus besoin de vous rendre à Elgin. L'évêque approuve sans réserve votre projet et vous fournira toute l'aide dont vous pourrez avoir besoin.

Cette fois, ce fut de bonne grâce que Catherine se laissa attirer contre lui.

— Depuis quand le savez-vous ? s'enquit-elle, radoucie. Est-ce frère Bartholomew qui vous l'a appris ?

John semblait avoir perdu tout intérêt à cette conversation. Tandis que ses mains caressaient son corps, Catherine elle-même eut du mal à garder le fil de ses idées.

— Est-il… est-il revenu ? murmura-t-elle dans un ultime effort de concentration. Est-il revenu sans que personne ne m'en ait informé ?

— J'ai tenu ma promesse ! lâcha John d'une voix rauque, tandis que ses mains plongeaient sous l'eau pour soulever sa chemise trempée. À vous, à présent, de tenir la vôtre…

15

D'un trait, Arthur Courtenay but son vin, avant de lancer par-dessus son épaule le gobelet vide dans un coin de la pièce. Le regard perdu dans les flammes, il se laissa tomber pesamment sur la chaise installée devant l'âtre de la petite chambre où il se trouvait et essuya ses lèvres d'un revers de manche.

— Bande de garces ! marmonna-t-il d'une voix avinée. Vous ne m'aurez pas... Le trésor sera à moi.

À travers la porte lui parvenait le bruit de voix de ses hommes ripaillant sans lui dans la grand-salle. Il s'apprêtait à se lever pour aller leur ordonner de se taire lorsque quelques coups furent frappés contre le vantail de chêne.

— Entrez ! cria-t-il.

Un messager ruisselant de pluie pénétra dans la pièce et marcha jusqu'à lui, laissant des flaques sur le parquet.

— Milord, fit-il en s'inclinant respectueusement, j'ai un message à vous transmettre de la part du Grand Chancelier.

— Je vous écoute, maugréa le lieutenant du roi sans même se tourner vers lui. Faites vite.

— Le Grand Chancelier vous envoie ses...

— Au fait ! cria Courtenay. Qu'avez-vous à me dire ? Je n'ai pas toute la nuit.

Au terme d'un silence gêné, le messager poursuivit :

— Comme il vous plaira, milord. Le roi voudrait savoir quels progrès ont été accomplis dans la traque de la femme et des filles du traître Percy.

Sir Arthur garda le silence un long moment, pesant avec soin ses paroles, avant de répondre :

— Dites au Grand Chancelier que nous savons où se cache l'aînée des trois filles. Après avoir pris la fuite vers le nord, elle a trouvé refuge près d'Elgin. Ses deux sœurs se trouvent également en Écosse, ainsi que leur mère. Nous ne savons pas exactement où, mais nous serons à même de le découvrir aussitôt que nous aurons capturé l'aînée. Tel est le message que je vous charge de faire parvenir à votre maître. À présent, dehors!

Alors que la porte se refermait derrière le coursier, sir Arthur se plongea de nouveau dans la contemplation morose des flammes. Le chancelier et le roi lui-même ne sauraient jamais rien, se promit-il. Aussitôt qu'il aurait mis la main sur les filles Percy, le trésor serait à lui, et à lui seul.

Catherine inspira profondément l'air frais et chargé d'odeurs, s'efforçant de chasser les sombres pensées qui la hantaient depuis plusieurs jours. Elle avait entendu courir les pires rumeurs sur le temps humide et glacial qu'il peut faire dans les Highlands, mais l'automne naissant qu'ils connaissaient ressemblait bien plus à un été tardif. Lourd et capiteux, le parfum de rosiers toujours en fleur bordant le chemin herbeux embaumait les jardins de Balvenie Castle. À la tête d'un petit groupe, elle choisit un coin abrité et fit signe aux servantes d'installer, au pied d'un muret de pierres sèches, la chaise capitonnée qu'elles transportaient ainsi qu'une couverture qu'elles étendirent sur l'herbe.

Quand ce fut fait, elle fit signe à Tosh, qui portait dans ses bras depuis sa chambre la frêle mais bruyante lady Anne, de s'approcher. Précautionneusement, avec bien plus de douceur que l'on aurait pu s'attendre de la part d'un si rude et impressionnant guerrier, il l'installa sur la chaise. Les servantes qui les accompagnaient furent promptes à envelopper la malade dans une épaisse couverture et à lui tendre une tasse de tisane médicinale.

Avec dédain, la comtesse douairière la repoussa et fit peser sur sa belle-fille un regard assassin.

— Catherine Percy, lâcha-t-elle sèchement, le temps est finalement venu où je peux dire que je regrette le jour où j'ai posé les yeux sur votre frais minois.

Ignorant le reproche, Catherine sourit au groupe qui les avait accompagnées jusque-là et demanda qu'on les laisse seules un moment. Avec un sourire forcé, Tosh s'exécuta et alla prendre position à l'autre bout du jardin, sous un poirier, où il pourrait monter bonne garde et parer à tout danger. Quant aux femmes qui regagnèrent le château, les expressions qu'arboraient leurs visages traduisaient avec éloquence ce qu'elles pensaient de l'initiative de Catherine. Certaines étaient agréablement surprises que quelqu'un ose enfin braver la vieille comtesse et lui faire quitter son lit, mais la plupart étaient inquiètes de ce qui résulterait de ce face-à-face explosif. Bientôt elles disparurent, ne laissant derrière elles que les fidèles Jane et Auld Mab, qui s'en allèrent cueillir un peu plus loin les dernières herbes et les quelques fleurs ayant survécu à l'arrivée de l'automne.

Après s'être confortablement installée sur la couverture, Catherine sourit à sa belle-mère, ravie de constater que son petit plan fonctionnait à merveille. Déjà, les joues ridées de la vieille femme avaient repris quelque couleur. Le fait que Susan ait été absente lui avait grandement facilité la tâche, car la jeune femme paraissait tenir à soigner sa tante dans l'atmosphère confinée de sa chambre et n'aurait sans doute pas donné son accord. L'aide inattendue mais bienvenue que lui avait fournie Auld Mab en se ralliant à son point de vue avait fini par faire pencher la balance de son côté. Pour faire d'une pierre deux coups, elle avait de plus donné des ordres pour que la mère de John trouve à son retour une chambre aérée et nettoyée, ce qui n'avait pas été le cas depuis trop longtemps.

— Vous aurez ma mort sur la conscience, lança lady Anne, qui n'avait toujours pas désarmé. Avec ce froid, j'aurai poussé avant ce soir mon dernier souffle.

Pour lui prouver que par un temps aussi clément ses craintes relevaient du caprice, Catherine ôta son manteau et sortit d'une des poches le livre qu'elle était allée chercher dans la bibliothèque de son mari avant de sortir.

— Je n'aurais jamais imaginé que vous vous révéleriez une créature aussi malfaisante, jeune femme ! pesta de plus belle la malade. C'est un complot ! À n'en pas douter, vous voulez ma position, mon titre, ma chambre.

Ouvrant le volume à une page qu'elle avait pris soin de marquer d'un repère, Catherine se mit à lire à voix haute et distincte :

— « Là, dans une riante plaine où je cheminais
Coulait vive et douce à mon regard une rivière
Bordée de fleurs exubérantes et gaies.
Là, sur un lit scintillant de belles pierres,
Coulait une onde cristalline, froide et claire,
Et dans mon oreille, une mélodie.
Timbre de joie et d'harmonie... »

Lady Anne n'en persistait pas moins dans sa litanie de complaintes.

— Si vous croyez vous en tirer comme ça...

Avec la même persévérance, Catherine poursuivait sa lecture.

— « ... Et enfin, englobant ces merveilles
Je vis un jardin cerné de hauts murs.
Sur un lit de fleurs je reconnus soudain
La déesse Fortune et sur le sol,
À ses pieds, une roue... »

Catherine marqua une pause sans lever les yeux de son livre. Satisfaite du silence qui s'était fait, elle reprit sa lecture.

Après avoir accepté son sort et s'être résignée à demeurer la femme de John Stewart, elle était à présent décidée à pacifier ses relations avec ceux qui l'entouraient. Ferme dans ses résolutions, elle savait que parvenir à amadouer sa belle-mère constituait son plus important défi. Même si celle-ci aimait jouer les mourantes, Catherine était convaincue qu'il restait à la comtesse douairière plus de force qu'elle ne voulait le reconnaître et de nombreuses années à vivre. Pour se résoudre à reprendre pied dans la vie, elle avait juste besoin d'un choc salutaire et d'un but dans l'existence. Si tout fonctionnait comme elle l'avait prévu, conclut-elle pour elle-même, elle allait se charger de lui fournir les deux.

Elle n'était cependant pas dupe de ses motivations. C'était pour la mère vieillissante de son mari autant que pour elle-même qu'elle entreprenait cette démarche. Dans la nouvelle vie qui s'ouvrait à elle, elle aurait bien besoin de l'aide, des conseils et du soutien que lady Anne pourrait lui offrir.

Lorsqu'elle eut fini de lire la page, Catherine leva les yeux et découvrit la vieille femme alanguie sur sa chaise, le regard fixé avec nostalgie sur le livre posé dans son giron. Elle attendit pour le refermer que sa belle-mère fixe sur le sien son regard perçant.

— Petite curieuse, dit-elle d'un ton radouci, presque affectueux. Vous avez fouillé dans mon passé.

— Je me suis intéressée à vos goûts, corrigea Catherine. Votre amour pour la poésie – que vous aimez à lire et à écrire – est de notoriété publique à Balvenie.

— Je connais ces vers, reprit lady Anne. Ils sont l'œuvre du premier James Stewart à avoir régné sur l'Écosse.

— C'est exact, confirma Catherine. Ils sont tirés d'un florilège intitulé *Le calice du roi*.

— Pourquoi agissez-vous ainsi ? s'enquit la vieille femme en se raidissant sur son siège. Pourquoi vous donner cette peine ? Vous pourriez me laisser en paix. Je n'ai pas besoin de vos visites journalières, vous savez, ni de vos bons soins et de votre sollicitude à mon chevet. Ne comprenez-vous pas que je ne demande plus qu'à mourir en paix ?

Ces paroles avaient été prononcées dans l'intention de la blesser, mais Catherine perçut bien plus la vulnérabilité qu'elles trahissaient et en fut touchée. Elle se découvrait avec sa belle-mère une certaine parenté. Elles étaient toutes deux des femmes tourmentées et en quête d'amour, même si pour rien au monde elles ne l'auraient reconnu. Levant la main, elle prit entre ses doigts ceux froids et secs de lady Anne, dans l'espoir de leur communiquer un peu de sa chaleur. À son grand soulagement, elle se laissa faire.

— Vous rappelez-vous notre première rencontre ? demanda-t-elle. Ce jour-là, vous m'avez presque traitée de folle pour ne pas accepter mon sort, pour oser réclamer l'impossible et ne pas reconnaître et apprécier la bonne fortune qui m'était échue.

— Ne vous comparez pas à moi ! protesta la comtesse douairière d'une voix qui tremblait légèrement. Mon âge me permet d'aspirer au respect autant qu'au repos. J'ai eu une vie bien remplie, et je suis prête dorénavant à vous libérer, mon fils et vous, de la présence d'une invalide. En ce qui vous concerne, vous êtes jeune, forte, pleine de vie. En dépit de ce que j'ai pu dire lors de notre première rencontre, je suis à présent persuadée que vous êtes la femme qu'il fallait à John. Vous n'avez pas besoin d'une vieille folle comme moi pour…

— Vous vous trompez, l'interrompit Catherine. C'est maintenant que j'ai besoin de vous. J'ai peur, lady Anne. Je me sens seule et j'ai désespérément besoin de votre aide.

Les yeux écarquillés par la surprise, la mère de John la dévisagea un instant.

— De quoi pouvez-vous avoir peur ? Mon fils vous aurait-il blessée, d'une manière ou d'une autre ?

— Non, milady, ce n'est pas du tout cela.

— Alors quoi ? Vous avez autour de vous des gens qui vont vous aider à mettre sur pied cette école qui vous fait rêver. Vous trouvez sans doute que les choses tardent à se concrétiser, mais…

— Là n'est pas le problème non plus.

— Alors où est-il ? Vos sœurs et votre mère ont pu fuir l'Angleterre et sont à l'abri, tout comme vous. Qu'est-ce qui vous inquiète donc à ce point ?

Catherine ne put s'empêcher de baisser timidement les yeux et sentit ses joues s'empourprer. Les sensations qu'elle découvrait au fond d'elle-même étaient si nouvelles qu'elle ne savait comment les évoquer.

— C'est à cause... d'une suspicion que j'ai, parvint-elle enfin à confier à voix basse.

Reposant le livre sur la couverture, elle tenta de lâcher les doigts de la vieille femme, mais celle-ci l'en empêcha en s'y accrochant avec une force surprenante.

— Dites-moi tout, la pressa-t-elle. Que se passe-t-il ?

— Je... rien n'est sûr mais... je crois que... certains signes sont apparus ces derniers jours... qui me laissent à penser que...

Prenant une profonde inspiration, Catherine se força à fixer sa belle-mère.

— J'attends peut-être un enfant, conclut-elle.

— Dieu soit loué ! s'exclama lady Anne. Par la sainte Vierge, quel beau jour que celui-ci !

Levant vers le ciel un visage métamorphosé par la joie, elle éclata d'un rire tonitruant qui attira les regards de Tosh et des deux autres femmes présentes dans le jardin.

— Avez-vous annoncé la bonne nouvelle au comte d'Athol ?

Catherine secoua négativement la tête.

— J'attends d'en être certaine. Je ne suis pas encore tout à fait sûre... Mais il n'y a ici à Balvenie personne dont je me sente assez proche... personne en qui je puisse avoir suffisamment confiance pour... parler de ces choses.

Sans lui lâcher la main, qu'elle serrait affectueusement entre les siennes, lady Anne la pressa de questions, auxquelles Catherine s'efforça de répondre précisément.

— Oui, conclut la comtesse douairière quand elle eut terminé la description de ses symptômes, ce ne peut être que cela. J'étais sûre que je pouvais compter sur la fille de Diana Erskine pour faire de moi une femme heureuse avant ma mort.

— Cessez donc d'appeler la mort de vos vœux ! protesta Catherine. C'est maintenant que j'ai besoin de vous. J'ai si peur ! Je suis désemparée.

— Il n'y a pas à vous en faire pour si peu, mon enfant. Vous ne serez pas la première femme – et pas la dernière non plus – à en passer par là. Avec l'aide d'une sage-femme, de quelques herbes médicinales et de bon nombre de prières, vous…

— Ce n'est pas de la grossesse, dont j'ai peur, encore moins de l'accouchement. Tout cela est encore si abstrait pour moi… Ce dont j'ai peur, c'est de la réaction de mon mari une fois qu'il sera au courant.

— Je peux vous garantir qu'il sera enchanté. Il veut un héritier. C'est pour cela qu'il a pris femme.

Catherine se raidit. Les paroles de lady Anne ne faisaient que confirmer ses pires craintes. Il lui fut soudain impossible de se maîtriser plus longtemps, et les larmes coulèrent le long de ses joues.

— Et que se passera-t-il ensuite ? demanda-t-elle d'une voix misérable. S'il sait que je suis enceinte, ne pensez-vous pas qu'il perdra aussitôt tout intérêt pour moi ? Il ne m'a jamais caché que notre union n'était à ses yeux qu'un mariage de raison, conclu dans le seul but de pérenniser son titre.

— Ce n'est qu'un imbécile, Catherine. Comme tous les hommes. Et vous en êtes une également d'accorder trop de crédit à ses paroles.

— S'il vous plaît, n'essayez pas de me consoler par de douces paroles !

Vivement, Catherine retira sa main et se rassit sur la couverture.

— Je n'oublierai jamais dans quelles conditions s'est passé notre mariage, déclara-t-elle, boudeuse.

— Vous n'oublierez jamais, répéta lady Anne d'un air rusé, pourtant vous n'avez pu vous abstenir de tomber amoureuse de lui. Sachant le danger que vous encouriez, vous n'avez pu protéger votre cœur.

Catherine baissa ses yeux embués de larmes sur ses mains jointes dans son giron. La vérité qu'elle n'avait pas été capable de reconnaître dans le secret de son cœur, qu'elle n'aurait pas osé avouer à son mari, sa belle-mère venait de l'énoncer tout haut, et il ne servait plus à rien de la nier. En dépit des prémisses peu communes de leur histoire, elle avait fini par tomber amoureuse de John Stewart, désespérément et irrémédiablement.

— Cela réchauffe mon vieux cœur de savoir que vous tenez tant à lui, reprit la mère de John. C'est pour moi une bénédiction d'apprendre que, sans même l'avoir cherché, mon fils a fini par épouser une femme de si grande valeur.

Jamais lady Anne ne lui avait adressé de paroles plus aimables. Elles ne firent qu'accentuer l'émotion qui s'était emparée de Catherine.

— S'il vous plaît, conseillez-moi, supplia-t-elle. Dites-moi ce que je dois faire.

— Dites-lui simplement la vérité, mon enfant. Toute la vérité ! Que vous l'aimez et que vous portez son enfant. Seul un homme au cœur de pierre – ce que mon fils n'est pas – resterait insensible à de telles révélations.

— Ce n'est pourtant pas si simple…

D'un revers de main, Catherine essuya ses larmes et fixa sa belle-mère droit dans les yeux.

— À votre avis… John ressemble-t-il à son père ? demanda-t-elle.

Son interlocutrice arqua les sourcils et la considéra d'un air songeur.

— En apparence, il ressemble beaucoup à son père, c'est vrai. Il en est même le portrait craché ! Même taille, même corpulence, et ce même et si séduisant visage des Stewart, dont je suis tombée amoureuse au premier regard quand je l'ai rencontré. Pourquoi me demandez-vous cela ?

— Mais pour ce qui est… du tempérament, insista-t-elle sans répondre à sa question.

— De ce côté-là également John tient énormément de son père. Il a comme lui un cœur passionné et prompt à s'enflammer. Mon mari était un homme déterminé à vaincre, en particulier lorsqu'il s'agissait de redresser un tort. S'il y a jamais eu deux hommes qui se ressemblent sur…

Lady Anne n'acheva pas sa phrase. Catherine se mordait les lèvres pour les empêcher de trembler, mais rien n'aurait pu atténuer la douleur qui lui fendait le cœur.

— Ce n'est pas la réponse que vous attendiez, reprit sa belle-mère d'un air désolé. Je me trompe, mon enfant ?

— Je voulais la vérité. Vous m'avez dit ce à quoi je m'attendais.

La main tremblante de la vieille femme se tendit pour caresser sa joue humide de larmes.

— Je constate que vous devez être au courant de la vérité, dit-elle amèrement. Vous connaissez l'existence d'Adam, n'est-ce pas Catherine ?

Incapable de retrouver sa voix, elle se contenta de hocher piteusement la tête.

— Je comprends ce qui vous fait peur. Vous redoutez qu'à présent que vous êtes enceinte, John ne perde tout intérêt pour vous. Vous craignez que, comme son père l'a fait avant lui, il puisse aller chercher son plaisir ailleurs. C'est cela, ma petite ?

De nouveau, Catherine acquiesça d'un hochement de tête. Les doigts de lady Anne, penchée vers elle, glissèrent de sa joue et se posèrent fermement sur son épaule.

— Une telle crainte ne repose sur aucun fondement, dit-elle d'un ton ferme. Bien que vous ne vous connaissiez que depuis peu de temps, je peux vous assurer que je n'ai jamais vu mon fils aussi attaché à une femme.

— Mais, n'en était-il pas de même pour votre mari ? protesta Catherine en levant timidement les yeux.

Sa question parut déstabiliser la mère de John, qui se hâta de détourner les yeux.

— D'après ce que j'ai pu apprendre en interrogeant les plus anciens serviteurs du château, insista-t-elle, le vieux comte était un mari dévoué, un homme très attaché à sa femme et à son fils.

Patiemment, Catherine attendit sa réponse, espérant que lady Anne lui révélerait n'avoir fait qu'un mariage arrangé et dénué de tout amour. Celle-ci se cantonna dans un silence buté. Un coup de vent fit frissonner les feuilles des rosiers, et les fleurs tardives s'inclinèrent. Saisie par un brusque frisson, Catherine frotta ses bras et considéra avec inquiétude sa belle-mère, pâle et perdue dans ses pensées.

— Je ferais peut-être mieux d'appeler Tosh, suggéra-t-elle. Je crois que le temps est venu de…

— Nous avons fait un beau mariage, l'interrompit la comtesse douairière d'une voix enrouée. Un mariage d'amour. Je croyais avoir un mari qui ne levait pas les yeux sur d'autres femmes.

Une souffrance visible déformait les traits de la malade. Catherine s'en voulut d'avoir osé aborder ce sujet sensible. Prise de remords, elle prit la main de sa belle-mère et la serra doucement.

— Je n'aurais pas dû vous importuner avec cela. Je suis désolée de m'être montrée si insensible, si égoïste…

Secouant la tête, lady Anne lui sourit faiblement.

— Ne le soyez pas, ma petite… Nous avons eu une vie heureuse et riche. Et même si l'infidélité de mon mari m'a fait souffrir, je ne parviens pas à imaginer ce qu'aurait été mon existence sans lui.

— Vous lui avez pardonné et vous êtes restée à ses côtés. Je ne… je ne sais pas si je pourrais me taire et faire preuve d'autant de grandeur d'âme !

— Détrompez-vous, ma chère ! La grandeur d'âme n'a rien à voir là-dedans et je suis restée tout sauf silencieuse… Je l'ai puni de s'être conduit comme un bouc en rut. J'ai fait de sa vie un enfer jusqu'à ce qu'il emmène son bâtard loin de moi, où je n'aurais plus à poser les yeux sur lui.

Catherine savait qu'elle aurait dû mettre un terme à cette discussion, mais cette révélation la choquait tant qu'elle en fut incapable.

— Votre mari… vous a imposé Adam sous votre toit ?

Les yeux de nouveau perdus dans le vague, lady Anne hocha longuement la tête.

— Adam était tout bébé et n'avait que quelques jours lorsque mon mari l'a ramené en secret à Balvenie. J'étais tellement folle de rage que j'aurais été capable de l'abandonner sur la colline pour qu'il se fasse prendre par les créatures de la nuit…

— Il ne croyait tout de même pas que vous alliez accepter sans broncher le fruit de son adultère dans votre foyer ! protesta Catherine, incrédule.

— Les temps étaient différents, commenta la comtesse douairière avec fatalisme. De telles choses se faisaient.

Un instant, Catherine hésita à poser la question qui lui brûlait les lèvres, mais le besoin de savoir fut le plus fort.

— Lady Anne… étiez-vous au courant… que votre mari avait pris une maîtresse ?

Sans lui répondre, la veille femme ferma les paupières, aux commissures desquelles perlèrent deux grosses larmes.

— Pourquoi ne pas avoir laissé l'enfant auprès de sa mère, insista Catherine. Quel sens cela avait-il de vous le confier ?

— Sa mère était dans l'incapacité de l'élever. C'est tout ce que mon mari a daigné me dire.

Poussant un long soupir, lady Anne rouvrit les yeux et secoua tristement la tête.

— Il arrive que les hommes se laissent déborder par leur nature, poursuivit-elle. Mais je crois qu'il regrettait sincèrement son erreur et qu'il a voulu épargner à son fils illégitime de souffrir à cause de ses péchés.

— Ainsi, quand vous n'avez pas voulu le garder au château, le comte l'a emmené.

— Oui.

— Vous croyez que c'est pour cette raison qu'Adam est revenu commettre ces actes de brigandage ? Pour se venger de la famille de son père ?

— C'est difficile à dire, très difficile…

Catherine regarda la comtesse douairière se radosser péniblement à son siège, le visage fermé. Comprenant qu'il était inutile d'attendre davantage de sa part, elle fit signe à Tosh et aux deux suivantes d'approcher et se releva.

— Faites ce que vous dicte votre cœur, mon enfant…

La voix soudain rassérénée de sa belle-mère surprit Catherine et lui fit tourner la tête. De nouveau, la vieille femme lui adressait un regard plein d'affection, qui lui alla droit au cœur.

— Mais si je peux vous donner un conseil, reprit-elle, il vaudrait mieux patienter quelque peu avant d'annoncer au comte d'Athol la bonne nouvelle. Peut-être serat-il plus enclin à vous livrer les secrets de son cœur si toutes ses bonnes fortunes ne lui sont pas révélées en même temps.

— Vous garderez donc mon secret ?

— Oui. Au moins pendant quelque temps.

Le visage de lady Anne se rembrunit avant qu'elle ne poursuive :

— Mais à la condition que vous ne jugiez pas mon fils en vous basant sur les faiblesses de son père. Je dois déjà vivre avec le regret de n'avoir pas eu le courage d'élever Adam. Je ne supporterai pas de voir John endosser un péché qui ne le concerne en rien.

Figée, Catherine comprit avec effarement que c'était ce qu'elle avait fait tous ces derniers jours. Sans lui laisser la moindre chance de prouver sa propre valeur, elle avait d'avance condamné son mari en s'attendant qu'il se conduise comme son père et comme la majorité des hommes.

— Croyez en une vieille femme qui a beaucoup vécu, conclut la comtesse douairière. Ne laissez pas ces miasmes issus d'un lointain passé vous empoisonner l'existence. Prenez la vie telle qu'elle se présente et sans redouter l'avenir. Je vous le répète, jamais je n'ai vu mon fils aussi enchanté de la compagnie d'une femme. Faites-lui un peu confiance et écoutez ce que vous dicte votre cœur. S'il vous conseille de ne pas lui révéler immédiatement votre grossesse, gardez votre secret, je serai votre complice.

Sans attendre l'aide des deux suivantes, lady Anne se débarrassa de la couverture et se mit sur pied toute seule. S'accrochant au bras que lui tendait sa belle-fille, elle fit quelques pas hésitants, les premiers depuis bien longtemps.

— Vous verrez, conclut-elle en lui tapotant le bras avec affection, au train où vont les choses, il ne s'écoulera pas longtemps avant que vous ne découvriez que le cœur de John vous est acquis.

Choisissant d'y voir un augure, Catherine se surprit à sourire. Peut-être, après tout, avait-elle eu tort de se mettre martel en tête. Peut-être, en définitive, son curieux mariage s'avérerait-il plus heureux qu'elle n'aurait pu l'espérer.

16

La chaude lueur des braises rougeoyant dans l'âtre était la seule source de lumière dans la vaste chambre du laird. Catherine, se glissa prestement hors du lit et jeta un regard attendri à son mari encore endormi. La vision des traits paisibles de son visage détendu par le sommeil faillit lui faire rebrousser chemin et renoncer à son projet. Il lui fallut faire appel à toute sa détermination pour s'éloigner à pas de loup et s'habiller en hâte.

La nuit qu'ils venaient de vivre avait été magique. Catherine en émergeait le corps repu et le cœur en paix. Simplement éclairés par les flammes d'un vif et odorant feu de bûches de cèdre, ils avaient fait l'amour encore et encore. Sans retenue aucune, elle s'était noyée dans des sensations si douces qu'elles ne devaient pas être étrangères au paradis. Contrairement aux autres fois où il leur avait fallu se défier, s'affronter et se perdre en arguties sans fin avant de s'abandonner à la passion, cette nuit avait été la plus paisible qu'ils aient jamais partagée.

Achevant de s'habiller, Catherine jeta un dernier coup d'œil à son mari et sourit. Peut-être n'aurait-elle pas à le défier sans arrêt et à marchander avec lui chaque parcelle de sa liberté. Peut-être John apprenait-il peu à peu à la connaître et à accepter les spécificités de sa singulière épouse. Peut-être le temps était-il venu pour elle d'écouter ce que lui dictait son cœur – et de faire confiance à celui de son mari – en lui révélant cette grande nouvelle qui ferait de lui un homme heureux.

Après avoir gagné la porte, elle envoya du bout des doigts un baiser à son mari et se promit de s'en tenir à cette résolution. Aussitôt qu'elle aurait éclairci ce mystère dont elle se promettait de venir à bout avant le lever du soleil.

Alors que des pas résonnaient dans le couloir, le moine souffla en hâte sa bougie, rabattit le couvercle du coffre et fit glisser sous le lit le sac de voyage ouvert. Puis, gagnant la porte sans faire de bruit, il entrouvrit le battant pour voir qui venait. Une jeune femme pressée glissa comme une ombre devant lui. Il reconnut aussitôt la nièce de la comtesse douairière. Immédiatement derrière arrivait Catherine Percy, mais à son grand soulagement elle passa devant sa chambre sans s'arrêter.

Indécis, le moine jeta un coup d'œil perplexe à la pièce vide. Il n'avait pas terminé de la fouiller, mais la scène qu'il venait de surprendre l'inquiétait. Si le sort de Susan McIntyre lui importait peu, il ne pouvait laisser Catherine Percy se mettre en danger sans réagir. Sa décision prise, il referma soigneusement la porte de la chambre derrière lui et suivit les deux femmes à distance.

Même sans prendre en compte les ordres qu'il avait reçus et l'intérêt supérieur de sa mission, le moine aurait cherché à protéger celle qu'il connaissait et dont il avait suivi le cheminement depuis tant d'années. C'était à lui de faire en sorte qu'elle ne finisse pas par être victime de son inconscience. Catherine était téméraire dès qu'il s'agissait de poursuivre quelque chimère. Elle était également bien trop confiante en ses propres capacités et était donc une cible de choix.

Après avoir passé plusieurs nuits à surveiller ses allées et venues, Catherine était à présent accoutumée au rituel nocturne de Susan. Munie d'une lanterne, elle avait déjà exploré l'escalier dans lequel elle disparaissait, et elle avait également découvert la trappe par laquelle elle se glissait. Ce qui ne manquait pas de l'intriguer au plus haut point, c'était que ces escapades ne se produisaient que lorsque John et ses hommes se trouvaient dans le château.

Découvrir où la jeune femme pouvait aller lorsqu'elle s'absentait ainsi était peu à peu devenu pour Catherine une obsession. Pour une raison qu'elle ne parvenait pas à s'expliquer, s'ouvrir de ce mystère à son mari ou même à Jane était tout à fait hors de question pour elle. Peut-être espérait-elle, en gardant le secret, s'attirer enfin les bonnes grâces de la nièce de Susan. De tous les occupants du château, elle seule demeurait froide et distante à son égard. Et pourtant, ce n'était pas faute, de sa part, d'avoir tenté à de multiples reprises de se lier d'amitié avec elle.

Catherine avait tout d'abord placé cette attitude distante sur le compte du ressentiment. Après tout, n'avait-elle pas sans le vouloir pris la place que lady Anne avait voulu réserver à sa nièce ? Peu à peu, son opinion à ce sujet avait évolué. Un pressentiment lui dictait qu'il devait y avoir autre chose. Susan se montrait distante avec elle, certes, mais elle l'était aussi avec le reste de la maisonnée. En fait, elle semblait vivre en permanence dans ce monde de rêve auquel Catherine n'était elle-même pas étrangère. Discrète et silencieuse, elle ne lui témoignait aucune animosité. En retour, Catherine ne se formalisait pas de voir ses tentatives de rapprochement repoussées. Ce qui ne l'empêchait pas de se demander avec curiosité ce qui poussait Susan à disparaître derrière une trappe en plein milieu de la nuit – cette même trappe dont elle venait d'entendre les gonds grincer au bas de l'escalier.

Catherine attendit quelques secondes mais cette fois, au lieu de rebrousser chemin comme elle l'avait fait jusqu'alors, elle descendit les dernières marches de l'escalier en colimaçon. Palpant pour se rassurer le poignard de son mari qu'elle avait accroché à sa ceinture, elle banda ses muscles et souleva en soufflant le lourd battant de chêne. Elle avait cru emporter l'arme de John sur un coup de tête, mais elle se rendait compte à présent qu'elle avait cherché ainsi à se rassurer.

Une grossière échelle de bois s'enfonçait dans le sol. En la descendant à reculons, Catherine fit en sorte de refermer la trappe derrière elle. Au bas du dernier barreau, elle se figea, les sens aux aguets. Il faisait un noir d'encre. Elle avait préféré ne pas emporter de source de lumière pour ne pas attirer l'attention. À tâtons, elle repéra les lieux et découvrit que l'étroit passage dans lequel elle était descendue ne menait que dans une seule direction. Un pas après l'autre, elle s'y engagea prudemment.

Elle fut saisie d'un léger tremblement. Même s'il s'agissait bien plus d'une conséquence de l'excitation que du froid humide qui régnait dans le tunnel, elle resserra autour d'elle les pans de son manteau. Combien de fois au cours de son enfance avait-elle, en compagnie de ses sœurs, bravé le danger en pleine nuit, rien que pour l'amour du risque et de la découverte ? Toutes les trois, elles avaient formé une vraie bande, unie comme les doigts de la main, sans peur et sans reproche. Comme il était dur, pour elle, de renoncer à une telle complicité et d'imaginer qu'elle ne renaîtrait jamais ! Il ne servait à rien de se lamenter, songea-t-elle en chassant ses souvenirs mélancoliques. Surtout lorsqu'il lui fallait se concentrer pour éviter le moindre faux pas.

Tout en se guidant avec les mains, elle accéléra l'allure, de peur de ne plus entendre Susan et de se retrouver seule dans le noir. Fort heureusement, le sol était égal et le tunnel semblait s'enfoncer sous terre en ligne droite. La poursuite s'éternisa ainsi pendant ce qui lui parut durer des heures. Elle commençait à se demander si elle prendrait jamais fin lorsque le sol se mit à décliner sensiblement sous ses pieds. Quelques instants plus tard, elle entendit Susan se contorsionner et haleter, comme s'il lui fallait franchir quelque passage étroit. D'après la distance parcourue, elle estimait qu'elles devaient à présent se trouver bien au-delà des murailles de Balvenie Castle.

Quand le silence retomba, elle se remit en route mais se retrouva bien vite arrêtée par un mur de pierre. Aussitôt après être descendue par la trappe, elle avait eu la certitude que ce passage secret était plus ancien que le château lui-même. Peut-être cette barrière avait-elle été érigée à son extrémité pour empêcher toute intrusion.

Sachant que celle qu'elle avait suivie jusque-là n'avait pu trouver d'autre issue, Catherine laissa ses mains courir le long du mur, à la recherche de l'ouverture. Aucun de ses efforts ne lui permit d'y parvenir. Alors, tout naturellement, elle leva la tête vers le plafond, si haut qu'il lui était impossible de l'atteindre en tendant les bras. S'il lui fut impossible dans le noir de distinguer quoi que ce soit, elle sentit nettement le courant d'air frais qui tombait des hauteurs.

Reprenant courage, elle se servit des aspérités présentées par les pierres pour escalader le mur. Il ne lui fallut pas fournir de gros efforts pour se hisser jusqu'à l'ouverture située au sommet de la paroi, à peine assez large pour laisser passer ses épaules. Réprimant un cri de victoire, Catherine s'y engagea sans hésiter. Il lui fallut ramper, se déhancher et souffler sur quelques mètres, mais bientôt le passage s'élargit suffisamment pour qu'elle puisse y progresser à quatre pattes. Ce fut alors qu'elle perçut un bruit derrière elle.

Retenant son souffle, elle tourna la tête sans percevoir autre chose que les ténèbres qui la cernaient depuis son entrée dans le tunnel. Certaine d'avoir rêvé, elle reprenait sa progression quand le bruit se fit entendre de nouveau, plus fort cette fois. Une sorte de grincement, identique à celui du métal sur la pierre, ainsi que ce qui ressemblait au grognement d'un homme en plein effort.

Le cœur de Catherine se mit à battre à coups redoublés. Lentement, elle porta la main au poignard qui se trouvait à sa ceinture. L'avait-on suivie, de la même manière qu'elle avait suivi Susan ? Et dans ce cas, qui était derrière elle, dans le noir – ami ou ennemi ?

Soudain, la vulnérabilité de sa position lui apparut clairement. Ce fut avec l'énergie du désespoir, dans un état de terreur sourde, qu'elle rampa vers la sortie aussi vite qu'elle le put, autant pour échapper à la peur et à la nuit qu'à son mystérieux poursuivant.

Peu à peu, le passage étroit s'évasa jusqu'à déboucher sur une sorte de cave. Elle se figea et tendit l'oreille, dans l'espoir de percevoir un signe de la présence de Susan, redoutant d'entendre celui qui la suivait déboucher derrière elle, mais il régnait en ce lieu un parfait silence. Il n'était guère difficile de choisir la direction à emprunter… Sans hésiter, elle se laissa guider par le courant d'air qui lui caressait le visage.

Bien mal lui en prit. Elle n'avait pas fait trois pas qu'elle se retrouva prisonnière du roncier géant qui barrait l'une des extrémités de la cave. Ravalant un cri de surprise, puis de douleur, elle s'efforça au calme et fit de son mieux pour ôter de son manteau et de ses cheveux les épines qui s'y accrochaient. Elle recula prudemment et préféra y réfléchir à deux fois avant de se lancer dans une nouvelle exploration hasardeuse.

Un nouveau souvenir de son enfance aventureuse en compagnie de ses sœurs lui revint en mémoire et lui offrit la solution qu'elle cherchait. Dans une masure en ruine envahie par les ronces, non loin de la demeure familiale, elles avaient installé un repaire secret, accessible d'elles seules, où elles cachaient leurs trésors et où elles aimaient se retrouver pour rêver leur petit monde, loin de la présence encombrante des adultes. Il n'y avait qu'un moyen pour elles de pénétrer dans ce domaine enchanté. Il leur fallait ramper le long d'une galerie creusée par des animaux sauvages à la base de l'impénétrable roncier.

Tombant à genoux, elle sourit en découvrant rapidement l'ouverture recherchée. Il lui fallut ramper sans craindre de s'égratigner aux terribles griffes mais, au courant d'air qui s'était accentué et à la lumière diffuse qu'elle apercevait déjà à l'autre extrémité, elle sut qu'elle touchait au but.

En émergeant à l'air libre, Catherine se redressa de toute sa hauteur et prit une profonde inspiration. Une brume insidieuse et glacée la fit frissonner. Elle se trouvait au fond d'un fossé au sol rocailleux – une douve asséchée, peut-être –, l'énorme roncier formant derrière elle une sorte de haie. La lune au demi-quartier éclairait le lieu, mais nulle part elle ne découvrit trace de Susan.

Un éboulis de pierres, à l'une des extrémités du fossé, lui permit d'accéder au flanc de la colline, où elle eut un aperçu de l'endroit où elle se trouvait. En contrebas, un hameau d'humbles cottages s'accrochait à la pente. Leurs fenêtres étaient obscurcies, mais les filets de fumée blanche recrachés par les cheminées pointant des toits attestaient d'une présence humaine. Au-delà s'étendait la vallée endormie, livrée à la blafarde caresse de l'astre de la nuit.

Pivotant sur ses talons, Catherine se retourna vers le sommet de la colline où s'élevait la silhouette formidable de Balvenie Castle. Elle fut surprise de constater que le tunnel l'avait conduite à une distance considérable des murs d'enceinte. Sur sa gauche, non loin de la tranchée au bord de laquelle elle se trouvait, prospérait un bosquet de jeunes arbres, avant-poste d'une plus vaste forêt vers laquelle se dirigeait une sente à peine visible. Guidée par son instinct, elle décida que Susan avait dû emprunter cette direction et se mit en route.

Alors qu'elle traversait le terrain à découvert qui la séparait de l'orée du bois, un mouton qui paissait plus haut sur la colline poussa un bêlement lugubre et la fit sursauter. S'amusant de sa frayeur, elle se remit à marcher pour s'arrêter de nouveau après avoir parcouru quelques mètres. Un nuage masquant la lune la privait à présent de toute lumière. De nouveau, elle se retrouvait cernée par les plus angoissantes ténèbres.

— Te voilà bien avancée, marmonna-t-elle pour elle-même. Qu'est-ce qui t'a pris de…

La main qui venait de se plaquer contre sa bouche ne lui laissa pas le loisir de se plaindre plus longuement. Son assaillant, qui l'avait surprise en se glissant sans bruit dans son dos, la fit basculer violemment en avant. Catherine s'étala de tout son long dans la bruyère. Le genou planté au creux de ses reins, l'homme lui maintint le visage contre terre pendant qu'un comparse lui liait les mains dans le dos avec un lacet en cuir. À bout de souffle, elle redressa la tête, autant pour respirer que pour pousser un cri de détresse.

— Bien joué, Jock ! lança une voix grasseyante pendant qu'on lui fourrait un infâme chiffon dans la bouche. C'est le maître qui va être heureux qu'on lui rapporte ce bel oiseau.

Éveillé en sursaut par un vacarme de cris et de courses dans les couloirs, John jaillit d'un bond de son lit et courut dans l'antichambre passer une chemise et un kilt. À peine eut-il ouvert sa porte pour aller s'enquérir des raisons de ce raffut que Tosh se présenta devant lui.

— Un incendie s'est déclaré dans le château, milord ! lui lança-t-il, tout essoufflé. Rassurez-vous, rien de grave. À part une ou deux couvertures brûlées et beaucoup de fumée, il ne semble pas y avoir d'autres dégâts à déplorer.

— Attends-moi ! ordonna-t-il au capitaine de ses gardes. Je veux m'en assurer par moi-même.

Après avoir vu tant de dépendances de ses fermiers partir en fumée par la faute d'Adam des Glens, le comte d'Athol était dorénavant très méfiant dès qu'il était question d'incendie. Il ne pouvait cependant quitter sa chambre sans rassurer auparavant Catherine.

Au pied de son lit, en découvrant que sa femme ne s'y trouvait pas, il soupira et rebroussa chemin. Il avait beau protester, menacer, et même faire en sorte de l'épuiser sous ses caresses avant de la laisser céder au sommeil, John se retrouvait toujours seul dans son lit au petit matin. Catherine semblait tenir à se retirer au cours de la nuit dans ce réduit dont elle avait fait son antre. Peut-être y voyait-elle un moyen de lui signifier qu'en dépit de ses bonnes dispositions, elle n'avait pas renoncé à sa liberté et à son indépendance. Après tout, puisque sur tous les autres plans il n'avait rien à lui reprocher, sans doute pouvait-il lui concéder cette innocente marotte.

Précédant Tosh dans le corridor, John lança par-dessus son épaule :

— Où s'est déclaré cet incendie, exactement ?

— Dans le couloir du premier étage de l'ancienne aile, milord. Non loin de la chambre attribuée à lady Catherine à son arrivée.

Saisi par une brusque appréhension, le comte d'Athol se figea sur place et fit volte-face.

— Près de sa chambre ? répéta-t-il. Tu es sûr que personne n'a été blessé ?

— Personne, milord ! En fait, le moine anglais qui est arrivé le premier sur les lieux s'est arrangé pour venir à bout des flammes et a appelé au secours.

Au pas de course, John se précipita le long des corridors et des escaliers vers la chambre de Catherine. Il ne cessait de se reprocher son imprudence. Comment pouvait-il lui permettre de demeurer là, si loin de lui, alors qu'elle aurait dû être nuit après nuit bien à l'abri entre ses bras ? Penser qu'à cause de l'étourderie de quelque serviteur assoupi elle aurait pu être blessée le rendait fou de colère.

À son arrivée sur les lieux de l'incendie, un nuage de fumée âcre flottait encore à hauteur de tête. John joua des coudes pour se frayer un passage au milieu des serviteurs et des soldats rassemblés. On avait commencé à déblayer les débris calcinés, qui s'empilaient en une masse noirâtre et fumante dans un coin. Saluant d'un signe de tête son vieux majordome qui se précipitait vers lui, il ouvrit à la volée la porte de la chambre de Catherine et se précipita à l'intérieur. La pièce était vide. Le lit n'avait pas été défait. Ses affaires étaient rangées avec le même soin que d'habitude. En comparaison du couloir, l'odeur de fumée était bien moins forte.

Sortant sans attendre, le comte d'Athol se tourna vers Jane, qui examinait la scène d'un œil perplexe.

— Où se trouve lady Catherine, Jane ?

— Elle n'est pas ici, milord, répondit la servante, soudain inquiète. Nous pensions – sauf votre respect – qu'elle se trouvait près de vous.

— Était-elle présente lorsque le feu s'est déclaré ?

Jane se mordit la lèvre et secoua négativement la tête.

— Pas que je sache. En fait, je suis arrivée tout de suite après le moine. Même si je n'avais pas besoin de son avis pour le faire, il m'a demandé de frapper à la porte de lady Catherine. Il n'y avait déjà plus aucun danger, mais il voulait que je la rassure. Comme elle ne me répondait pas, je suis entrée et j'ai trouvé la chambre vide. Êtes-vous en train de me dire que…

— Lady Catherine se trouve-t-elle chez ma mère, Mab ? demanda le comte d'Athol d'une voix angoissée à Auld Mab, qui venait d'arriver sur les lieux

— Non, milord, répondit-elle. Lady Anne m'envoie prendre des nouvelles, mais votre épouse ne se trouve pas avec elle et je ne l'ai vue nulle part en chemin.

Les uns et les autres s'écartèrent prudemment devant lui lorsque John rebroussa chemin, Tosh sur ses talons. Les ordres qu'il lançait par-dessus son épaule étaient clairs et impérieux, mais il y avait dans le ton de sa voix une nuance de panique qui ne put lui échapper.

— Rassemble tous les hommes tout de suite ! Je veux que vous fouilliez ce château pièce après pièce jusqu'à ce que vous retrouviez lady Catherine. Assure-toi que nul ne lui a baissé le pont-levis pour lui permettre de sortir de l'enceinte. Et si quelqu'un a commis l'erreur de lui confier une mule en lui souhaitant bonne route, je veux qu'on lui cloue la langue sur la porte des écuries !

Pour être sûr de bien se faire comprendre, il s'arrêta et fit face à son fidèle capitaine.

— Je me fiche du temps que cela prendra et des efforts qu'il vous faudra fournir, conclut-il. Tout ce que je veux, c'est qu'on la retrouve ! Envoie-moi également les moines anglais dans la grand-salle. Je veux m'assurer qu'ils ne savent rien d'autre que je ne devrais savoir.

Avec un bref hochement de tête, Tosh prit congé et se hâta d'aller appliquer ses ordres. Quand il eut disparu, John se tourna vers une fenêtre que les premières lueurs de l'aurore n'éclairaient pas encore. Fou d'impuissance et de rage, il assena contre le jambage de pierre un coup retentissant du plat de la main. Il était si inquiet qu'il lui était difficile de penser clairement. Son esprit, tout autant que son cœur, tressaillait d'angoisse. Jamais, autant qu'en cet instant, il ne s'était senti aussi vulnérable et soumis aux caprices de la destinée.

Appelant tous les saints du paradis à la rescousse, il se promit d'enchaîner Catherine à son lit pour être sûr de la garder aussitôt qu'il l'aurait retrouvée. S'il le fallait, il irait jusqu'à déposer son cœur à ses pieds pour la convaincre de ne plus le quitter et de ne plus jamais lui causer semblable frayeur. Lorsqu'il avait épousé Catherine contre son gré, pas une seule seconde il n'aurait imaginé qu'il lui faudrait en arriver à de telles extrémités pour la garder.

Mais comment aurait-il pu deviner qu'il tomberait à ce point amoureux de sa femme, et que la garder en vie allait devenir son plus grand défi ?

17

En dépit de sa belle crinière de cheveux auburn et de sa musculature plus puissante, Catherine trouva Adam des Glens moins grand et moins séduisant que son mari. Ce détail mis à part, la ressemblance entre les deux hommes était frappante et leur parenté ne pouvait être mise en doute.

Les deux brutes qui l'avaient capturée avaient pris soin de lui bander les yeux avant de l'entraîner à travers les collines vers le campement des brigands. Au bout d'un certain temps, elle était parvenue à recracher son bâillon mais s'était bien gardée de donner de la voix, de peur qu'ils ne le remplacent. Aux tapis d'aiguilles de pin qu'ils avaient foulés, Catherine supposait qu'ils avaient traversé une forêt de conifères. Puis, le sentier était devenu rocailleux et avait décliné en pente douce. Une odeur familière avait assailli ses narines, semblable à celle de la carrière inondée dans laquelle elle avait autrefois appris à nager avec ses sœurs. Comme pour confirmer ses déductions, elle avait entendu un bruit d'eau cascadant sur des rochers. Lorsqu'un des bandits l'avait brusquement chargée sur son épaule pour traverser à guet un ruisseau assez large, il lui avait fallu prendre sur elle pour ne pas crier.

Après qu'il l'eut reposée sur le sol, ils avaient traversé d'autres bois, puis l'odeur d'un feu de camp s'était peu à peu imposée à ses narines, en même temps que s'élevait un brouhaha de rudes voix d'hommes. Nombre d'entre eux étaient venus assaillir de questions ses ravisseurs dès qu'ils avaient été repérés. Sans plus s'occuper d'elle, ceux-ci lui avaient ordonné de s'asseoir près du feu et s'étaient fait un plaisir de vanter leurs exploits.

Catherine n'avait pas dû attendre longtemps le retour de leur chef et, lorsque celui-ci avait ôté le bandage de ses yeux, elle avait découvert le visage d'un homme partagé entre l'étonnement et la perplexité.

Deux brigands – sans doute ceux qui l'avaient enlevée – se tenaient près de lui, fiers et se rengorgeant en silence jusqu'à ce que l'un d'eux se décide à parler.

— Pour une belle prise, c'est une belle prise ! Pas vrai, maître ?

— Oui, Ren... répondit vaguement Adam en se massant d'une main le menton.

Voyant que le dénommé Ren ouvrait la bouche pour lui narrer les détails de la capture, il l'arrêta d'un geste.

— Plus tard, grommela-t-il. Laisse-moi réfléchir.

Sans ajouter un mot, Adam des Glens se mit à faire les cent pas entre le feu et Catherine. Bientôt lassée de son silence et de sa déambulation sans fin, elle reporta son attention sur le groupe de pauvres hères rassemblés autour d'eux. En dépit de leurs costumes traditionnels écossais et de la rudesse avec laquelle ils l'avaient traitée, ces hommes ne différaient en rien des fermiers qu'elle avait côtoyés toute sa vie. Manifestement, à en juger d'après les regards de convoitise qu'ils posaient sur elle, tous la considéraient comme un butin de grand prix. Ils leur tardaient d'entendre de la bouche de leur chef la décision qu'il prendrait à son sujet. Seul Roy Sykes se tenait à l'écart et ne participait pas à l'engouement général. Allongé près de la ruine décrépite d'une hutte en pierre, il détournait le regard, gêné, chaque fois qu'elle posait les yeux sur lui, préférant se concentrer sur le bâton dont il sculptait le bout à l'aide d'un canif.

Après ce tour d'horizon, les yeux de Catherine revinrent se poser sur Adam des Glens. À présent immobile devant elle, il l'étudiait avec attention. Soutenant le regard sombre qui pesait sur elle, elle fut tentée de réagir à cet homme si arrogant de la même façon qu'elle avait agi avec son mari dans les premiers temps – en l'ignorant. Mais les circonstances étaient différentes, et elle ne pouvait faire fi de l'opportunité qui se présentait d'en apprendre davantage sur cet homme mystérieux.

— Quel haut fait d'arme, en effet ! lança-t-elle d'un ton railleur. Quel courage il a fallu à deux gaillards dans la force de l'âge pour terrasser une faible femme !

Pour faire bonne mesure, elle adressa à Ren et à son compagnon un regard chargé de mépris et eut la surprise de les voir baisser la tête en se dandinant d'un air gêné. Autour d'eux, leurs compagnons paraissaient aussi embarrassés. Catherine eut envie de rire de leur déconfiture, mais Adam la prit de court, rejetant la tête pour lancer vers le ciel un rire cinglant et plein d'amertume.

— Seul importe le but ! s'exclama-t-il en faisant un pas vers elle. Peu importent les moyens. Grâce à vous, enfin je le tiens ! Il rampera à mes pieds pour vous récupérer.

Pour ne plus avoir à lever les yeux vers lui, Catherine fit de son mieux pour se remettre sur pieds, même si ses bras toujours entravés ne lui facilitaient pas la tâche.

— Puisque je n'ai pas de frères, répondit-elle, je suppose que vous voulez parler de mon mari. Il ne peut s'agir de mon père car, même si chacune de ses filles lui était effectivement plus chère que la prunelle de ses yeux, il a hélas péri à la Tour de Londres, sous la hache du bourreau, l'été dernier.

Adam la dévisagea un instant d'un air indécis avant de grommeler :

— Où voulez-vous en venir ?

— Je veux en venir au fait que je vois mal qui pourrait venir ramper à vos pieds pour me récupérer, à moins que le fantôme de mon cher père ne hante ces collines.

Réduisant d'un pas la distance qui les séparait, elle se pencha vers lui et ajouta en confidence :

— Je vous assure en tout cas que mon mari ne rampera jamais devant personne.

— Vous ne me paraissez pas très bien saisir dans quelle position précaire vous vous trouvez, comtesse.

Lançant un regard entendu en direction des brigands qui ne perdaient pas une miette de leur échange, Catherine répondit tranquillement :

— Est-il vraiment nécessaire de poursuivre ce dialogue en présence de vos hommes ? Je comprends qu'il est pour vous nécessaire de maintenir votre autorité sur eux et, étant donné qu'il m'est impossible de dire autre chose que la vérité et qu'il n'entre pas dans mes intentions de vous ménager, celle-ci pourrait en prendre un coup...

Adam en resta bouche bée un court instant mais se reprit bien vite. Il la regardait à présent comme s'il avait devant lui une folle. Catherine se pencha un peu plus et lui murmura à l'oreille :

— Mais vous préférez peut-être rester sous bonne garde. Bien que ficelée comme une gerbe de blé, je suis armée !

Du coin de l'œil, elle désigna le poignard pendu à sa ceinture, celui-là même dont elle aurait été bien en peine de se servir avec les mains entravées.

— Naturellement, reprit-elle, je peux comprendre votre inquiétude. Vous avez à faire à une terrible adversaire ! La possibilité que je puisse vous faire du mal doit...

Pivotant sur ses talons, Adam cria à ses hommes de déguerpir, ce que tous s'empressèrent de faire en migrant vers d'autres feux. De toute évidence, c'était un chef redouté, qui se faisait obéir au doigt et à l'œil. Certains de ses hommes s'installèrent pour la nuit, s'enveloppant de manteaux et de tartans et s'allongeant sur le sol. D'autres s'attardèrent autour d'une dame-jeanne de vin, plaisantant et devisant gaiement.

Reportant son attention sur elle, Adam la saisit sous le coude et l'entraîna à l'écart, près d'un cottage en ruine à l'orée de la clairière.

— Comtesse... commença-t-il.

— À présent que nous voici seuls, l'interrompit-elle, je peux vous dire que je ne vois pas pourquoi je devrais redouter cette confrontation. À vrai dire, je ne vois même pas pour quelle raison je devrais avoir *peur* de vous. Étant donné les liens de famille qui nous unissent, ne sommes-nous pas, en quelque sorte, frère et sœur vous et moi ?

Les poings serrés, Adam blêmit.

— Ne poussez pas le bouchon trop loin, comtesse ! grommela-t-il. Je ne suis pas le genre d'homme dont on peut s'amuser en toute impunité.

D'un geste preste, il s'empara de son poignard, dont il essaya le tranchant au bout de son doigt. L'acier de l'arme jeta dans la lumière de la lune un éclat inquiétant.

— La première chose dont vous devez vous souvenir, reprit-il, c'est que je suis votre ennemi. La seconde, c'est que je me suis juré de détruire tout ce qui appartient à votre mari.

— Je ne crois pas que...

— Peu m'importe ce que vous croyez ! tempêta-t-il en dardant sur elle un regard assassin. Ces dernières semaines, j'ai patiemment tendu mes pièges, dans l'espoir de vous capturer, ce qui a fini par porter ses fruits. Vous n'êtes qu'un pion dans un jeu qui vous dépasse, un fétu dont s'empare un vent déchaîné. Au lieu de fanfaronner, vous devriez être en train de trembler, de gémir, de pleurer et même de me *supplier* de ne pas caresser votre jolie gorge avec la lame de ce poignard !

Peut-être aurait-elle dû suivre ce conseil mais, tout ce que Catherine parvenait à ressentir, c'était une colère qui montait en elle avec la force irrésistible d'une marée. Bien loin de l'effrayer, Adam des Glens commençait à lui taper sur les nerfs, avec ses grands airs.

— Je vous remercie de vos sages recommandations, dit-elle d'un air affable. Cependant, étant donné celui qui me les prodigue, je crains de ne pas devoir en tenir compte. Je me propose en fait de *vous* démontrer à quel point vous faites fausse route en me retenant ici contre mon gré.

— Il n'y a rien que vous...

— Je sais ! l'interrompit-elle sèchement. Rien que je puisse apprendre au *terrible* Adam des Glens. Mais laissez-moi vous dire pour commencer, cher beau-frère, que je ne vous ai fait aucun mal, causé aucun tort, ni rien qui justifie que vous vous en preniez à moi.

— Je vous l'ai dit : vous êtes juste…

— Je sais, je sais.

— Vous êtes sa femme, et…

— Quant au sombre dessein que vous nourrissez de détruire votre propre frère, sans doute résulte-t-il d'une erreur d'appréciation, puisque vous ne lui avez laissé aucune chance de…

— Que savez-vous de la trahison qui…

— Je n'ai pas terminé ! cria-t-elle, réduisant au silence Adam des Glens médusé. Ce que je constate, c'est qu'en l'occurrence John Stewart me semble le seul à être trahi. Quoi qu'il en soit, sachez que je n'appartiens pas à mon mari, comme peuvent lui appartenir son château ou son cheval ! Je suis sa femme ! Un être humain, doué de raison et d'émotions. Puisque le comte d'Athol le reconnaît sans peine, il me paraît nettement plus digne du titre d'homme que vous.

— Si vous pensez que…

— Taisez-vous ! lança-t-elle entre ses dents serrées, sans même élever la voix tant sa fureur était grande. Pour ce qui est de vos misérables pièges, sachez que vous n'êtes qu'un simple d'esprit à la tête d'une bande de fous si vous imaginez que ma présence ici résulte de vos plans grotesques ou du savoir-faire de ces babouins qui m'ont sauté dessus.

Adam la dévisagea d'un œil suspicieux.

— Que voulez-vous dire ? s'étonna-t-il.

— Je suis sortie de Balvenie Castle de mon propre gré, exactement comme la dernière fois, quand j'ai déjoué tous les guets-apens de ces incapables à qui vous accordez votre confiance. Si je n'avais pas été si curieuse de faire votre connaissance, je vous garantis que nul n'aurait été en mesure de m'amener de force ici.

Catherine retint son souffle et soutint bravement son regard. Il lui restait à prier pour qu'Adam des Glens soit incapable de lire au fond de ses pensées, comme son frère paraissait capable de le faire. À ses propres oreilles, son petit mensonge avait toutes les apparences de la vérité et elle aurait presque pu y croire.

— Vous avez terminé ? lança-t-il enfin.

— Non, je n'ai pas terminé, répondit-elle vivement. Si vous vous attendez à ce que je tremble devant vous, que je me mette à pleurer ou que je vous supplie, vous allez en être pour vos frais. Je préférerais voir cette lame s'enfoncer dans ma gorge plutôt que de plier devant la force et de renoncer à toute fierté. C'est l'exemple que m'a donné mon père, et c'est celui que je suivrai.

Un long moment, Adam la dévisagea sans mot dire, avant qu'une lueur d'amusement n'éclaire son regard noir.

— Au moins, dit-il enfin d'un air goguenard, je sais à présent pourquoi mon couard de frère a choisi pour épouse une femme telle que vous. Le courage qui lui fait défaut, vous n'en manquez pas quant à vous !

— Je préfère ignorer ce commentaire, puisqu'il n'est fondé que sur l'ignorance d'un homme qui ne connaît pas John Stewart.

Un grand rire amer jaillit de la gorge du Highlander.

— À présent, c'est vous qui êtes dans l'erreur, comtesse. Je le connais bien mieux que vous ne le pensez.

— De la même manière qu'il *vous* connaît, je suppose ? Comment deux hommes pourraient-ils se connaître quand, de toute leur vie, ils ne se sont jamais rencontrés ? Comment pourraient-ils se connaître quand, jusqu'à il y a six mois de cela, l'un d'eux ignorait tout de l'existence de l'autre ? Vous devez me croire, Adam. On a caché la vérité à John depuis toujours. Il a appris votre lien de parenté il y a seulement quelques semaines.

À ces mots, le doute se peignit sur les traits d'Adam des Glens, bien vite supplanté par la méfiance.

— Je ne vous crois pas, décréta-t-il enfin. Il est si facile de proférer des mensonges sur ces sujets… Si c'est *lui* qui vous a fait croire une chose pareille, je sais à présent qu'il est un menteur en plus d'être un lâche ! Et rien de ce que vous pourrez dire ou faire ne changera mon opinion à son sujet.

Catherine ouvrit la bouche pour répliquer, puis se ravisa. Il était vrai qu'elle n'était mariée que depuis peu avec John, mais elle lui accordait une confiance sans réserve et sans limite, même si elle ne l'aurait admis à Adam pour rien au monde. S'il lui affirmait qu'il ne connaissait la vérité concernant son demi-frère que depuis peu, d'emblée elle le croyait. Mais comment aurait-il pu en être de même pour ce dernier ? Si Adam était convaincu que John était au courant de la vérité depuis toujours, rien n'aurait pu le détromper, et il ne fallait pas s'étonner que sa haine fût si profonde et enracinée en lui.

— Pour ce qui est de votre démonstration de témérité, reprit-il, ne soyez pas assez folle pour vous imaginer qu'elle va suffire à m'ébranler. Quoi que vous puissiez dire en faveur de votre mari, je resterai déterminé à vouloir sa perte...

Laissant sa phrase en suspens, il releva le menton de Catherine avec la pointe du poignard.

— Et je ferai n'importe quoi, j'utiliserai n'importe quel moyen à ma disposition, pour y parvenir, conclut-il.

L'acier contre sa peau était aussi glacial que l'éclat qu'elle voyait luire au fond de ses yeux, mais pas un instant le regard de Catherine ne cilla.

— Et moi, renchérit-elle, je ferai tout ce qui est en mon pouvoir pour vous en empêcher.

Cela le fit rire. Il baissa son arme, et Catherine respira plus librement.

— Je n'en doute pas un seul instant, comtesse. Mais j'ai bien du mal à prendre vos menaces au sérieux, étant donné que vous êtes pour l'heure à ma merci, sans personne pour vous délivrer ni vous venir en aide.

Fut-ce sous l'inspiration de ces paroles ? Catherine eût été incapable de le dire. Toujours est-il que soudain un déclic se fit en elle. Avec la force d'une évidence, elle sut le rôle que jouait Susan dans cette affaire et tout s'éclaira d'un jour nouveau.

Avec un intérêt renouvelé, elle étudia Adam des Glens. Même s'il ne pouvait être comparé sur ce plan à John, c'était un bel homme, convenablement éduqué. En dépit des airs féroces qu'il se donnait, pas une fois depuis qu'ils étaient en présence l'un de l'autre il ne s'était montré avec elle ordurier ou violent. À la recherche d'un visage connu, les yeux de Catherine se noyèrent dans les ténèbres qui les environnaient. Adam des Glens et Susan… Qui aurait pu imaginer chose pareille ? Elle aurait donné cher pour apprendre comment ces deux-là avaient pu se rencontrer et en venir à s'aimer.

— Je vous respecte pour votre courage, poursuivit son interlocuteur, mais vous vous êtes rangée dans le mauvais camp en épousant une fripouille. Je…

— John n'est pas plus une fripouille que vous ! protesta-t-elle en le fixant droit dans les yeux. Le comte d'Athol a toujours eu à cœur la sécurité et le bien-être de ceux qui dépendent de lui. Je ne vous laisserai pas dire le contraire, et je vous trouve bien ingrat, étant donné que vous vivez, vous et vos hommes, du fruit de son labeur, que vous pillez sans vergogne ! Qu'avez-vous vu, depuis six mois que vous écumez ses terres ? Un peuple abusé, affamé, accablé de taxes et de travail ? Non, je ne le crois pas. Et tout au fond de vous, je sais que vous ne le croyez pas.

Adam se détourna brusquement, mais elle le contourna de manière à pouvoir lui assener la vérité en plein visage.

— Ce n'est pas lui, Adam… Ce n'est pas mon mari qui vole, pille, terrifie des gens innocents, qui ne demandent rien de plus que de pouvoir vivre en paix !

Saluant cette sortie d'un rire bas et menaçant, il secoua la tête et répliqua :

— Qu'en savez-vous ? Que savez-vous de ce que votre mari m'a volé, à moi ? Même pour une femme, je vous trouve bien crédule. L'innocence ? La paix ? Que savez-vous de ces choses et que savez-vous de moi ? Vous me connaissez à peine, et pourtant vous vous croyez autorisée à me juger…

— Je vous connais suffisamment pour vous accorder ma confiance, Adam des Glens.

— Alors, conclut-il avec un haussement d'épaules, c'est que vous êtes complètement folle !

— Vraiment ? Pourquoi croyez-vous que je n'éprouve aucune crainte pour ma vie en votre présence ?

Par-dessus son épaule, elle lança un coup d'œil à la seule fenêtre encore entière dans le mur du cottage en ruine, derrière laquelle elle avait cru voir passer une ombre. Priant pour ne pas se tromper, elle se décida à jouer son va-tout.

— Mon jugement vous concernant repose sur des bases solides, reprit-elle. Il se fonde sur l'exemple d'une femme qui a su vous voir tel que vous êtes, au-delà des apparences, et qui vous a fait confiance au point de vous livrer son cœur.

Ce fut très fugace, mais Catherine ne manqua pas de remarquer le trouble qui s'était emparé de lui.

— Cessez de délirer ! protesta-t-il trop vivement. Vous allez finir par me faire sortir de mes gonds.

— Mais après tout, poursuivit-elle sans se laisser impressionner, peut-être n'êtes-vous pas digne de l'amour que vous porte Susan. Quand on pense à tous les dangers qu'elle brave pour venir vous retrouver ici, en plein milieu de la nuit…

— Par tous les diables ! rugit Adam en se détournant d'elle et en jetant rageusement le poignard sur le sol. Je savais que, tôt ou tard, elle se ferait remarquer ! Je lui avais demandé de ne plus venir. Pourquoi faut-il qu'elle soit aussi têtue ?

— Adam, l'interrompit gentiment Catherine, vous devez comprendre que nous autres femmes faisons toujours ce que nous avons à faire, quoi qu'il nous en coûte. Nous marcherions sur des braises, nous défierions les démons, nous irions jusqu'à risquer la colère de Dieu pour celui que nous aimons.

Le chef des brigands garda le silence. Ses yeux venaient de se poser sur un point situé derrière elle, et Catherine se retourna à temps pour voir Susan tourner au coin de la bâtisse en ruine et marcher lentement pour les rejoindre.

— Je t'avais demandé de rester en dehors de tout ça, maugréa Adam.

Susan ne lui répondit pas. Quelques instants, elle garda les yeux rivés aux siens, avant de les reporter sur la captive. Immédiatement, Catherine sentit un courant de sympathie et de compréhension les unir.

— Comment pourrais-je m'y résoudre ? protesta-t-elle en rejoignant Adam. Elle a raison, tu sais. Pour ce qui est des femmes et de l'amour, lady Catherine sait de quoi elle parle.

Les yeux des tourtereaux se mêlèrent. Émue, Catherine vit passer dans ce regard tout l'amour qu'ils se portaient, ainsi que tous les obstacles qui se dressaient sur leur route pour les empêcher de s'aimer. Un dialogue muet s'établit entre eux, qu'elle crut percevoir comme s'il avait été réel.

— *Je t'aime, Adam !*

— *Moi aussi, je t'aime, mais je suis un hors-la-loi, un criminel !*

— *Peu m'importe puisque je t'aime.*

— *Ne comprends-tu pas que je ne peux rien te promettre ni rien t'offrir ?*

Le cœur serré, Catherine vit la main de Susan émerger de son manteau et venir se loger tendrement contre la joue d'Adam. Pestant à mi-voix, il l'attira contre lui et la fit disparaître entre ses bras en une farouche étreinte.

Pudiquement, Catherine détourna le regard. Pivotant sur ses talons, elle traversa la clairière et retourna s'asseoir près du feu. Ces deux-là avaient suffisamment souffert, songea-t-elle en laissant son regard se perdre dans les flammes, pour qu'on les laisse goûter en paix ces trop rares instants de bonheur et d'intimité.

Comparativement aux problèmes qui se posaient à eux, les siens lui parurent soudain triviaux et sans importance. N'était-elle pas amoureuse ? Ne portait-elle pas dans son ventre l'enfant de son mari ? Elle avait le pouvoir de le rendre heureux en le lui annonçant, et pourtant elle persistait à garder ce secret pour elle. Son désir forcené d'être aimée en retour et de lui arracher une promesse de fidélité lui parut soudain égoïste et mesquin. Ne pouvait-elle pas plutôt se concentrer sur ce qu'elle pouvait faire pour lui ? John Stewart avait pour l'heure suffisamment de soucis sans avoir en plus à composer avec une épouse capricieuse et têtue. Si jamais elle sortait vivante de cette aventure, se promit-elle, il lui faudrait apporter de sérieux amendements à sa conduite.

Le temps parut s'étirer. Catherine n'avait aucune idée de l'heure qu'il était, et peu lui importait. La nuit avait fraîchi, mais il faisait chaud, près du feu, et elle se retrouva immergée dans son monde de rêve, où son chevalier ne tarda pas à la rejoindre. Un chevalier qui depuis quelque temps avait tendance à ressembler à John Stewart…

Elle fut tirée brusquement de sa rêverie par une voix qui lui lançait :

— Il est tard. Il nous faut rentrer à Balvenie.

Levant la tête, Catherine vit Susan se pencher dans son dos, le poignard de John à la main.

— Laissez-moi trancher ce lien, reprit-elle. Depuis le temps, il doit vous meurtrir les chairs…

Pendant qu'elle cisaillait le lacet de cuir, Catherine s'aperçut avec stupeur que le campement s'était vidé. Autour d'elles, il n'y avait plus aucune trace d'Adam des Glens ni de ses hommes.

— Où est-il parti ? s'enquit-elle, médusée.

— Où il lui sera plus facile de réfléchir à la situation, m'a-t-il dit…

Ses mains enfin libérées, Catherine se dressa lentement sur ses jambes et massa ses poignets endoloris.

— Tenez, reprit Susan, voici votre poignard.

En proie à une grande confusion, Catherine contempla l'arme qu'elle lui tendait sans la saisir.

— Il me laisse… partir ? s'étonna-t-elle.

Susan acquiesça d'un hochement de tête.

— Nous ferions mieux de nous presser un peu, ajouta-t-elle. Il ne reste qu'une heure avant l'aube, et nous avons un long bout de chemin à faire.

— Attendez un peu...

Catherine ne parvenait pas à saisir la situation. Qu'Adam des Glens lui rende sa liberté sans même lui faire promettre le silence était au-delà de sa compréhension.

— Votre visage ! gémit Susan en l'étudiant à la lueur des flammes. Les ronces ne vous ont pas épargnées.

— Je dirai que je suis tombée dans les buissons de roses, improvisa Catherine en hâte. Et si ma robe et mon manteau sont si sales... c'est parce que je suis tombée par terre... en jouant à cache-cache avec les nièces de Jane. Quant aux marques sur mes poignets, je ferai en sorte que personne ne les voie. Je garderai votre secret, Susan, mais...

Posant amicalement la main sur son avant-bras, la jeune femme l'interrompit.

— Adam est en colère contre moi, dit-elle. Et contre lui-même. Il a décidé de déplacer son campement loin du château afin que je ne puisse pas être tentée de le rejoindre. Je vous remercie d'avoir essayé de le convaincre, Catherine.

Catherine posa sa main sur la sienne.

— Je l'ai fait pour moi autant que pour vous, dans l'intérêt d'Adam autant que dans celui de mon mari. Il nous faut agir de telle manière qu'ils parviennent à s'entendre, assura-t-elle en lui rendant son sourire.

— Malheureusement, il n'y a rien à faire ! J'ai moi aussi tenté de convaincre Adam que le comte d'Athol n'est pas le démon qu'il imagine. Comme vous ce soir, je lui ai expliqué que le comte ne connaissait rien de leur parenté jusqu'à il y a peu. Sans connaître les raisons qui ont motivé un tel secret, il est difficile d'aller plus loin.

— En réunissant les bribes d'information que nous possédons l'une et l'autre, intervint Catherine, il nous sera peut-être possible d'y voir un peu plus clair.

— Ce dont je suis sûre, affirma Susan avec conviction, c'est qu'Adam n'est pas mauvais. Sa conduite n'est dictée que par la colère et la souffrance, dont il rend responsable son demi-frère.

— Cela n'a aucun sens ! Comment aurait-il pu vouloir du mal à quelqu'un dont il ignorait l'existence ?

— Oui, je sais murmura Susan, découragée. Mais que pouvons-nous entreprendre pour qu'il change d'avis ?

— Nous y arriverons, ayez confiance.

Dans la bouche de Catherine, ce n'était pas un vœu pieux mais l'expression d'une conviction profonde.

— Nous sommes deux à présent, ajouta-t-elle en glissant son bras sous celui de sa nouvelle alliée. Et si nous voulons qu'un avenir soit possible pour nous et pour les hommes que nous aimons, nous sommes condamnées à réussir.

18

Une fois qu'il eut interrogé les moines anglais – sans rien apprendre de plus –, John Stewart devint enragé et arpenta le château, laissant dans son sillage frayeur et consternation. Dans les écuries, il compta et recompta lui-même chaque étalon, chaque jument, chaque hongre, chaque mule. Aucune monture ne manquait.

Ce furent ensuite les hommes en charge de surveiller les portes cette nuit-là qui durent subir ses assauts. Ils jurèrent leurs grands dieux que la herse avait été baissée et les lourdes portes de chêne fermées la veille au crépuscule, et qu'elles l'étaient restées depuis.

Des torches avaient été allumées pour éclairer la cour et les jardins. Soldats et serviteurs se croisaient en tous sens. Aucun recoin n'échappa à la fouille générale, mais Catherine demeura introuvable.

À son retour dans la grand-salle, John était au bord de la panique. Il dut prendre sur lui-même pour accueillir sans s'énerver les mauvaises nouvelles qu'Auld Mab avait à lui transmettre. Le château avait été visité de fond en comble. Aucune pièce, aucun couloir, aucun grenier n'avait été oublié – à l'exception des appartements de la comtesse douairière et de ceux du laird. Nulle part on n'avait trouvé trace de sa femme.

Se détournant de la vieille femme, le comte d'Athol dut lutter contre une furieuse envie de hurler pour laisser exploser la rage et la frustration qui l'habitaient. Il aurait voulu casser quelque chose, passer sa hargne sur quelqu'un. À n'en pas douter, le prochain qui aurait à le décevoir le regretterait.

— Recommencez à fouiller tout le château ! cria-t-il à la demi-douzaine de personnes indécises qui attendaient ses ordres. Trouvez-la !

Laissant les uns et les autres s'égailler dans toutes les directions, John se laissa tomber dans son fauteuil et broya du noir en fixant les hautes flammes qui s'élevaient dans la cheminée. Si Catherine avait commis l'erreur de se rendre de nouveau par ses propres moyens à Elgin, il allait se charger personnellement de le lui faire payer ! Mais un doute bien plus terrifiant commençait à se faire jour en lui, celui qu'elle ait pu être victime d'une nouvelle tentative d'enlèvement. Il pouvait fort bien rester à son insu, sous son propre toit, d'autres Roy Sykes, tapis dans l'ombre et n'attendant qu'une occasion pour profiter de la nature téméraire de sa femme afin de l'enlever.

Incapable de rester inactif, John fit appeler Tosh et lui ordonna d'envoyer quatre escouades de soldats fouiller la campagne et les villages des environs, à la recherche du moindre témoignage, du moindre indice pouvant permettre de la retrouver. Dans toute autre forteresse que Balvenie Castle, il aurait pu redouter qu'elle ait emprunté pour s'enfuir quelque passage secret. D'autres châteaux des alentours étaient bâtis sur un sous-sol truffé de galeries et de grottes. Il avait lui-même failli perdre la vie dans l'une d'elles, à Ironcross Castle. À Balvenie, il n'y avait rien à craindre de ce genre.

Sa famille avait pris possession de l'édifice il y avait des décennies de cela, après avoir battu les Douglas honnis à Arkinholm. La peur d'une vengeance du clan vaincu avait hanté les premiers comtes d'Athol. Allant jusqu'à torturer les serviteurs des anciens maîtres pour les obliger à parler, ils avaient répertorié toutes les défaillances de leurs défenses. Sur plusieurs mètres, les trois passages souterrains existants avaient été murés. Mais comment imaginer que Catherine, arrivée depuis peu, ait pu apprendre leur existence ? Et quelle femme sensée irait s'engager en pleine nuit dans un tunnel qui n'avait pas d'issue ?

Et pourtant…

Sa femme lui ayant déjà réservé d'autres surprises, il n'était pas inconcevable – pour des raisons connues d'elle seule – qu'elle lui ait infligée également celle-ci. Avec un mélange de crainte et d'espoir, John se dressa d'un bond. Il allait se charger lui-même d'explorer les trois galeries. Et si jamais elle avait le malheur de s'y trouver…

Sir Arthur Courtenay examinait d'un œil méfiant les deux renégats écossais qui se tenaient devant lui, dans leur étrange accoutrement de Highlanders. On lui avait affirmé qu'il pouvait leur faire confiance mais, s'il n'en avait tenu qu'à lui, il les aurait plutôt fait pendre haut et court.

Debout devant la grande cheminée du manoir miteux dont il venait de prendre possession au nom du roi, il n'en continua pas moins de leur aboyer ses ordres à la figure, en termes suffisamment spécifiques pour qu'ils ne puissent s'y tromper. Avant qu'il ait pu en finir avec eux, cependant, l'approche d'un de ses hommes attira son attention.

— Le moine est arrivé, milord, l'informa-t-il en jetant un regard dédaigneux aux Highlanders. Exactement comme vous aviez dit qu'il le ferait.

— L'avez-vous arrêté, conformément à mes ordres ?

— Oui, milord. Il se trouve à l'écurie, mais il nous donne du fil à retordre.

— Peu importent les moyens que vous devrez utiliser. Contentez-vous de le tenir à l'écart. Qu'a-t-il dit ?

— Il ne cesse de répéter que vous ne pouvez rien faire des cartes sans lui. Il veut savoir ce qui a été trouvé ici.

— Lui avez-vous précisé qu'il n'était plus de son ressort de se mêler des affaires du roi ?

— Oui, milord, mais il insiste pour que vous le receviez immédiatement.

— Dites à ce moine d'aller au diable ! s'emporta sir Arthur, les yeux étincelants de fureur. Je n'ai plus besoin de son encombrante carcasse.

— Je me suis montré insultant à son égard, milord, mais il persiste à…

— Vous avez d'autres moyens de persuasion, capitaine !

— Certes, milord, mais il s'agit d'un homme de Dieu, et les hommes…

— S'il tente de vous maudire, coupez-lui la langue pour le faire taire, mais qu'il déguerpisse d'ici !

L'officier acquiesça d'un bref hochement de tête et tourna les talons. Le lieutenant du roi en revint aux deux renégats, qui avaient observé la scène d'un œil goguenard.

— Utilisez tous les moyens qu'il faudra ! ordonna-t-il sèchement. Si vous devez employer la force, engagez des comparses pour vous aider. Tout ce que je vous demande, c'est de m'amener cette garce dans les plus brefs délais. C'est compris ?

Les deux Highlanders hochèrent la tête avec suffisance.

— Avec de bons chevaux, expliqua le plus grand des deux, nous vous ramènerons la fille dans une quinzaine, au plus tard.

D'un geste de la main, lord Courtenay les congédia. Une fois seul, il marcha jusqu'au bureau sur lequel reposait un petit coffre ouvert, d'où il avait extrait une carte dessinée à gros traits sur un vélin. Découvrir ce pseudo-trésor, laissé dans ce manoir par les sœurs Percy, avait constitué pour lui l'ultime et dernière humiliation qu'il était prêt à subir de leur part. Pâle de rage, il examina une nouvelle fois le document. Il n'y avait pas à s'y tromper. La prochaine étape de cette quête insensée menait tout droit à sa demeure de famille, dans le Yorkshire. Et plus exactement, dans la crypte où reposaient ses ancêtres…

Cette fois, se promit-il en jetant rageusement la carte au feu, il allait se charger personnellement de faire payer à Catherine Percy son effronterie.

L'inspection des deux premiers tunnels ne fit qu'accroître l'inquiétude de John Stewart, ainsi que la certitude que personne n'y avait mis les pieds depuis des lustres. Remettant à plus tard l'exploration du troisième tunnel, il traversa la cour pour accueillir à la porte du château ses hommes de retour de patrouille. Le ciel commençait à peine à grisailler. Avec l'arrivée de l'aube, une petite pluie fine s'était mise à tomber, mais le comte d'Athol n'en avait cure.

— Nous n'avons rien trouvé, milord, l'informa Tosh en descendant de cheval. Les collines sont aussi tranquilles que d'habitude. Aucune trace de pas, de chevaux ou de roues sur les chemins qui partent du château. Je n'arrive pas à comprendre comment milady a pu…

— Es-tu allé poser des questions dans les villages ? On n'y a pas vu d'étrangers suspects ? Rien qui ait pu attirer l'attention ?

— Nous y sommes allés, milord. Nous avons frappé aux portes de toutes les fermes des environs. Personne n'a rien vu, rien entendu, rien remarqué. On en viendrait presque à croire qu'elle s'est volatilisée.

Incapable de la moindre réaction, John fixa sans rien dire son fidèle capitaine, soudain conscient du sang qui battait à coups précipités à ses tympans. Il ne lui restait plus d'autre solution que d'aller trouver sa mère, dans l'espoir qu'elle détiendrait la clé du mystère. La complicité croissante qui unissait les deux femmes ne lui avait pas échappé. Elle lui faisait plaisir autant qu'elle l'étonnait, tant elles semblaient aux antipodes l'une de l'autre.

— Je vais aller demander conseil à lady Anne, lança-t-il en gravissant les marches du perron de la grand-salle.

— Je devrais peut-être demander à Mlle Susan d'aller la prévenir, suggéra Tosh dans son dos.

Cette suggestion ne manquait pas de bon sens. Il ne lui servirait à rien de causer à sa mère la frayeur de sa vie en lui annonçant tout de go la disparition de Catherine.

— Va la prévenir que je la rejoins dans la chambre de lady Anne ! lança-t-il avant de s'engouffrer à l'intérieur. J'ai une dernière chose à vérifier.

En pénétrant dans la grand-salle à présent déserte, John fut assailli par les images d'un passé récent. C'était dans cette salle qu'il avait établi pour la première fois un véritable dialogue avec Catherine, lorsqu'elle était descendue la nuit chiper de la nourriture. C'était également ici qu'il lui avait pris le bras pour la conduire, belle et radieuse apparition vêtue d'un blanc immaculé, au milieu des siens qui étaient venus lui donner acte d'allégeance. Le souvenir de son visage bouleversé par l'émotion lui étant trop pénible, il se hâta vers l'escalier qu'il gravit quatre à quatre.

Un instant plus tard, en passant devant la porte de la chambre de sa femme, le comte d'Athol marqua un temps d'arrêt. Sa mémoire était encore pleine des souvenirs brûlants que lui évoquait la fenêtre du palier, dans l'embrasure de laquelle ils avaient pour la première fois fait l'amour. Depuis, il était sous le charme du sourire de Catherine, modeste et espiègle, de ses yeux bleu nuit, qui avaient si bien envoûté son cœur, de son corps de déesse, qui le rendait fou de désir. Si un destin malin voulait qu'elle lui fût enlevée, aucune autre ne pourrait jamais la remplacer. Même en son absence, il avait l'impression qu'elle était près de lui. Il pouvait sentir sa présence constamment à ses côtés, et cela ne rendait que plus pénible sa disparition. N'était-ce pas cela, que l'on appelait être hanté ?

La main sur la poignée de la porte, il n'hésita qu'une seconde à entrer, tant il était intimement convaincu, contre toute attente, de la trouver à l'intérieur.

— Catherine !

Il faisait noir dans la pièce, mais il n'eut pas besoin de l'apercevoir, debout près de la fenêtre au volet clos, pour s'assurer qu'enfin elle était revenue.

— Je suis là, John.

Tranquille et rassurante, sa voix avait résonné à ses oreilles comme le chant le plus doux. À cet instant, il aurait juré n'avoir de sa vie entendu son plus mélodieux.

L'instant d'après, il fut à ses côtés, l'enveloppant de ses bras, la serrant si fort contre lui qu'ils auraient pu ne former qu'un seul corps.

— Catherine, enfin vous voilà... murmura-t-il tout bas, en caressant ses cheveux.

Son corps tremblait comme une feuille contre le sien. Sa bouche était aussi affamée que la sienne et, lorsque leurs lèvres s'unirent, toutes les prières qu'il lançait au ciel depuis des heures furent d'un coup exaucées. Son baiser se fit exigeant, dominateur. En le lui imposant, il voulait la punir autant que se rassurer. Sans rompre leur étreinte, il explora son corps, pour vérifier qu'elle n'était pas blessée, pour se convaincre qu'elle était bien réelle, et non un fantôme venu le hanter.

— Catherine, chuchota-t-il au creux de son oreille, où étiez-vous passée ?

— Chut ! fit-elle tout contre la sienne. Serrez-moi fort, s'il vous plaît.

Ce ne fut que peu après qu'il s'aperçut à quel point elle paraissait troublée. Il pouvait sentir, comme une onde presque palpable autour d'elle, dans quel état de confusion elle se trouvait.

S'approchant du lit, il s'y assit et l'attira sur ses genoux. Puis, sans se faire prier davantage, il l'entoura de nouveau de ses bras. Elle n'était pas la seule à avoir besoin d'être rassurée. Il avait encore du mal à croire qu'elle était réelle, que sa femme, après tant d'heures d'angoisse, lui était enfin rendue. John réalisa que sans Catherine il n'était pas un être complet, sans la femme qu'il avait épousée, il ne pouvait être heureux. Il était temps de le reconnaître : par la force de son amour, Catherine Percy avait bouleversé sa vie et su conquérir son cœur.

— Catherine, répéta-t-il, d'une voix plus calme et apaisée cette fois, dites-moi où vous étiez passée.

— Je... il me fallait... balbutia-t-elle. J'avais besoin de retourner dans ma chambre.

À ces mots, le comte d'Athol se raidit et sentit une ombre se glisser entre eux. Le flou de sa réponse, les non-dits qu'elle recelait sentaient le mensonge à plein nez. Il la repoussa et tenta de sonder son regard, en dépit de l'obscurité qui baignait la pièce. Par sa faute, il avait passé une nuit trop éprouvante pour supporter encore un de ses petits jeux.

— Quand vous avez quitté mon lit, dit-il gravement, cela n'a pas été pour revenir ici, Catherine… Que se passe-t-il ? Où étiez-vous ?

Un bruit de pas s'arrêtant devant la porte ouverte les fit sursauter tous deux. Le comte d'Athol fit glisser Catherine sur le lit et se dressa, prêt à passer sa colère sur l'intrus. Tosh se tenait debout dans l'encadrement de la porte, une chandelle à la main. Sa surprise de découvrir la femme du laird de retour dans sa chambre se mua bien vite en inquiétude lorsqu'il l'examina de plus près. Athol suivit la direction empruntée par son regard.

— Par saint Andrews ! Qu'est-ce que cela signifie ? explosa-t-il.

De la tête aux pieds, sa femme n'était plus qu'une plaie. Il s'empara de la chandelle de Tosh, lui ordonna d'aller chercher Jane, puis il s'agenouilla devant sa femme et éclaira son visage à la source de lumière pour évaluer les dégâts.

— Ce n'est rien, expliqua-t-elle tout bas. Le résultat de mon étourderie… Une haie de ronces…

Les griffures qui lui lacéraient les joues et les mains semblaient effectivement avoir été causées par des ronces. En passant la main dans ses cheveux, il retrouva d'ailleurs quelques épines encore coincées dans ses tresses.

— Où étiez-vous passée ? J'ai retourné le moindre…

La soudaine apparition de la servante mit fin à ses questions. Reculant d'un pas, il regarda Jane s'affairer autour de sa maîtresse. Un moment plus tard, une autre domestique apparut, portant dans ses mains une aiguière d'eau chaude. John marcha jusqu'à la fenêtre et ouvrit le volet intérieur, puis il examina les murs de la chambre en les sondant avec le poing. Il n'y avait là que de massifs murs de pierre, ne recélant pas le moindre secret. Les deux barreaux de fer qui obstruaient l'ouverture de la fenêtre n'offraient aucun passage non plus.

Une nouvelle soubrette arriva et se mit à ranimer le feu. Agacé par son regard fureteur, avide d'informations qu'elle prendrait plaisir à rapporter au reste de la maisonnée, John la chassa sèchement.

— Laissez là le reste du bois et sortez !

Pendant que Jane lui nettoyait le visage, Catherine ne le quittait pas des yeux. Incapable de rester en place, John se mit à faire les cent pas. Le manteau qu'elle portait habituellement, déposé sur une chaise, attira son regard. Il le souleva dans les airs et l'étudia attentivement. Froissé et maculé de terre, le tissu de laine était lacéré à plusieurs endroits, attestant que Catherine avait chuté dans un buisson de ronces. Or il n'y avait pas de buisson de ronces dans l'enceinte de la forteresse. Il en était sûr.

Alors qu'il s'apprêtait à reposer le manteau, son regard tomba sur son propre poignard posé sur la chaise. Intrigué, il s'empara de son arme et la fit tourner entre ses doigts. Lorsqu'il releva les yeux, il s'aperçut que sa femme l'observait attentivement mais sans appréhension. Sachant qu'elle lui cachait quelque chose de grave, qu'elle ne lui faisait pas suffisamment confiance pour s'ouvrir à lui de ce qui lui était arrivé, il aurait dû être fou de rage et elle se ronger d'inquiétude. Mais bien au contraire, il ne lisait dans ses yeux que loyauté, tendresse et affection à son égard. Cela suffisait à l'apaiser, tant ses propres émotions le submergeaient et ne demandaient qu'à affleurer.

Attiré par un brouhaha à l'extérieur de la chambre, John gagna la porte et sortit dans le couloir. Tosh s'y trouvait, essayant de contenir la curiosité d'un petit groupe venu aux nouvelles.

— Lady Catherine est retrouvée, lança-t-il d'une voix forte à la cantonade. Que chacun se tranquillise et retourne à ses occupations ! Tosh, je te charge d'aller prévenir ma mère et Mlle Susan. Assure-toi également qu'Auld Mab apprenne la nouvelle.

Sans rien ajouter, John rentra dans la chambre et se posta devant la fenêtre. Jane, qui avait terminé de soigner le visage de Catherine, tirait du coffre une chemise propre. Pendant qu'elle aidait sa femme à se changer, il s'accroupit devant la cheminée, s'activant à installer les bûches de manière à faire flamber rapidement un bon feu.

À cet instant, il aurait souhaité prendre Catherine dans ses bras et l'emmener jusque dans sa propre chambre, où il l'aurait assaillie tout d'abord de questions, puis lui aurait fait l'amour. Avant toute chose, sa femme devait être convenablement soignée et réconfortée.

Une certitude, cependant, s'imposait : dès cet instant il ne la quitterait plus d'un pas, pour quelque raison que ce soit. La peur de la perdre à nouveau, aiguisée par le fait qu'il ne savait toujours rien de ce qui lui était arrivé, le plaçait sur des charbons ardents.

Enfin, Catherine remercia sa servante, lui donnant le signal qu'il pouvait se retourner. Le comte d'Athol parvint à garder le silence jusqu'à ce que Jane soit sorti, puis il n'y eut plus aucun moyen de le retenir.

— Catherine Percy Stewart ! s'écria-t-il. À partir de maintenant, je vais vous assigner un garde du corps, chargé de vous suivre d'une pièce à l'autre de ce château s'il le faut. Après ce qui s'est passé cette nuit, il est hors de question que je vous laisse un instant de plus livrée à vous-même. Vous n'avez donc aucune conscience de l'inquiétude que vous m'avez causée, du dérangement que vous avez occasionné à mes gens ?

Ainsi John déroula-t-il la longue litanie de ses griefs, marchant de long en large à travers la pièce, les mains croisées derrière le dos. La vigueur de ses reproches n'avait d'égale que la fermeté du ton de sa voix. Dans un premier temps, du moins, car peu à peu son discours perdit de sa véhémence. À la dérobée, il ne pouvait s'empêcher d'épier les réactions de sa femme, ce qui suffisait à lui serrer la gorge sous l'effet de l'émotion. Stoïque et pâle, les mains serrées dans son giron, elle accueillait sans broncher le flot de ses remontrances.

À présent habillée d'une longue chemise blanche, ses cheveux répandus comme un flot d'ébène autour de ses épaules, elle avait tout d'un ange rebelle pris en faute. En apercevant les griffures qui lui barraient les joues et ses yeux brillants de larmes, John perdit toute envie de l'admonester. Laissant inachevée la phrase qui franchissait le seuil de ses lèvres, il s'arrêta de déambuler et se tourna vers elle. Aussitôt, Catherine jaillit de son lit et se jeta dans ses bras.

John la serra fort contre lui, laissant courir ses lèvres le long de ses cheveux, sur ses yeux, contre les écorchures qui lui balafraient le front et les joues.

– Catherine ! gémit-il à son oreille. J'ai cru devenir fou ! Où aviez-vous disparu ?

Elle ne lui répondit pas immédiatement, et de nouveau la colère s'empara de lui. Serrant dans son poing une poignée de ses cheveux, il écarta doucement sa tête pour la dévisager sévèrement.

— Catherine, prévint-il, je ne supporterai pas de votre part un mensonge.

— J'imaginais en être capable, répondit-elle doucement, mais cela m'est impossible.

— Alors dites-moi la vérité ! Comment se fait-il que, malgré toutes nos recherches, nous n'ayons pas pu mettre la main sur vous ?

Du bout des doigts, elle suivit rêveusement le contour de sa joue.

— J'ai découvert un tunnel secret, répondit-elle.

— Celui dont l'entrée se trouve au bas de l'escalier en colimaçon qui dessert cette aile du château ?

C'était le seul qu'il n'avait pas exploré, et John regretta amèrement de n'avoir pas commencé par celui-là.

— Oui, répondit-elle en hochant la tête. Je l'ai suivi jusqu'à son extrémité.

— L'issue de ce tunnel est bloquée par un mur de pierre de plusieurs mètres, protesta-t-il. Vous n'avez pu sortir par là.

— Et pourtant je l'ai fait. Il existe un petit passage très étroit au sommet du mur. Je suis parvenue à m'y faufiler et je me suis retrouvée dans une sorte de cave, hélas ! bouchée par un immense roncier. Dans le noir, je ne l'ai pas vu, et c'est ce qui explique...

Catherine laissa sa phrase en suspens, mais John n'avait pas besoin d'en entendre davantage pour comprendre qu'elle lui disait la vérité – du moins, une partie de la vérité.

— Mais pourquoi ? insista-t-il, exaspéré par le silence dans lequel elle était retombée. Pourquoi vous être mis en tête de remonter ce tunnel en pleine nuit ? Et, à ce propos, comment avez-vous fait pour apprendre son existence ?

Catherine détourna le regard et pressa sa joue contre sa poitrine.

— S'il vous plaît, John, murmura-t-elle. Ne me posez pas de questions auxquelles je ne pourrai pas répondre. Je vous jure que j'avais une raison impérieuse d'agir ainsi, et je vous jure que je vous dirai la vérité dès que je le pourrai.

— Est-ce dans un tel climat de suspicion que doivent vivre un mari et son épouse ? demanda-t-il en la repoussant pour capter son regard. Vous croyez vraiment que je vais me contenter d'une réponse aussi sibylline ?

— Je vous demande simplement de me faire confiance.

— Comme vous le faites vous-même ?

Voyant qu'elle fuyait de nouveau son regard, John posa les mains sur les épaules de sa femme et la secoua avec ménagement.

— Catherine, reprit-il patiemment, depuis que nous nous connaissons, pas une fois vous ne vous êtes conduite ainsi que je l'attendais de vous. Vous n'obéissez à aucun de mes ordres, vous ne me faites pas suffisamment confiance pour être tout à fait franche avec moi, et pourtant vous osez me demander de ne pas me mêler d'une affaire qui pourrait peut-être se révéler dangereuse pour mon clan ?

Catherine prit entre les siennes une de ses mains et la serra contre son cœur.

— Je reconnais que je ne suis pas une épouse docile, dit-elle. J'admets que je me suis montrée obstinée et têtue, tout comme j'accepte le fait que je ne corresponds en rien à ce que vous espérez d'une femme.

Tendrement, elle éleva la main de John pour y lover sa joue. Ce simple geste, plus que les mots qu'elle venait de prononcer, eut un effet radical sur lui. Comme brume au soleil, la colère qui l'animait s'était volatilisée. À la place, il ne ressentait plus pour elle qu'amour et tendresse.

— Mais en dépit de tous mes défauts, poursuivit-elle, je vous demande de me croire lorsque j'affirme que je ne ferai jamais rien qui puisse vous nuire, à vous ou à votre peuple. Même si vous vous imaginez que je n'ai pas confiance en votre jugement, je veux que vous sachiez que je vous ai ouvert mon cœur, mon cher mari. Je vous y ai fait une place parmi les choses et les êtres qui comptent le plus pour moi. Je...

John était bien trop ému par cette déclaration pour pouvoir prononcer une parole. Prenant en coupe entre ses mains l'ovale du visage de Catherine, il plongea dans les profondeurs embrumées de ses yeux.

— Je vous aime, John Stewart, lâcha-t-elle dans un murmure, tandis que deux grosses larmes dévalaient ses joues. En dépit du fait que vous me jugez indigne de vous, je...

John la fit taire en lui donnant un baiser dans lequel il fit passer toute la passion qui brûlait au fond de son cœur. Longuement, il s'abreuva à ses lèvres, sachant que jamais il ne pourrait y étancher la soif qui le tourmentait.

— Que vais-je faire de vous ? s'interrogea-t-il, quelques instants plus tard, en déposant de petits baisers sur ses joues griffées par les ronces.

— Gardez-moi près de vous ! lança-t-elle spontanément. Accordez-moi votre confiance ! Et jurez-moi que vous resterez mon mari...

Elle n'avait pas dit : « Aimez-moi ! » John était surpris d'en éprouver de la déception, mais comment aurait-il pu s'en étonner, alors qu'il lui avait lui-même, dès l'origine, présenté ce mariage comme une union de circonstance, dépourvue de tout amour ?

Catherine, moi aussi je vous aime !

Il entendait ces mots résonner dans sa tête, prêts à se bousculer sur ses lèvres, mais Catherine ne lisait pas au fond de ses pensées. De toute manière, l'aurait-elle cru, s'il s'était risqué à les lui dire à cet instant ? Non, conclut-il pour lui-même. Il lui fallait attendre le moment propice, le moment parfait, le moment où il pourrait la cueillir à l'improviste, tout comme elle venait de le faire pour lui.

Quand John se décida à lui répondre, sa voix lui parut rauque, voilée par l'émotion.

— Je ne vous connaissais pas telle que je vous connais à présent, dit-il, et pourtant, dès que je vous ai pris pour femme, je n'ai eu d'autre intention que de demeurer fidèle à mes vœux.

— Vous êtes et resterez le seul homme dans ma vie.

Du bout du pouce, il essuya ses dernières larmes.

— Je continuerai à vous chérir et à vous honorer comme la femme de ma vie, Catherine. Je continuerai également à vous protéger… si vous me laissez faire. Enfin, je vous jure de ne jamais trahir votre confiance. Vous êtes ma faiblesse. Vous êtes la moitié de mon existence. Vous êtes un élixir dont je me suis enivré, et dont je ne peux plus me passer.

Baissant les yeux avec une timidité feinte, elle demanda d'une voix mutine :

— Puisque je suis tant de choses pour vous, seriez-vous disposé… à faire l'amour avec moi ?

Levant la tête vers le plafond, Athol laissa jaillir un rire libérateur.

— Vous êtes une libertine, conclut-il en la serrant plus fort contre lui. Je vous l'ai déjà dit, mais ce n'est certes pas moi qui m'en plaindrai.

Les doigts tremblants d'impatience, Catherine entreprit de déboutonner sa chemise.

— En fait, reprit-elle, j'ai une nouvelle à vous annoncer. Pour ce faire, j'ai besoin que vous soyez entièrement disponible et détendu.

— Étant donné ce que vous m'avez fait subir cette nuit, objecta-t-il, cela risque de prendre du temps.

Catherine lui retira sa chemise et s'attaqua avec la même impatience à son kilt.

— Nous avons tout notre temps, dit-elle. Pour vous plaire, je me montrerai une épouse des plus agréables et des plus dociles. Tout ce que vous me demanderez, je le ferai. Naturellement, uniquement dans le but de vous préparer à recevoir convenablement cette nouvelle. Et croyez-moi, vous allez l'apprécier…

19

Lady Anne congédia tout le monde autour d'elle, sauf Auld Mab. Après lui avoir demandé de verrouiller la porte, la comtesse douairière se redressa dans son lit, pendant que sa suivante déposait la chandelle dans un bougeoir de bois sur la table de chevet.

— Lui a-t-elle dit où elle est allée ? s'enquit lady Anne.

— Pas que je sache, répondit Auld Mab. Mais vu l'état dans lequel elle est revenue, elle a dû combattre un dragon.

— Je parierais que c'est le dragon qui a perdu.

Pointant du menton le grand coffre disposé au pied de son lit, lady Anne reprit :

— Apporte-moi ce que tu sais.

Auld Mab alla ouvrir le coffre et commença à en sortir différentes pièces de tissus qui y étaient rangées pour les disposer sur le lit. Tout en la regardant faire, sa maîtresse demanda :

— Mon fils est toujours avec elle ?

— Oui, c'est ce que Jean m'a affirmé, milady. Elle a ajouté qu'à son avis, le laird ne serait pas sorti de si tôt…

Un sourire réjoui fendit le visage ridé de la malade.

— Cette Catherine Percy a plus de pouvoir sur son mari qu'elle ne l'imagine elle-même. Tant mieux ! Une femme aussi forte que lui, c'est exactement ce dont John a besoin.

Lissant du plat de la main sa chemise de nuit, lady Anne hocha la tête d'un air satisfait lorsque enfin sa femme de chambre tira du coffre un écrin ouvragé et le lui tendit.

— Rien à signaler ? Tout était bien rangé au-dessus du coffret comme tu l'y avais laissé ?

Auld Mab acquiesça d'un hochement de tête.

— J'ai fait exactement ce que vous m'avez demandé, milady. Pour autant que je sache, tout était en ordre.

Lady Anne plongea la main dans le décolleté de sa chemise de nuit et libéra une chaînette d'argent au bout de laquelle pendait une clé.

— Quand le soleil sera levé, dit-elle à sa suivante qui l'aidait à l'ôter de son cou, je veux que tu demandes à Catherine de venir me voir.

— Et si le comte est toujours avec elle ? s'inquiéta Auld Mab. Je sais que c'est un lève-tôt, mais…

Les deux femmes échangèrent un sourire entendu.

— Dans ce cas, conclut lady Anne, nous attendrons. Si elle est femme assez habile pour retenir son mari dans ses bras alors que le soleil est levé, je patienterai un peu avant de lui remettre ce présent que sa mère m'a confié pour elle.

Introduisant la clé dans la serrure de l'écrin, elle l'ouvrit et tapota d'un air satisfait le rouleau de parchemin scellé que son amie Diana Erskine lui avait fait parvenir.

— Après l'avoir gardé par-devers vous aussi longtemps, s'étonna Auld Mab, qu'est-ce qui vous a décidé à le lui remettre maintenant ?

La comtesse douairière leva les yeux et rencontra ceux, bleus et perçants, de sa suivante. De toutes les femmes qui étaient passées à son service, elle seule avait su gagner sa confiance au point de devenir sa confidente.

— Je n'ai fait qu'obéir aux instructions de Diana, répondit-elle. Elle m'a demandé d'attendre avant de lui remettre ceci d'être sûre que sa fille soit définitivement… établie.

La comprenant à mi-mots, Auld Mab reprit :

— Votre amie est une femme avisée, milady, pour avoir deviné ce qui allait se passer entre le comte et sa fille.

Avant de refermer le couvercle de l'écrin, la comtesse douairière soutint le regard entendu de sa suivante.

— Disons que nous avons toutes deux anticipé ce qu'une telle rencontre pourrait donner. Nous avons aussi formé des vœux. Le reste ne pouvait que reposer entre les mains du destin.

— Lady Diana a-t-elle été informée du mariage ?

Lady Anne rangea précieusement le petit coffret contre son flanc, et rabattit la courtepointe.

— Par mesure de sécurité, ses filles pensent être totalement coupées de leur mère. Mais, rassure-toi, elle s'est arrangée pour garder un œil sur elles…

Les bruits du matin emplissaient les halls et les corridors. Des odeurs de pain frais montaient des cuisines. Les cris des hommes à l'entraînement et l'entrechoquement de leurs épées montaient de la cour. Aucune de ces manifestations de la vie quotidienne dans un château des Highlands n'aurait cependant pu inciter John Stewart à se lever.

Il ne quittait pas des yeux sa femme endormie entre ses bras. Il ne parvenait pas à se repaître de la vue de son visage angélique détendu par le sommeil. Pour rien au monde il ne l'aurait dérangée. L'épreuve par laquelle elle était passée la nuit précédente, quelle qu'elle ait pu être, l'avait épuisée au point qu'elle avait sombré dans un sommeil de plomb aussitôt qu'ils avaient fini de faire l'amour.

La pluie devait avoir cessé, car un ciel lumineux s'encadrait dans l'huisserie de la fenêtre. Le regard de John erra à travers la chambre et s'arrêta sur le manteau mis en pièces. Il n'avait aucune raison de mettre en doute le récit qu'elle lui avait conté, mais elle avait laissé de trop nombreuses questions sans réponses. Lors de leurs retrouvailles, il avait été trop submergé par l'émotion et le désir pour insister. Mais, ce matin, il était bien déterminé à la faire parler.

Du bout des doigts, il effleura une longue balafre qui lui barrait le front et se pencha pour y déposer un baiser léger. Il n'avait pas de mots pour décrire ce qu'il avait ressenti lorsqu'il avait constaté l'état dans lequel elle lui était revenue. Avant d'épouser Catherine, le comte d'Athol avait connu de nombreuses femmes. Avec certaines d'entre elles, il avait fait l'expérience de la passion, du désir physique impérieux et qui submerge tout. Mais Catherine avait fait en sorte de réveiller bien plus en lui. L'obsession qu'elle était devenue, le besoin permanent qu'il ressentait d'être à son côté, de l'avoir près de lui tous les jours de sa vie, tout cela était nouveau pour lui. Et tout ceci signifiait que, il en était certain, l'amour qu'elle lui inspirait n'était comparable à aucun autre. Tôt ou tard, d'une manière ou d'une autre, il aurait à le lui faire comprendre. Il lui importait plus que tout qu'elle en soit persuadée.

Sans perdre une miette de ce spectacle, il la vit battre des paupières et entrouvrir les yeux. Ses prunelles bleues se focalisèrent progressivement sur lui.

— C'est le matin ! s'affola-t-elle en redressant sa tête posée sur le bras de John. Vous avez réussi à me retenir dans votre lit…

Il lui sourit et roula sur le dos, l'entraînant entre ses bras pour ne pas rompre le contact de leurs peaux nues. En guise de bonjour, il posa un baiser sur ses lèvres.

— La passion vous aveugle… Comme vous pouvez le constater, nous nous trouvons dans *votre* lit ! Autant vous habituer tout de suite à l'idée que, si vous vous obstinez à quitter ma chambre au milieu de la nuit, je vous suivrai dorénavant… où que vous alliez.

Catherine feignit de lui adresser un regard courroucé, puis examina la pièce autour d'eux et fixa les vêtements abandonnés sur le sol.

— Je me suis endormie, constata-t-elle d'un air déçu.

John tira le drap pour dénuder ses épaules et se régala de la vue de ses seins étroitement pressés contre son torse.

— En fait, commenta-t-il, nos corps ne s'étaient pas encore désunis que vous aviez déjà rejoint le pays des rêves.

Elle le gratifia d'un de ses sourires magiques, contre lesquels il se sentait désarmé.

— Ne devriez-vous pas être debout à l'heure qu'il est ? s'étonna-t-elle.

John déposa un chapelet de baisers de long de sa joue, de sa gorge, de sa poitrine.

— Mais je suis debout ! plaisanta-t-il en jouant des hanches pour lui faire sentir l'évidence de son érection. Ne le sentez-vous pas ?

Catherine lâcha un petit rire mutin.

— Je serais de mauvaise foi à prétendre le contraire ! Pourtant n'avez-vous pas des guerriers dont l'entraînement demande à être supervisé, des fermiers en bisbille qui réclament votre arbitrage, des daims et des faisans qui devraient être chassés ?

— C'est vrai, reconnut-il. Je manque à tous mes devoirs. Mais il y a aussi, plus près de moi et bien plus tentante, une femme qui ne demande qu'à être honorée.

Entraînant de nouveau Catherine entre ses bras, John roula sur le lit de manière à se retrouver sur elle. Du bout de la langue, il entreprit de titiller ses mamelons jusqu'à ce que ceux-ci se dressent. Sous l'effet de ses baisers, elle s'arc-bouta sous lui et gémit de plaisir.

Quand il fut satisfait, il redressa la tête.

— Pour ne rien vous cacher, je dirais même que faire en sorte de satisfaire aux désirs les plus secrets de ma femme constitue le moment le plus important de ma journée, reprit-il.

Sa main glissa lentement le long de son ventre et alla se perdre dans les replis de son intimité, déjà moites du désir qu'il avait su éveiller en elle. Immédiatement, Catherine arqua le dos pour se prêter à ses caresses.

— Vous ne devez pas oublier, poursuivit-il d'une voix altérée par la passion, qu'en tant que pair du royaume on attend de moi que je ne ménage pas mes efforts pour donner à mon peuple et à mon roi celui qui deviendra le cinquième comte d'Athol. Concevoir un héritier est une tâche difficile, mais en tant que loyal sujet je dois m'y consacrer de mon mieux. C'est un devoir auquel nous ne pouvons nous dérober. Je dirais même que c'est un devoir auquel nous devrions consacrer plus de temps.

Il s'écoula quelques secondes avant que ses paroles ne fassent écho en elle. Puis Catherine se figea. Conscient de son trouble, John releva la tête et fronça les sourcils en découvrant ses joues rouges et ses yeux embués de larmes.

— Que se passe-t-il, Catherine ?

Inquiet qu'il ait pu lui faire mal sans le vouloir, il se dressa sur les coudes.

— Je vous ai brusquée ?

Elle se mordilla la lèvre un long moment avant de lui répondre :

— Il y avait quelque chose… que je devais vous dire cette nuit. Je me suis endormie trop vite.

— Si ce n'est que cela, répondit-il avec soulagement, il n'est pas trop tard pour rattraper cet oubli. Qu'avez-vous à me dire, ma douce ?

Catherine inspira profondément et prit soin de le fixer droit dans les yeux.

— Votre roi sera satisfait, milord… Je porte depuis peu votre héritier, lâcha-t-elle dans un souffle.

La torture n'a jamais été un jeu d'enfant, mais ni le lieutenant du roi ni les sbires chargés de ses basses œuvres ne manquaient de persévérance en ce domaine. De fait, en approchant de la porte ouverte d'une des cellules du manoir qu'il occupait, le visage d'Arthur Courtenay se fendit d'un sourire réjoui quand, d'une porte voisine, filtrèrent des cris de souffrance. Les choses allaient bon train, pensa-t-il. Et d'ici peu, il arriverait à ses fins.

Alors qu'il s'effaçait pour laisser entrer l'abbé de l'abbaye de Jervaulx, le moine interrogé dans le cachot voisin jaillit tel un possédé dans le corridor. Nu et couvert de sang, il se traîna à quatre pattes sur quelques mètres avant de s'affaler sur le sol. Son tortionnaire, un fouet ensanglanté à la main, surgit derrière lui.

— Tu n'vas pas déjà nous quitter, s'écria-t-il.

Puis, s'apercevant de la présence de Courtenay et de l'abbé, il se courba en deux et marmonna :

— Faites excuse, milord.

L'abbé s'avança pour se porter au secours du blessé, mais le lieutenant du roi s'interposa. Interloqué, le religieux le dévisagea un moment, puis se signa et baissa la tête pour murmurer une prière en latin à l'intention du moine torturé.

— À votre place, railla sir Arthur, j'économiserais mes prières. Il se pourrait bien que vous en ayez besoin pour vous-même avant la fin du jour.

Le vieil homme aux cheveux blancs ne répondit pas à la menace et prit le temps d'achever sa prière. Après avoir lancé un dernier regard empli de pitié au moine gémissant, il pénétra dans le cachot que le lieutenant du roi lui désignait d'un geste. Celui-ci entra derrière lui et marcha jusqu'à un homme sec qui se tenait, debout, torse nu et bras croisés, au-dessus du corps lacéré et avachi sur le sol d'un autre moine. Les poignets enchaînés au-dessus de sa tête à un anneau scellé dans le mur, l'homme paraissait évanoui.

— Vous voyez ce qui vous attend, l'abbé ?

À ces mots prononcés d'un ton menaçant par sir Arthur, le moine enchaîné redressa faiblement la tête et tenta en vain d'entrouvrir ses paupières tuméfiées.

— Tout homme est voué à disparaître, répondit l'abbé en se penchant sur le corps supplicié. Mais tous ne sont pas appelés dans l'au-delà à répondre des mêmes péchés.

— N'essayez pas de me faire peur avec vos contes à dormir debout !

Décochant un coup de pied à la jambe du moine, sir Arthur ajouta :

— Voilà trop longtemps que ce fou arrogant essaie de me flouer et met ma patience à rude épreuve.

L'abbé ne répondit pas, mais l'homme effondré s'efforça en vain de lâcher quelques mots. Ses lèvres éclatées ne lui permettaient pas de parler.

— Il semble avoir perdu son éloquence, aujourd'hui ! s'amusa sir Arthur.

Puis, il se tourna vers l'abbé.

— À votre place, je pèserais bien mes paroles, vieillard ! En tant que lieutenant du roi, je n'ai de comptes à rendre qu'à un seul homme en ce bas monde. Et le vœu que j'ai fait de servir Henri – roi par la grâce de Dieu – m'oblige à obéir au moindre de ses désirs.

Brusquement, Courtenay agrippa l'abbé par le col de sa soutane et l'attira à lui, jusqu'à ce qu'ils se retrouvent nez à nez.

— Or, ce que désire Henri, reprit-il d'une voix glacial, c'est qu'on lui remette le trésor de Tiberius.

— Ce n'est pas... le roi... qui le veut...

Le moine enchaîné au mur avait dû manifestement faire appel à ses dernières forces pour balbutier ces mots. Une quinte de toux le secoua, qui macula d'un jet de sang le bas de la soutane de l'abbé. Au prix d'un effort surhumain, il parvint à redresser la tête.

— C'est vous... qui voulez le trésor. Pas le roi, lâcha-t-il d'un ton accusateur en fixant Courtenay.

Le regard affolé de l'abbé ne cessait d'aller et venir entre les deux hommes.

— Mais je n'ai... connaissance d'aucun trésor, protesta-t-il en secouant la tête. Ce... ce trésor de Tiberius... je n'ai aucune idée de quoi vous voulez parler !

— Vous mentez ! hurla Courtenay en le jetant au sol. Ces garces de sœurs Percy n'ont pas commencé à mettre en place leur stratagème le jour de leur départ ! Elles *savaient* que quelqu'un chercherait le trésor, et c'est sciemment qu'elles ont brouillé les pistes.

— Mais puisque je vous dis que je ne...

Attrapant de nouveau le vieil homme par le col de son habit, sir Arthur le hissa jusqu'à lui.

— Je n'ai eu connaissance de cette affaire, expliqua-t-il avec un calme inquiétant, que lorsque votre satané moine est venu me demander – que dis-je : me supplier ! – de lui confier ce que le traître Percy avait révélé à ce sujet. Ce n'est donc pas à mon intention que ses filles ont organisé cette petite chasse au trésor. Qui comptaient-elles donc abuser ?

Les yeux exorbités, l'abbé secouait la tête en le dévisageant sans mot dire.

— Selon ce que j'ai appris ce matin, reprit le lieutenant du roi, voilà des semaines que les sœurs Percy parcourent les abbayes et les monastères des comtés du nord pour mettre au point leur stratagème. N'essayez pas de me faire croire qu'elles ne vous ont pas mis dans la confidence, ou que vous ne les avez pas fait suivre lorsqu'elles s'absentaient si longuement de votre abbaye !

D'un méchant coup de tête, Courtenay envoya l'abbé valser contre le mur. Pantelant, le front ensanglanté, celui-ci glissa à côté du moine supplicié. Comme possédé, le lieutenant du roi se mit à déambuler dans la pièce tout en poursuivant son monologue.

— Dès le moment où j'ai entendu parler de ce trésor, vous m'avez tous menti. Vous avez tous cherché à me duper, à me trahir. À présent, ma patience a atteint ses limites. Le temps est terminé où vous pouviez vous gausser de moi à votre guise. J'ai lancé des hommes aux trousses des sœurs Percy. Bientôt, on me les amènera et, avec elles et vous, je n'aurai aucun mal à obtenir ce que je veux.

Bien qu'en piteux état, le moine enchaîné au mur parvint à grimacer ce qui pouvait ressembler à un sourire.

— Vous l'admettez... couina-t-il d'une voix à peine intelligible. C'est vous... vous voulez ce trésor rien que pour vous. Mais vous ne savez rien ! Rien du tout...

Courtenay fondit sur lui.

— Vous croyez pouvoir abréger vos souffrances en me narguant ! lança-t-il avec un regard de dément. Détrompez-vous, arrogant ami. Vous n'imaginez pas ce qu'il nous est encore possible de vous faire subir.

— Je sais... que vous ne... me tuerez pas. Vous ne... savez pas... ce qu'est le trésor.

Un rictus de haine déforma le visage de sir Arthur.

— L'arrogance est mauvaise conseillère pauvre fou ! Nous allons vous faire hurler rien que pour le plaisir. Puisque nous avons l'abbé à présent parmi nous, je...

— Je ne sais absolument pas de quoi vous parlez tous les deux ! intervint celui-ci en luttant pour reprendre son souffle. Il est vrai que les filles de sir Percy se sont placées sous ma protection pendant quelque temps, mais je n'ai jamais entendu parler du moindre trésor.

À côté de lui, le moine laissa sa tête rouler contre le mur et lâcha un rire sardonique.

— Vous ne... savez rien ! marmonna-t-il, laissant son menton retomber sur sa poitrine. Il ne... saura... rien non plus. C'est... un secret !

De rage, le lieutenant du roi le gifla à toute volée, faisant jaillir de nouveaux flots de sang du visage du moine ravagé par les coups.

— Je sais tout ce que j'ai besoin de savoir ! dit-il d'une voix ardente et rauque. C'est vous-même qui m'avez mis sur la piste. Le trésor de Tiberius est le plus précieux trésor de la chrétienté ! De nombreux hommes ont été jusqu'à tuer pour se l'approprier. C'est vous-même qui me l'avez dit. Pour lui – même si ce n'était pas la raison officielle –, on a été jusqu'à mener une croisade en Terre sainte ! On avait perdu sa trace jusqu'à ce qu'il apparaisse que la famille Percy...

— Vous... ne... savez... rien ! s'entêta le moine. Ni... ce qu'il est... ni... où il est. Espèce d'idiot ! Vous n'êtes...

Dans un craquement d'os brisé, le poing de sir Arthur s'abattit sur son nez, l'empêchant de poursuivre. D'un geste, il fit signe au geôlier de se charger de l'abbé.

— Quand nous en aurons terminé avec vous, conclut-il en se massant le poing, vous m'aurez dit tout ce que vous savez sur le trésor de Tiberius et, lorsqu'on m'amènera ces garces, elles finiront par me supplier à genoux de les laisser me conduire jusqu'à lui !

Aussitôt que furent tirés les lourds rideaux de damas, un chaud soleil de fin de matinée pénétra à flots, chassant les ténèbres de la vaste pièce. Avec un hochement de tête approbateur pour la servante qui restait, indécise, près des tentures, Catherine posa la main sur le bras de Susan et lui murmura quelques mots à l'oreille.

Hochant la tête, la jeune femme s'empressa de quitter la pièce.

— Catherine Stewart ! s'exclama la comtesse douairière. Il me déplaît souverainement que vous me fassiez délivrer des ultimatums !

Sans se laisser impressionner, Catherine sourit à Auld Mab qui à son tour quittait la chambre, ne s'arrêtant près de l'âtre que pour en déloger une soubrette qui y cousait sur un tabouret.

— Ma chère belle-mère, répondit-elle lorsqu'elles furent seules, il ne s'agissait pas dans mon esprit d'un ultimatum, mais d'une alternative destinée à ne pas vous faire rater les délices d'une si belle journée…

Lady Anne grogna d'un air bougon mais tapota du plat de la main l'édredon. Obéissante, Catherine gagna le lit et s'y assit.

— Votre éloquence ne suffira pas à m'adoucir, maugréa la mère de John. Devenir aveugle en autorisant que l'on ouvre les tentures ou attraper la mort en me laissant traîner dans les jardins, vous appelez ça une alternative ?

Avec un sourire ravi, Catherine prit sa main dans la sienne et demanda :

— Savez-vous que c'est la première fois que vous m'appelez de mon nom de femme mariée ?

— N'essayez pas de changer de sujet !

— Moi ? Je me réjouis simplement de me voir accueillie dans votre famille.

Les yeux gris de la comtesse douairière s'adoucirent en se posant sur ceux de Catherine.

— Vous attendez un enfant, dit-elle. Un enfant de mon propre lignage. Je serais une bien piètre mère – et une grand-mère pis encore ! – si je ne vous acceptais pas dans ma famille, en dépit de votre sale caractère et de votre mépris pour ma santé.

Catherine accueillit ces paroles avec un sourire réjoui. Abandonnant ses pantoufles au pied du lit, elle replia ses jambes sous elle.

— Ça y est ! Je le lui ai dit, avoua-t-elle sur le ton de la confidence.

— Tout ? s'enquit lady Anne. Ou seulement une partie ?

— Tout ! Je lui ai avoué à quel point je l'aime, et je lui ai révélé que je porte notre enfant.

Les yeux de la comtesse douairière se rétrécirent jusqu'à former deux minces fentes.

— Et ? fit-elle d'un air interrogateur.

Ceux de Catherine s'arrondirent sous l'effet de la surprise.

— Et c'est tout ! s'exclama-t-elle. Vous trouvez que ce n'est pas assez ?

— C'est bien assez pour n'importe quel homme ! Ce que je vous demandais, c'est comment mon fils a accueilli la nouvelle.

— Je *pense* qu'il était content.

Catherine fut elle-même surprise par le doute qu'elle avait perçu dans le ton de sa voix.

Le visage de lady Anne se rembrunit.

— Je savais que j'aurais dû le rosser plus souvent quand il était enfant, bougonna-t-elle. Le mauvais drôle ! Je l'ai trop gâté, assurément... C'est tout ce qu'il a dit ; qu'il était content ?

Catherine se mordit la lèvre pour ne pas sourire. La tempête qui faisait rage sur le visage de sa belle-mère, combien de fois ne l'avait-elle pas déjà vue sur celui de son mari ?

— Il me semble que vous vous montrez un peu trop dure avec lui, dit-elle enfin.

— Hum ! J'aimerais en être aussi sûre que vous.

— Quand je lui ai avoué... que je l'aimais, reprit Catherine, il s'est montré tendre avec moi... affectueux. Mais, à la nouvelle qu'il allait être père, je crois qu'il a été trop ébahi pour réaliser ce qui lui arrivait. Il est devenu tout d'un coup très calme... presque songeur. Aussi ai-je décidé de croire que c'était sous le coup de la joie.

En fait, plus Catherine se remémorait les réactions de son mari, plus elle était dubitative. Il avait certes fait preuve d'un certain enthousiasme, avait forcé un sourire de joie sur ses lèvres, soulignant à quel point la nouvelle était inattendue et merveilleuse. Puis, il s'était retranché dans un abîme de réflexions. À tel point qu'elle avait dû faire assaut de toutes ses armes et de tous ses charmes pour le dérider.

— Cela signifie donc que vous n'êtes pas fâchée contre votre époux ? demanda lady Anne. Vous n'irez pas chercher refuge à Elgin auprès de l'évêque, ou vous lancer sur les traces de votre mère afin de vous plaindre à elle des traitements infligés par mon fils ?

— Non, milady ! répondit fermement Catherine, serrant plus étroitement entre ses doigts ceux de sa belle-mère. Je suis navrée de vous décevoir, mais il va vous falloir me supporter, car je suis bien décidée à rester.

— Excellent !

La comtesse douairière libéra sa main et rabattit d'un geste sa courtepointe, révélant l'écrin précieux qui se trouvait dissimulé dessous. Puis, ôtant de son cou une clé pendue à une chaînette d'argent, elle l'introduisit dans la serrure.

— Votre mère m'a fait porter ceci à votre intention dès que je lui ai fait transmettre la nouvelle de votre mariage avec John, expliqua-t-elle.

— Vous avez la possibilité de communiquer avec ma mère ! s'exclama Catherine. Vous savez où elle se trouve !

D'un geste de la main impatient, la vieille femme écarta cette remarque.

— Oubliez mes paroles car, même sous la torture, je n'admettrai jamais rien de tel.

— Mais... il s'agit de ma mère, lady Anne ! J'ai...

— C'est elle qui souhaite qu'il en soit ainsi, Catherine. Oseriez-vous vous rebeller contre la volonté de votre propre mère ? C'est pour garantir votre sécurité et celle de vos sœurs qu'elle ne veut pas que vous sachiez où elle est.

Sur ce, d'un tour de main, elle ouvrit la serrure et rabattit le couvercle. Dans le coffret se trouvait un rouleau de parchemin scellé, qu'elle lui tendit.

— En me faisant jurer le plus grand secret, Diana m'a chargée de vous remettre cet objet dès que je serais certaine que vous auriez renoncé à vous lancer dans de nouvelles tribulations – voyez comme elle vous connaît bien ! Elle a même eu le culot de m'écrire qu'elle m'interdisait de mourir avant de m'être acquittée de ma mission.

Du bout des doigts, Catherine caressa le parchemin, la gorge serrée à l'idée que les doigts de sa mère, avant les siens, s'y étaient posés.

Manifestement satisfaite, la comtesse douairière se laissa retomber dans ses oreillers.

— Me voilà débarrassée de ma mission, conclut-elle. Je vous ai transmis le legs de votre mère, ma chère belle-fille. Je puis à présent mourir en paix.

Rapide comme l'éclair, Catherine reposa le rouleau de parchemin dans le giron de lady Anne.

— Si vous pensez pouvoir mourir maintenant, dit-elle en secouant la tête de mécontentement, uniquement parce que vous avez tenu une promesse faite à ma mère, alors gardez ceci. Je refuse d'avoir votre mort sur la conscience !

— Cessez ce babillage insensé, jeune démone aux yeux bleus ! Et lisez ce parchemin.

— Seulement si vous arrêtez de parler comme si vous aviez l'ange de la mort perché sur votre épaule.

— N'ayez crainte, le seul ange que je vois dans cette pièce n'est pas perché sur mon épaule. Il est devant moi et ne cesse de me harceler avec sa langue de vipère.

Peinée, Catherine fronça les sourcils et s'offusqua :

— Je ne trouve pas cela drôle, lady Anne. Je me suis attachée à vous, et je trouve injuste que vous…

Posant sur son bras une main apaisante, la mère de John reprit, un ton plus bas :

— Ne prenez pas la mouche pour si peu, chère petite. Lisez plutôt ce document. Sinon, je sonne Auld Mab pour qu'elle le jette au feu !

Avec réticence, Catherine accepta le parchemin qu'elle lui tendait et en brisa le sceau. Elle le déroula et découvrit à l'intérieur un morceau de vélin plus ancien et plus petit. En l'examinant de plus près, elle put constater qu'il s'agissait d'un fragment de carte ancienne.

— Pour qu'elle ait pris le risque de me faire parvenir ce papier, commenta-t-elle, ma mère doit être vraiment certaine que je suis en sécurité ici.

Piquée par la curiosité, la comtesse douairière pencha la tête et jeta un coup d'œil sur les mystérieux signes et symboles enchevêtrés qui couvraient le manuscrit.

— De quoi s'agit-il ? demanda-t-elle d'un ton caustique. D'une carte conduisant au saint Graal ?

— Ne riez pas, murmura Catherine tout en examinant le parchemin. C'est un morceau du plan qui mène à la cache secrète du trésor de Tiberius...

— Un trésor ? répéta lady Anne en ouvrant de grands yeux. Voilà qui a le mérite de susciter l'intérêt d'une vieille femme.

— C'est un bien inestimable, expliqua Catherine. Ma famille en a la garde depuis qu'il a été ramené de Terre sainte au temps des croisades.

Reportant son attention sur le document principal, elle prit rapidement connaissance du message de sa mère.

— Ce fragment constitue l'une des trois parties de la carte complète, dit-elle enfin. Laura et Adrianne recevront les deux autres en temps utile. Ainsi, si le besoin s'en fait sentir – si par exemple ma mère ne parvenait pas par malheur à survivre à cette épreuve –, nous pourrions agir toutes les trois pour retrouver le trésor et le placer en lieu sûr.

L'amusement fit place à la consternation sur le visage de lady Anne.

— Toute cette histoire de trésor me paraît passablement embrouillée, protesta-t-elle. Et dangereuse aussi.

— Elle est embrouillée par nécessité – pour empêcher ceux qui recherchent le trésor de faire main basse dessus.

— Ceux qui le recherchent ?

Se rapprochant de sa belle-mère, Catherine se rapprocha de sa belle-mère et prit l'une de ses mains entre les siennes.

— Bien que l'existence du trésor soit un secret, elle a fini par être connue de certaines coteries qui le recherchent activement, expliqua-t-elle à voix basse. Dans notre enfance, mes sœurs et moi étions très impressionnées par les histoires que nous racontait notre père à ce sujet. Ceux qui voudraient s'emparer du trésor sont puissants et ne reculeraient devant rien pour parvenir à leurs fins. Ils peuvent être partout... Peut-être ici même, dans les Highlands. Ils se méprennent sans doute sur sa valeur véritable, mais ils iraient jusqu'à tuer pour se l'approprier.

Ces précisions ne rassurèrent en rien lady Anne, dont le visage s'assombrissait à chaque instant.

— Pourtant, poursuivit Catherine, il existe un autre groupe qui posséderait une véritable compréhension de la valeur mystique du trésor et qui voudrait l'utiliser dans un but spécifique. À cause de ce qu'ils représentent, ma mère est convaincue qu'il ne peut s'agir d'hommes mauvais ou violents. Cependant la nature réelle de leurs motivations nous demeure inconnue.

À présent tout à fait alarmée, la mère de John serra les mains de sa belle-fille.

— Catherine, quelle que soit la valeur de ce trésor, il ne vaut pas la peine que vous risquiez votre vie pour lui, plaida-t-elle d'un ton grave. Vous ne manquerez de rien ici. Votre mari vous a épousée sans la moindre dot, et il ne sera que trop heureux de pourvoir à tous vos besoins, et même au-delà... Tout ce que vous avez à faire, c'est demander. Je voudrais vous savoir sauve et à l'abri de cette folie. Si vos sœurs en ont besoin, nous pourrions les faire venir ici.

Catherine lui adressa un sourire qui se voulait rassurant. Sa générosité lui allait droit au cœur, et le souci qu'elle se faisait pour elle la touchait bien plus encore.

— Mes sœurs et moi, répondit-elle, n'avons jamais été attachées à la valeur vénale du trésor de Tiberius. Nous avons simplement été élevées dans la conviction qu'il est du devoir de notre famille de le préserver. Lorsque notre père fut emprisonné sur ordre du roi, nous avons passé pas mal de temps à mettre en place une fausse piste, de manière à égarer les recherches d'éventuels chasseurs de trésor. Ce legs inestimable qui nous a été transmis est bien plus une responsabilité qu'une source de richesse potentielle pour nous.

— Je suis trop vieille et trop avisée pour chercher à en apprendre davantage, dit la comtesse douairière en lâchant les mains de Catherine. Je ne voudrais pour rien au monde me retrouver mêlée aux sombres machinations de votre mère.

Poussant vers elle l'écrin ouvert, elle lui en tendit la clé au bout de sa chaîne.

— Aussi longtemps que vous n'abandonnerez pas votre époux pour vous lancer dans je ne sais quelle aventureuse chasse au trésor, je vous promets de garder le secret sur ce que vous venez de me dire, conclut-elle.

— En échange de ce secret, demanda Catherine d'un air rusé, me révélerez-vous celui qui entoure la naissance d'Adam des Glens ?

— Catherine Stewart, vous êtes une femme indélicate et entêtée !

— Je suis surtout une épouse concernée par tout ce qui peut nuire à son mari, et une femme qui ne demande qu'à devenir pour vous une belle-fille dévouée...

Poussant un soupir, lady Anne croisa les bras d'un air boudeur.

— Vous ne renoncez jamais, n'est-ce pas ?

— L'enjeu est important, insista Catherine en soutenant le regard chargé de reproches de sa belle-mère. Il nous faut parvenir, d'une manière ou d'une autre, à faire cesser cette guerre entre eux. Or, jamais nous n'y parviendrons tant que le mystère qui empoisonne leur relation n'aura pas été éclairci.

— Vous me mettez au supplice, gémit la mère de John en détournant le regard. Tout cela est si douloureux...

Catherine attendit que le regard embué de sa belle-mère se soit reposé sur elle avant de plaider sa cause d'une voix pleine de conviction.

— Lady Anne, notre seule chance de faire en sorte que le monde soit meilleur, c'est de connaître le passé pour ne pas commettre les mêmes erreurs. C'est ce que j'enseigne, et c'est ce dont je suis intimement convaincue. Adam et John doivent être confrontés à leur passé pour pouvoir affronter l'avenir. Il en va de leur bonheur et de leur sécurité autant que de la paix civile dans ce pays.

20

— Elle vient de quitter la chambre de la comtesse douairière, milord.

Le comte d'Athol leva les yeux sur son majordome, abandonnant la lecture de la missive alarmante qu'on venait de lui apporter. Une fois de plus, une petite compagnie de troupes anglaises avait pris position dans les terres frontalières de l'Écosse, âprement disputées. Mais les allées et venues de sa femme étaient pour lui d'importance tout aussi stratégique, ce matin, et il ne pouvait les prendre à la légère.

— Où est-elle allée ? s'enquit-il. Sait-on où elle se trouve à présent ?

Quelques minutes plus tard, après avoir renvoyé à leurs occupations les conseillers du clan et demandé à Tosh de ne pas le suivre, le laird quitta la grand-salle et traversa la cour en direction des jardins. Un soleil ardent lui chauffait le visage, mais un amoncellement de nuages à l'ouest laissait présager l'arrivée du mauvais temps. D'un signe du menton, le soldat qui gardait les portes lui indiqua dans quelle direction il devait se diriger.

À l'insu de sa femme, ses hommes avaient reçu pour instruction de surveiller ses moindres faits et gestes et de les lui rapporter. S'il voulait rester un moment seul avec elle avant de partir, il n'avait plus une minute à perdre. De ce point de vue, un tête-à-tête dans les jardins s'avérait des plus appropriés.

En lui révélant qu'elle était enceinte, elle l'avait pris de court, et il s'en voulait de ne pas avoir accueilli la nouvelle avec plus d'enthousiasme. De plus, il désirait aborder avec elle un autre sujet qui le tourmentait. Au cours de leurs ébats matinaux, il n'avait pas manqué de remarquer les marques livides qu'elle portait aux poignets, et qui l'avaient intrigué autant qu'inquiété.

Accoutumé à présent au caractère entier de son épouse, John savait que sa seule chance d'obtenir une réponse consistait à lui poser franchement la question. Il y avait décidément trop de mystères dans la disparition nocturne de Catherine pour qu'il ne cherche pas à connaître le fin mot de l'histoire.

Lorsqu'il pénétra dans les jardins, quelques commis de cuisine y étaient occupés à cueillir des herbes. Il s'y trouvait également deux garçons de ferme qui menaient une demi-douzaine de vaches au pré, mais il ne vit aucune trace de Catherine.

Alors qu'il se dirigeait vers un bouquet de pins dont il savait qu'elle appréciait l'odeur, le comte d'Athol l'aperçut enfin. Il s'apprêtait à hâter le pas pour la rejoindre lorsqu'il remarqua Susan qui sortait de derrière un poirier et venait embrasser sa femme affectueusement. Cette complicité entre elles lui fit d'abord plaisir, avant qu'un doute insidieux ne finisse par s'insinuer dans son esprit. Depuis quand s'appréciaient-elles ainsi ?

En observant la scène à distance, le comte d'Athol songea qu'il lui faudrait dès que possible assurer l'avenir de la protégée de sa mère. Qu'allait-elle devenir maintenant qu'il avait pris Catherine pour femme ? En tant que laird, mais également en tant que cousin, c'était à lui de veiller à ce que la jeune femme puisse faire un beau mariage. Il y veillerait, se promit-il – dès qu'il en aurait définitivement terminé avec Adam des Glens.

Les deux femmes discutaient avec animation, examinant un écrin de bois sculpté que Catherine serrait sous son bras. Sans se faire voir d'elles, le comte d'Athol les suivit au bas de la pente qui marquait l'extrême limite bordée de murs des jardins du château. En admirant les cheveux de son épouse, que faisait briller le soleil et qu'agitait une petite brise, il se demanda comment il avait pu trouver un jour un air de ressemblance entre elles deux. Sans l'ombre d'un doute, en tout cas, une grande complicité les unissait à présent.

Susan fut la première à l'apercevoir et annonça son arrivée à Catherine. L'expression de pur plaisir qui se peignit sur les traits de sa femme lorsqu'elle se tourna vers lui lui réchauffa le cœur. Arrivé devant elle, le comte d'Athol s'inclina et porta l'une de ses mains à ses lèvres.

— Susan, dit-il en se redressant, je voudrais...

Mais déjà, sans attendre d'y être invitée, elle avait tourné les talons et rebroussé chemin en direction du château.

— Ai-je interrompu quelque important colloque ? dit-il d'un air interrogateur.

Sans attendre de réponse, il la prit entre ses bras et captura ses lèvres consentantes sous les siennes. Il n'était toujours pas habitué au goût si enivrant et si doux de sa bouche. Pour lui, c'était un élixir d'autant plus puissant que Catherine répondait à ses baisers avec ardeur.

L'attirant à l'abri d'une tonnelle couverte de glycine, John prit des mains de sa femme l'écrin précieux et le posa sur un banc de bois. Puis, il s'assit et l'attira sur ses genoux. D'une main protectrice, il caressa son ventre et susurra :

— Comtesse, vous ai-je dit aujourd'hui à quel point la nouvelle de votre grossesse m'avait empli de joie ?

John eut le plaisir de voir ses joues virer au rose le plus charmant. Troublée, elle leva les yeux dont la couleur bleu nuit lui parut aussi douce que du velours pour soutenir son regard.

— Non, milord, répondit-elle timidement. Mais bien que vous n'ayez pas été très loquace ce matin, il ne m'a pas été difficile de le lire en vous.

— De le lire en moi ? répéta-t-il en fronçant les sourcils. Je me demande si c'est une bonne chose, pour une femme telle que vous, de posséder ce type de pouvoir.

— Vous prétendez bien lire dans mes pensées ! protesta-t-elle. Qu'y aurait-il de mal à ce qu'il en aille de même pour moi ?

Avec le pouce, John dessina le contour de sa joue.

— Lire dans votre esprit, répondit-il, ce n'est pas trahir un bien grand secret, étant donné que tout ce que vous pensez ou ressentez finit tôt ou tard par transparaître sur votre visage ou sur vos lèvres. Moi, en revanche…

— Vous, l'interrompit-elle avec un sourire amusé, vous cachez vos sentiments au plus profond de votre cœur. Vous ressentez comme une faiblesse le fait de laisser transparaître vos sentiments, et comme une faute de trahir vos pensées, à moins qu'un de vos mouvements de colère ne s'en charge.

— Vous ne parviendrez pas à me faire croire que vous redoutez mes emportements. Vous avez vos propres armes, très… féminines, pour vous en défendre.

— Dans un monde d'hommes, dit-elle en soupirant et en se coulant amoureusement contre lui, une femme doit trouver moyen de survivre.

Le comte d'Athol serra plus étroitement sa femme contre lui et laissa le silence retomber entre eux. La paix et le sentiment de plénitude qu'il ressentait à cet instant ne pouvaient se comparer à rien de ce qu'il avait déjà vécu. Hélas ! il lui fallut y mettre un terme pour en venir à ce qui l'amenait.

— Je vais devoir m'absenter de Balvenie, expliqua-t-il à regret. Ce ne sera pas long, mais…

— Où allez-vous ? s'inquiéta-t-elle en se redressant, le visage soudain rembruni.

Sa réaction le fit sourire.

— Je ne cesse d'aller et venir depuis le jour de notre mariage, dit-il, mais c'est bien la première fois que vous vous souciez de me demander où je vais.

Prenant le temps de déposer un petit baiser sur l'arête de son nez, il expliqua :

— Je dois me rendre au château du comte de Huntly. C'est à moins d'un jour de chevauchée vers l'est. Il m'a fait savoir ce matin par un émissaire qu'il était de retour et désirait me rencontrer.

Catherine parut rassurée de cette explication. Avec un soulagement manifeste, elle insista :

— Vous me promettez donc que vous ne vous mettez pas une fois de plus en chasse d'Adam des Glens ?

— Non, Catherine, pas exactement. On ne nous a jamais signalé que ce brigand puisse avoir son repaire dans ce secteur. Toutes les pistes nous conduisent dans d'autres directions.

Soudain songeur, le comte d'Athol laissa son regard errer en direction de la vallée. Une telle possibilité ne lui avait jamais traversé l'esprit, mais était-elle pour autant à écarter tout à fait ?

L'insatiable curiosité de Catherine reprit le dessus.

— Avez-vous une idée de la raison pour laquelle le comte de Huntly souhaite vous parler ? demanda-t-elle.

— Pas précisément. Pourtant j'ai comme l'intuition qu'il pourrait avoir des révélations à me faire.

— Des révélations ?

— Oui. Par exemple sur l'identité de la maîtresse de mon père, ou sur la raison pour laquelle mon demi-frère n'a cherché à me nuire que récemment.

— Ce serait une excellente chose, commenta-t-elle, une lueur d'espoir dans les yeux. Une fois que vous connaîtrez les motivations qui le poussent à se conduire ainsi, peut-être vous sera-t-il possible de négocier avec lui une solution pacifique.

— Il n'y aura aucune solution négociée avec ce démon, lâcha le comte d'Athol en se renfrognant. La seule paix qu'il connaîtra sera éternelle, lorsque sa tête sera plantée au bout d'une pique fichée en terre devant les portes de Balvenie !

Le frisson qui secoua le corps de Catherine lui fit aussitôt regretter ses paroles. En dépit du courage dont elle faisait preuve en toutes circonstances, il ne devait pas oublier qu'elle était à présent une femme enceinte, à traiter avec les plus grands ménagements.

— Je m'inquiète pour vous, murmura-t-elle, les yeux plantés au fond des siens. Je ne parviens pas à accepter l'idée que deux frères puissent se haïr à ce point sans même se connaître.

— Je ne le hais pas, corrigea-t-il. Je ne le poursuis pas dans le but de me venger mais de faire justice. Depuis qu'il est sur mes terres, il n'a cessé de commettre brigandages et rapines. Il doit en payer le prix.

— Certes, John, mais imaginez que les choses soient différentes. Imaginez, si tout ce qui vous sépare n'existait pas, ce que vous gagneriez à pouvoir compter sur un frère. Après tout, vous avez en commun le sang de votre père.

John détourna le regard pour dissimuler l'émotion qui l'avait envahi. Il lui était difficile d'admettre que Catherine avait raison. Ce n'était pas un hasard s'il se mettait en quête de vérités pour expliquer le comportement de son demi-frère bâtard plutôt que de se lancer à la poursuite d'Adam lui-même.

Les doigts légers de Catherine, se posant sur sa joue, l'incitèrent à lui faire face de nouveau.

— Je veux par-dessus tout que vous me reveniez sain et sauf, dit-elle, les yeux brillants de larmes contenues. Et si les vérités que vous espérez trouver finissent par vous être révélées, je vous supplie de ne pas agir précipitamment.

— Si je ne vous connaissais pas comme je vous connais à présent, bougonna-t-il, je jurerais que vous prenez fait et cause pour Adam.

— Ma loyauté réside où mon cœur se trouve, répondit fermement Catherine. Et mon cœur vous est acquis.

Posant les bras sur ses épaules, elle referma ses mains autour de sa nuque.

— Je veux simplement vous éviter d'avoir à regretter, d'ici quelques années, un acte irréfléchi.

— Adam des Glens mérite la punition qui l'attend.

— Peut-être en est-il ainsi, John. Mais c'est à cause de la faiblesse de votre père qu'Adam a vu le jour. Dieu sait à quel point la trahison de son mari l'a blessée, et pourtant aujourd'hui la pauvre lady Anne n'adresse de reproches qu'à elle-même, pour n'avoir pas eu la force d'élever le fils bâtard de son mari sous son toit. Elle est convaincue que c'est à cause d'elle si vous devez à présent vous jeter à la gorge l'un de l'autre.

— Ce ne sont que des balivernes. C'est…

— Vous êtes son fils autant que celui de votre père, l'interrompit Catherine. Vous ne pouvez pas l'empêcher de penser ainsi.

Catherine se pencha pour déposer un chapelet de baisers le long de sa joue, de son menton, de son cou.

— Je vous aime tellement, reprit-elle dans un souffle. Je ne veux pas que vous souffriez à cause de la folie d'un moment d'emportement. Je crois en vous, John Stewart, et je sais que vous ferez ce qui est juste, mais essayez de revenir aussi vite que possible. Nous vous attendrons, votre enfant et moi…

Lancée à la recherche de Susan, Catherine fit passer le coffret de bois d'un bras sous l'autre et pénétra dans la grand-salle en s'efforçant de tempérer ses craintes. Elle ne cessait de se répéter que John ne risquait rien à voyager sur ses terres, entouré d'un détachement de ses hommes. Mais le petit nombre de soldats qu'elle avait vu franchir les portes du château en sa compagnie ne lassait pas de l'inquiéter. Et pour quelle raison ne s'était-il pas fait accompagner de son fidèle Tosh ?

Catherine avait beau tenter de se raisonner, elle ne pouvait s'empêcher de redouter qu'Adam des Glens ne tende une embuscade à son mari. Jusqu'à sa mort, elle se rappellerait avec quel regard chargé de haine il avait parlé de lui, la nuit où ses hommes l'avaient fait prisonnière. Peut-être, si John avait accepté qu'elle parte avec lui, aurait-elle pu éviter que…

Agacée par le tour pris par ses pensées, Catherine tenta de se ressaisir. Le comte d'Athol avait survécu sans elle à bien des batailles… Cette fois encore, il lui reviendrait. Il ne pouvait en être autrement – il le fallait.

— Lady Catherine…

Catherine sursauta, tirée de ses pensées par la voix de frère Bartholomew. Se tournant vers lui, elle fronça les sourcils.

— Je sais que votre séjour auprès de l'évêque vous a comblé d'aise, frère Bartholomew, mais ce n'est pas une raison pour me faire peur de la sorte ! s'emporta-t-elle.

— Je vous prie de m'en excuser, milady. Mais depuis mon retour d'Elgin, vous n'avez guère été disponible et nous nous disions, avec frère Egbert et frère Paul, que l'occasion serait bonne de discuter de notre projet.

Du regard, il désigna les deux moines installés à une table à l'autre bout de la grand-salle.

— Comme il vous plaira, consentit Catherine en les rejoignant. Après tout, le moment n'est pas plus mal choisi qu'un autre.

En prenant place à table avec les trois clercs, Catherine installa son précieux écrin devant elle. Pour commencer, elle écouta le rapport que lui fit frère Bartholomew de son séjour au palais épiscopal et de tout ce que l'évêque Patrick était prêt à consentir pour favoriser leur projet. Quand il eut terminé, elle se lança à son tour dans un résumé de l'état de ses négociations avec son mari et de ce qui était d'ores et déjà acquis. Elle n'eut pas besoin d'interroger les trois frères à l'issue de son exposé pour comprendre à leurs mines réjouies que ces nouvelles les comblaient.

— Fort bien ! conclut-elle en se redressant. Nous aurons l'occasion d'en reparler. Pour l'heure il me faut aller discuter d'une importante affaire avec Mlle Susan.

Du regard, elle fouilla la grand-salle et ses entrées, cherchant à repérer son amie dans la petite foule qui ne cessait d'aller et venir.

— Vous savez que vous pouvez compter sur nous, dit frère Bartholomew, les yeux fixés sur le coffret. Y a-t-il quelque chose que nous puissions faire pour vous aider ?

À dessein, Catherine fit mine d'hésiter un instant, puis reporta son regard sur lui.

— Puisque vous me proposez si aimablement votre aide, répondit-elle, je commence à être un peu fatiguée de devoir transporter partout cet écrin avec moi. L'un de vous aurait-il la gentillesse d'aller le porter dans ma chambre ?

— Connaissant vos frasques de jeunesse, intervint frère Paul avec un sourire matois, je préfère me méfier de tout ce que vous pourriez me confier et qui pourrait contenir une vipère ou quelque autre vermine…

— Et vous, frère Egbert, reprit-elle en se tournant avec un sourire avenant vers lui, vous qui n'avez jamais montré de frayeur devant aucun de mes tours, accepteriez-vous de vous en charger ?

Se penchant vers lui, elle ajouta dans un murmure :

— J'y tiens beaucoup. C'est un souvenir que m'a fait parvenir ma mère dernièrement.

Alors qu'elle poussait sur la table l'écrin vers frère Egbert, frère Bartholomew s'empressa de s'en emparer. Le visage congestionné, le gros moine se dressa d'un bond sur ses courtes jambes.

— Laissez-moi faire cela pour vous, milady ! s'écria-t-il. Vous savez bien que j'ai toujours eu à cœur de vous servir…

À peine lui eut-elle révélé la raison du départ de John que Catherine vit le visage de Susan pâlir et se décomposer brusquement. Traversant la chambre de sa nouvelle amie où elles s'étaient retrouvées, elle rejoignit celle-ci au bord du lit sur lequel elle était assise.

— Que se passe-t-il ? s'inquiéta-t-elle en serrant entre les siennes les mains glacées de Susan. Pourquoi une telle réaction ? Dites-moi ce que vous savez, je vous en prie…

Lentement, la jeune femme redressa la tête et riva ses yeux rêveurs à ceux de Catherine.

— C'est également là qu'Adam avait prévu de se rendre quand nous nous sommes quittés l'autre nuit, expliqua-t-elle. Il m'a dit qu'il comptait établir son camp vers l'est, pour attendre le retour du comte de Huntly.

À ces mots, Catherine sentit une boule se former au creux de son ventre. Soudain, une nausée trop forte pour être réprimée la submergea. En hâte, elle gagna la fenêtre, qu'elle ouvrit grand pour inspirer goulûment l'air frais de l'automne. En ravalant la bile qui lui montait à la gorge, elle sut que son malaise n'avait rien à voir avec son état. L'enfant qui grandissait dans son ventre n'était pas responsable, c'était l'inquiétude qu'elle se faisait pour son père qui la rendait malade. En quelques mots, Susan venait de confirmer ses pires appréhensions. Et si il devait arriver malheur à John, jamais elle ne parviendrait à se le pardonner.

Un moment plus tard, elle sentit la main de Susan se poser sur son épaule.

— Qu'allons-nous faire ? demanda-t-elle. Nous sommes plus impuissantes que nous ne le pensions.

Catherine pivota sur ses talons pour lui faire face. Le tremblement des lèvres de Susan trahissait son angoisse bien mieux que des mots. Il n'en fallut pas plus pour lui faire reprendre courage. C'était à elle de se montrer forte et résolue, comme elle l'avait été aux côtés de ses sœurs quand il leur avait fallu affronter sans l'aide de leur mère la nouvelle de l'exécution de leur père.

— Nous ne sommes pas impuissantes ! protesta-t-elle en captant son regard. Il ne faut pas dramatiser la situation. Nous présumons le pire, mais peut-être Adam et John ne se croiseront-ils même pas entre ici et Huntly Castle. Et si rien de fâcheux n'arrive et qu'ils reviennent tous deux sains et saufs, ce sera à nous d'être prêtes à proposer nos bons offices pour aplanir leur différend.

Susan baissa les yeux et acquiesça d'un hochement de tête.

— Je suppose que vous avez raison, murmura-t-elle. C'est ainsi qu'il nous faut voir les choses.

— Voici ce que nous allons faire, reprit Catherine d'une voix décidée. D'abord, il nous faut faire le point sur ce que nous savons à leur sujet.

— Vous voulez dire… sur leur passé ?

— Exactement.

Ragaillardie, Catherine gagna le centre de la pièce et reprit :

— Ce que nous tenons pour sûr, c'est qu'ils ont tous deux été conçus par le même père. Lady Anne l'a révélé au comte d'Athol dernièrement, et elle me l'a confirmé elle-même.

— Adam lui aussi en est convaincu, renchérit Susan. Il me l'a répété à de nombreuses reprises.

Songeuse, Catherine se retourna vers elle.

— Savez-vous comment il a appris la vérité ? Vous l'a-t-il jamais expliqué ? demanda-t-elle.

— D'après ce qu'il m'a raconté, il a tout ignoré jusqu'à l'âge de quinze ans, où il a été envoyé à Londres et retenu prisonnier en application des accords du traité de Bruges.

— Si ma mémoire est bonne, ce traité a été signé pour mettre fin à la guerre entre l'Angleterre et la France, remarqua Catherine sans chercher à dissimuler sa surprise. Pourquoi un Écossais se serait-il retrouvé en prison à cause de lui ?

— Ce n'est pas parce qu'il était écossais qu'Adam a été emprisonné par les Anglais, répondit Susan. C'est parce qu'il a du sang des Stewart dans les veines.

— Je ne comprends pas. Pour quelle raison…

— La France et l'Écosse ont toujours été alliées contre l'Angleterre, poursuivit Susan. Il y a treize ans de cela, un groupe d'Écossais – tous apparentés au roi – a été constitué pour être retenu dans les prisons anglaises afin de garantir la paix. C'est dans ces circonstances qu'Adam a appris qu'il était le fils du comte d'Athol, et le demi-frère de son fils aîné, héritier légitime du titre.

— Comment les deux frères ont-ils pu ignorer la vérité durant si longtemps ?

Secouant la tête avec accablement, Susan alla se rasseoir au bord du lit et répondit d'une voix morne :

— Dès le plus jeune âge, Adam a été élevé comme un membre à part entière de la maison du comte de Huntly. Durant tout ce temps, la vérité sur ses parents ne lui fut jamais révélée. Il fut traité comme un jeune garçon de noble lignage et on l'éduqua comme tel. En raison de la générosité du comte et de l'affection qu'il lui témoignait, Adam a tout naturellement présumé qu'il était son père.

Fascinée par ce récit, Catherine s'était mise à aller et venir dans la chambre.

— Et ensuite ? s'enquit-elle, impatiente d'apprendre le fin mot de l'histoire. Que lui est-il arrivé en Angleterre ?

— Il a été retenu prisonnier à la Tour de Londres durant plus de douze années. Les rats qui se glissaient dans son cachot chaque nuit étaient traités plus dignement que lui. Il m'a confié qu'au cours de toutes ces années, le besoin de rentrer en Écosse pour se venger de l'homme qui l'avait conduit là était la seule chose qui lui avait permis de rester en vie. Et cet homme n'était autre que le fils légitime de son père ! Ce frère inconnu qu'il avait appris à haïr.

Catherine cessa sa déambulation et protesta :

— Cela n'a aucun sens. Athol n'a appris l'existence de son demi-frère que quelques jours avant notre mariage. Il n'y a aucune raison de le tenir pour responsable de ce qui lui est arrivé. Et même aujourd'hui, je suis certaine qu'il ignore tout de l'injustice faite à Adam et des raisons pour lesquelles il s'imagine devoir le haïr.

— Je le sais bien, dit Susan avec fatalisme. Mais je ne suis jamais parvenue à faire entendre raison à Adam sur ce point. Qu'aurais-je pu lui dire pour le convaincre ?

— Ce traité entre la France et l'Angleterre… réfléchit Catherine à haute voix. Comment John aurait-il pu avoir la moindre influence sur lui alors qu'il n'était lui-même qu'un jeune homme lorsqu'il fut conclu ?

— Adam m'a dit qu'un de ses compagnons d'infortune lui avait affirmé que c'était à cause de John Stewart qu'il se trouvait là.

— Dans ce cas, reprit Catherine avec conviction, ce ne peut être que le John Stewart qui se trouvait aux affaires il y a treize ans de cela – le précédent comte d'Athol, le père de John et d'Adam…

Plus elle y songeait, plus son hypothèse lui paraissait vraisemblable.

— Essayez de vous mettre à la place du vieux comte. Quel choix avait-il ? Quelqu'un de son sang devait partir ! Il lui fallait livrer un fils aux Anglais, comme tous les autres Stewart apparentés au roi d'Écosse. J'imagine qu'ils n'ont pas été nombreux à laisser partir leur fils aîné…

— Ainsi, conclut Susan, a-t-il choisi d'épargner son fils légitime et de sacrifier le bâtard, le cadet, celui qui ignorait jusqu'à l'identité de son père.

Susan avait parlé sur un ton résigné, mais ses paroles témoignaient de tant de souffrance que Catherine en eut le cœur serré. Voyant les larmes déborder brusquement des paupières de son amie, elle alla s'asseoir près d'elle et s'empara de ses mains.

— C'est une très triste histoire, reconnut-elle à mi-voix. Une très pénible et très triste histoire.

— Lorqu'Adam la connaîtra, renchérit Susan d'une voix entrecoupée de sanglots, sa rage s'en trouvera accrue. Comme s'il ne suffisait pas que sa mère l'ait abandonné à la naissance, il va lui falloir en plus accepter que son père l'ait condamné à des années de prison ! Qui ne l'a pas rejeté ? Qui ne l'a pas trahi ?

Catherine serra longuement son amie contre elle pendant que celle-ci donnait libre cours à son chagrin. Quand ses pleurs se furent quelque peu apaisés, elle tira un mouchoir de sa manche et le lui tendit.

— Après tout, suggéra-t-elle, peut-être en est-il mieux ainsi ? Que le blâme soit à rejeter sur un mort va peut-être aider les vivants à conclure une paix honorable. Que le père ait pu prendre sur ses épaules toutes les fautes permettra à ses fils de se retrouver.

Susan secoua la tête d'un air sceptique.

— Jamais Adam ne voudra y croire.

— À nous de lui apporter la preuve que nous disons vrai. Le comte de Huntly, d'après ce que vous venez de me raconter, a pris dans cette histoire une part prépondérante et pourra sans doute nous y aider. Il doit exister également des documents qui prouvent que l'actuel comte d'Athol n'est pour rien dans ce qui est arrivé à son demi-frère. Quoi qu'il en soit, nous trouverons un moyen de le convaincre.

Séchant ses larmes, Susan hocha la tête sans paraître totalement convaincue. Catherine aurait été bien en peine de l'en blâmer. Faire oublier sa haine à Adam des Glens semblait une tâche aussi ardue qu'amener le comte d'Athol à pardonner à son demi-frère les exactions commises sur ses terres et contre son peuple.

Pour alléger l'atmosphère, Catherine demanda :

— Dites-moi... Comment vous êtes vous rencontrés, tous les deux ?

Cette question amena sur les lèvres de Susan un sourire nostalgique.

— Mon arrivée à Balvenie Castle a coïncidé avec le retour d'Adam en Écosse, raconta-t-elle. Le convoi qui m'escortait jusqu'à Balvenie a été attaqué, et la plupart de mes gardes se sont enfuis, de sorte que je me suis retrouvée quasiment seule face à Adam et à ses hommes.

— Mon Dieu ! murmura Catherine. Cela a dû être une expérience traumatisante pour vous !

— Je ne prétendrai pas le contraire, fit-elle avec un sourire amusé. Je dois avouer que je n'en menais pas large. Je n'avais jamais rien connu de tel. C'était mon premier voyage, ma première sortie dans le monde. D'une manière ou d'une autre, j'ai sans doute réussi à faire preuve d'un peu de courage, cependant. Je pense que c'est ce qui a amusé Adam, ce qui a retenu son attention. Puisque nous ne transportions rien de valeur et n'en avions aucune à leurs yeux, ses hommes ont commencé à parler de nous trancher la gorge – et je ne vous dis pas de la façon dont certains me regardaient... Adam s'est violemment opposé à eux. Il leur a ordonné de s'emparer des chevaux mais de laisser les survivants regagner Balvenie à pied.

Susan marqua une pause et regarda au loin à travers la fenêtre. Sa voix avait pris une coloration rêveuse lorsqu'elle reprit :

— Il s'est penché vers moi et d'un seul bras m'a fait monter devant lui sur son cheval. Puis nous avons galopé, libres comme le vent.

— Il vous a retenue prisonnière ?

— Le temps d'une journée. Il m'a emmenée dans ce bois qui entoure la colline au sommet de laquelle s'érige le château de Balvenie. Pendant très longtemps, nous n'avons fait que parler. Il s'est passé entre nous ce jour-là quelque chose de spécial, d'unique. Comme si nous nous étions reconnus après avoir été de tout temps destinés à nous rencontrer. Quand nous nous sommes séparés, nous savions tous deux que ce ne serait pas pour longtemps.

— Mais... n'étiez-vous pas destinée à épouser le comte d'Athol ?

Ces mots semblèrent tirer Susan de sa rêverie. Tournant les yeux vers Catherine, elle lui sourit et dit :

— C'était du moins le souhait de lady Anne. Après avoir rencontré Adam des Glens, Dieu sait que je n'en avais plus pour ma part la moindre envie. Aussi, dès mon arrivée ici, je me suis arrangée pour devenir la femme la plus anodine, la plus incolore, la plus insignifiante qui se puisse trouver. Tout s'est déroulé selon mes souhaits, car il s'est très vite avéré que pour rien au monde le comte d'Athol ne s'attacherait à moi.

— Cela n'en faisait pas moins d'Adam un brigand sans foi ni loi, recherché dans tout le pays. Comment avez-vous fait pour le retrouver ?

— Roy Sykes est arrivé au château peu après moi. C'est lui qui nous a servi de messager, durant quelque temps. Je sais que vous devez me juger sévèrement, car il a fait en quelque sorte preuve de traîtrise envers votre mari, mais je...

— Soyez sans crainte, l'interrompit Catherine en posant une main rassurante sur son bras. Je ne porte aucun jugement négatif sur ce que vous venez de me raconter. Naturellement, il en irait autrement si votre relation avec Adam avait permis à celui-ci de s'attaquer à ce château et à ceux qui y vivent.

— Adam n'aurait jamais fait pareille chose ! protesta vivement Susan. Quand j'ai appris grâce à Auld Mab l'existence du souterrain et que j'ai découvert le passage qui me permettait de sortir incognito du château, il ne m'a jamais demandé de trahir le comte d'Athol ou lady Anne. Je sais que sa carrière de bandit de grand chemin ne parle pas en sa faveur, mais pas une fois au cours de tous ses raids il n'a versé le sang d'un innocent. Son but est de faire sentir à son demi-frère – et à lui seul – le poids de sa vengeance.

Un tel constat ne pouvait qu'aviver la sourde inquiétude que Catherine ne parvenait pas à chasser.

— C'est bien pourquoi il nous faut trouver un moyen de les ramener tous deux à la raison, conclut-elle.

— Oui, approuva Susan. Il n'y a pas d'autre solution.

Se redressant, Catherine recommença à arpenter la pièce, perdue dans ses cogitations. Avec ce que Susan venait de lui apprendre et ce qu'elle savait déjà, elle était certaine de connaître l'essentiel de l'histoire. Pourtant, il demeurait certaines zones d'ombre qui l'intriguaient.

— À votre avis, Susan, reprit-elle au terme d'un long silence pensif pourquoi le père de John a-t-il dû confier son fils illégitime au comte de Huntly plutôt que de le laisser aux bons soins de sa mère ? En outre, comment expliquer que nul n'ait jamais eu vent que le vieux comte avait une maîtresse ? Et qui peut-elle bien être ?

— Adam a longuement essayé de retrouver trace de sa mère, expliqua Susan. Il a sillonné tout le pays, suivi toutes les pistes possibles, sans jamais rien trouver.

— John a fait de même. Avec aussi peu de résultats. Et si cette femme était morte ?

Susan secoua négativement la tête.

— Quand j'ai évoqué avec Adam l'éventualité qu'elle ait pu mourir en couches, il s'est montré catégorique – selon lui, elle est toujours en vie.

— Qu'est-ce qui lui permet de l'affirmer ?

— Rien de tangible, à part le fait que, s'il a été libéré de la Tour de Londres, c'est parce qu'un émissaire est venu verser une forte rançon en échange de sa liberté. Il lui a bien été précisé que ce geste n'émanait pas du roi d'Écosse, et quelque vague référence qu'on lui a faite l'a convaincu que c'est à sa mère qu'il doit sa libération.

Catherine examina quelques instants cette hypothèse avant de la rejeter.

— Pour qu'une rançon puisse acheter la liberté d'un prisonnier politique, commenta-t-elle, il faut qu'elle soit exorbitante ! Quelle femme est capable de rassembler une telle fortune ?

— Adam est persuadé que c'est Huntly qui a payé pour lui, mais qu'il ne s'y est résolu qu'après que sa mère l'a supplié de le faire. C'est pour cette raison qu'il a décidé d'aller lui parler.

Une saute de vent humide pénétra dans la chambre par la fenêtre ouverte. Catherine serra frileusement les bras contre elle et examina le ciel. Un plafond de nuages bas et menaçants avait fini par s'imposer. Une nouvelle rafale balaya la pièce, chargée cette fois des premières gouttes de pluie, qui percutèrent en crépitant la pierre de l'appui de fenêtre. Un instant plus tard, il pleuvait des cordes.

En allant refermer la fenêtre, Catherine songea qu'elle ne pouvait se permettre de penser à ce qui arriverait si jamais Adam et John se croisaient sur les terres du comte de Huntly. C'était une éventualité qu'il lui fallait chasser de ses pensées, sous peine de devenir folle. Il lui fallait se concentrer sur ce qui pouvait être fait pour réconcilier les frères ennemis. Elle devait mettre au point un plan d'action et se tenir prête à le mettre en œuvre dès le retour de son mari. Rien d'autre ne devait avoir d'importance.

21

De la vapeur s'élevait des vêtements trempés du comte d'Athol, debout devant la cheminée de Huntly Castle dans laquelle brûlait un grand feu.

— Telle était la volonté de votre père, John, lui dit le comte de Huntly. C'est lui qui a insisté pour que la vérité ne vous soit jamais révélée.

— Mais pourquoi ? s'impatienta John en scrutant le visage sillonné de rides du vieil homme. Quelle raison avait-il de vouloir cacher la vérité à son fils ?

Le comte de Huntly était une légende au royaume d'Écosse – grand guerrier, homme d'État respecté, conseiller écouté des rois, ami fidèle de John et de son père.

— Nous avions beau être très proches, répondit-il, votre père était un homme qui savait garder ses secrets. Je crois pourtant pouvoir répondre à votre question.

Ses yeux perçants s'adoucirent en se posant sur les flammes qui s'élevaient derrière le comte d'Athol.

— Je sais, reprit-il, que vous considérez votre père comme un homme fort, qui n'aurait jamais plié devant rien ni personne. Moi-même, je le considère comme un homme d'honneur. Un homme, qui plus est, profondément amoureux de votre mère – ce qui n'est pas toujours le cas, comme vous le savez, pour ceux de notre condition.

— Ce qui ne l'a nullement empêché, maugréa le comte d'Athol, de commettre l'erreur de la tromper.

— Certes. Ce n'est pas une si terrible erreur, selon les critères en vigueur dans notre milieu, mais elle suffisait, à ses propres yeux, à entacher son honneur et à rendre sa femme très malheureuse. En homme intègre, il n'aurait pour rien au monde tourné le dos à ses responsabilités. C'est la raison pour laquelle il m'a confié son fils bâtard, quand votre mère a refusé qu'il fût élevé sous son toit.

— Il n'aurait pu mieux placer sa confiance.

— Je l'espère. J'ai fait en sorte qu'Adam soit élevé ainsi qu'un fils de comte doit l'être. À cette époque, vous étiez vous-même trop jeune pour comprendre ces choses, aussi ne vous fut-il rien dit. Mais plus tard... La situation avait bien changé. J'imagine qu'il a jugé inutile de vous révéler la vérité.

— Vous n'avez pas répondu à ma question! lança John sans parvenir à masquer son impatience. *Pourquoi ?*

Le comte de Huntly ne parvint pas à regarder John dans les yeux en lui expliquant les tenants et les aboutissants du traité de Bruges. Avec une stupéfaction grandissante, le comte d'Athol l'écouta relater les dessous d'une vieille affaire d'État et l'insupportable dilemme d'un père. Pour lui qui ne s'était jamais penché sur ces détails de politique extérieure, ce fut une révélation.

— Il n'y avait aucun moyen d'échapper aux termes du traité de Bruges, conclut le vieil homme tristement. Votre père, comme tous les chefs de famille de la parentèle du roi, ne put que s'y plier. Le choix résidait dès lors pour lui entre sacrifier l'héritier de son titre ou le bâtard ignoré de tous. D'autres auraient tranché sans sourciller. Pour lui, ce fut un véritable crève-cœur.

— Et c'est ce choix qui l'a tué, murmura John, le cœur serré.

Le comte de Huntly hocha gravement la tête.

— Il ne s'est jamais remis de cette épreuve. Moins d'un an plus tard, on le portait en terre. Peut-être vous rappelez-vous qu'il me fit appeler à son chevet, quelques jours avant de rendre l'âme. Il voulait s'assurer que vous ne sauriez jamais rien de ce qui était arrivé à votre demi-frère. Il était persuadé qu'Adam ne survivrait pas. À la moindre entorse au traité de paix de la part de l'Écosse, les otages devaient être exécutés. Or, votre père ne faisait pas confiance au comte d'Angus et aux Douglas qui étaient au pouvoir à l'époque.

Grimaçant à cause de l'arthrose qui lui rongeait peu à peu les articulations, le comte de Huntly se leva de son siège à haut dossier sculpté et rejoignit John près du feu.

— Connaissant votre sens de l'honneur, conclut-il en posant une main amicale sur son bras, votre père redoutait que vous ne cherchiez à prendre la place d'Adam dans les geôles anglaises si vous appreniez la vérité.

En proie à la plus extrême confusion, le comte d'Athol se passa une main tremblante sur le visage. C'était naturellement ce qu'il aurait fait, ce qu'en tant que fils aîné, en tant que fils légitime, il n'aurait pu que faire... Comme s'il avait pu lire en lui à livre ouvert, le comte de Huntly précisa :

— Toute votre éducation vous avait préparé à devenir le nouveau laird, le quatrième comte d'Athol. Dieu sait que John aimait ses deux fils d'un amour égal ! Mais le sens qu'il se faisait de ses responsabilités envers votre mère, envers vous, envers son peuple, l'a conduit à prendre cette décision.

— Et ses responsabilités envers Adam ? demanda John sèchement. Qu'en faisait-il ?

Incapable de rester en place, il se mit à aller et venir comme un lion en cage à travers la grand-salle. Les souffrances que son frère avait dû endurer durant tant d'années afin qu'il puisse tranquillement hériter du titre de son père lui étaient insupportables. Une telle injustice pourrait-elle un jour être réparée ?

La voix du comte de Huntly, qui était retourné s'asseoir dans son fauteuil, le tira de ses cogitations moroses.

— Je le savais à l'époque, dit-il, et cela se confirme ce soir, votre père a eu raison. Vous cacher la vérité était la meilleure chose à faire. Si vous n'aviez pu succéder à votre père, la prospérité de votre peuple ne serait pas ce qu'elle est aujourd'hui.

— Il n'en demeure pas moins qu'Adam me tient pour responsable de ce qui lui est arrivé, objecta John. J'étais à ce point ignorant des véritables enjeux qu'au lieu de le chercher pour m'expliquer avec lui, au lieu d'essayer de lui rendre justice et de lui accorder les réparations qu'il mérite, je l'ai pourchassé comme un animal à travers tout le pays.

— De ce problème-là, répliqua le vieil homme avec une grimace, c'est moi qui suis à blâmer. Lorsque j'ai appris qu'Adam avait été libéré il y a six mois de cela, j'aurais dû me douter de ce qui lui passerait par la tête. Mais, avec l'Angleterre de nouveau en guerre contre la France, j'ai été soumis à de fortes pressions et je n'ai guère trouvé de temps à consacrer à cette affaire. En fait, cela fait quelques heures à peine que…

John se retourna brusquement.

— Il est ici ? s'écria-t-il.

Le comte de Huntly marqua une pause, l'étudiant avec circonspection avant de se résoudre à parler.

— Hier, je n'aurais pas répondu à votre question. Aujourd'hui, je sais que vous voyez les choses sous un autre angle et que vous en tirerez les conclusions qui s'imposent.

— Est-il ici ? insista John. Sait-il ce que vous venez de m'apprendre ?

Le comte de Huntly opina longuement du chef.

— Ce que je viens de vous dire, répondit-il enfin, je le lui ai dit aussi. Mais Adam n'est plus ici. Il s'est montré aussi affecté que vous – et peut-être davantage encore – d'apprendre la vérité.

L'espace d'un instant, John se demanda de quelle façon il aurait réagi à une telle injustice s'il y avait été lui-même confronté. Sans doute, songea-t-il, se serait-il comporté comme Adam. Peut-être même aurait-il été plus enragé encore et plus déterminé à se venger. Il est tellement plus facile de retourner sa colère contre quelqu'un que l'on accuse de tous ses maux que de dénoncer la mauvaise fortune…

— Et maintenant, savez-vous où il se trouve ? demanda-t-il en conclusion de ses ruminations.

Avant de secouer négativement la tête, le comte de Huntly eut une brève hésitation que John ne manqua pas de remarquer.

— Si je veux à présent le retrouver, assura-t-il pour apaiser les dernières craintes que le vieil homme aurait pu avoir, c'est pour partager avec lui la terre et la fortune que notre père m'a laissées. Il est plus que temps pour nous de solder nos vieux comptes et de nous engager sur le chemin de la paix.

— Vous pouvez faire ce que vous voulez de vos terres, John, mais vous n'avez plus à redouter que votre frère se retrouve sans ressources. Comme vous le savez, je n'ai pas d'héritier direct et je me fais vieux. J'ai déjà parlé au roi, qui m'a donné son accord. Mon absence avait pour objet de faire en sorte qu'Adam puisse hériter de mon titre, de mes terres et de ma fortune à ma mort. Cependant, je ne pense pas que tout cela représente beaucoup pour lui à l'heure qu'il est. Il m'a dit vouloir réfléchir. Il a besoin de temps pour reconsidérer sa vie et pour déterminer de quoi son avenir sera fait.

Même si ces précisions étaient de nature à le rassurer, John ne pouvait s'en contenter. Son devoir s'imposait à lui. Il lui fallait retrouver Adam. Tant qu'ils n'auraient pas réussi l'un et l'autre à se comprendre et à se pardonner, ils ne pourraient trouver la paix.

Les paroles de Catherine, soudain, lui revinrent à la mémoire, prenant toute leur signification. « Je crois en vous, John Stewart, et je sais que vous ferez ce qui est juste. » Le cœur empli d'émotion, John saisit alors l'ampleur des bienfaits qui lui avaient été accordés.

Il avait la chance d'avoir une épouse aussi belle que sensible et intelligente. Il aurait bientôt un enfant pour enseigner à l'orgueilleux qu'il était de ne pas se prendre trop au sérieux. Il avait un frère qu'il lui faudrait apprendre à connaître, mais avec qui il était bien décidé à rattraper le temps perdu. À lui de faire en sorte, conclut-il pour lui-même, de se montrer digne de tant de bénédictions !

La tempête s'était déchaînée toute la nuit, déversant sur le pays des torrents de pluie. Au matin, lorsque Catherine retrouva Susan en haut des escaliers, un air frais et humide stagnait entre les vieux murs de Balvenie Castle.

— Attendez-moi une minute, lui dit-elle en la retenant par le bras. Je vais chercher de quoi me couvrir.

Pivotant sur ses talons, elle courut le long du corridor jusqu'à sa chambre. Elle avait certes un peu froid, mais ce que Catherine voulait vérifier pour la dixième fois depuis la veille, c'était que nul n'avait ouvert l'écrin précieux posé en évidence sur le linteau de la cheminée.

Peut-être frère Bartholomew avait-il examiné la serrure ou secoué l'objet pour deviner ce qui s'y trouvait, mais il s'était en tout cas acquitté sans la trahir de la tâche qu'elle lui avait confiée. Combien de temps s'écoulerait-il avant que le coffret ne lui fût dérobé ou que quelqu'une cherchât à l'ouvrir ? Catherine aurait donné cher pour le savoir.

On lui avait recommandé depuis toujours de se méfier de ceux qui pourraient vouloir s'approprier le trésor de Tiberius. Elle ne les craignait pas – du moins ceux dont elle subodorait la présence dans son entourage –, et elle n'était jamais à court d'un stratagème pour les berner. Elle ne disposait plus d'autant de temps et de disponibilité qu'à l'abbaye de Jervaulx pour élaborer et mettre en œuvre des stratégies de diversion sophistiquées, mais il faudrait bien que son simple piège fasse l'affaire.

En pénétrant dans sa chambre, un simple coup d'œil lui permit pourtant de constater avec dépit que l'écrin était toujours en place et demeurait intouché. Tout en passant autour de ses épaules le tartan des Stewart qui se trouvait au pied de son lit, l'idée lui vint qu'il lui fallait faire preuve d'un peu plus de doigté. Peut-être n'était-ce pas une bonne idée de ne pas dissimuler le coffret. En quelques secondes, elle eut tôt fait de le dissimuler sous un empilement de coussins et d'oreillers. Puis, après avoir contemplé le résultat de ses efforts d'un œil satisfait, elle s'empressa d'aller retrouver son amie sur le palier.

Au saut du lit, elles étaient déjà parvenues à rencontrer Auld Mab, alors que celle-ci se rendait aux cuisines. Sans détour, elles lui avaient demandé qui pouvait être la mère d'Adam, tant elles étaient convaincues dorénavant que là résidait la clé du mystère. À tour de rôle, la vieille femme les avait dévisagées d'un air méfiant. Elle n'avait daigné entrouvrir les lèvres que pour leur signifier qu'elle ne dirait ou ne ferait jamais rien qui pourrait blesser lady Anne ou n'importe quelle noble dame des alentours.

Ce fut cette dernière précision qui mit la puce à l'oreille de Catherine. Sans doute son visage dut-il refléter son excitation, car Susan lui demanda dès qu'elle la vit :

— Que se passe-t-il ? Vous avez du nouveau ?

— Auld Mab ! répondit-elle vivement. Elle nous a dit qu'elle ne voulait pas blesser sa maîtresse *ou n'importe quelle noble dame des alentours*... Sans doute faut-il en déduire que la mère d'Adam fait partie de la noblesse, et qu'elle vit non loin d'ici. Auld Mab connaît la vérité et préfère la garder pour elle, mais elle s'est trahie.

— Vous avez raison ! s'exclama Susan, gagnée par son enthousiasme. Ce doit être cela.

Les deux femmes se rendirent dans la chambre du laird pour y poursuivre plus commodément leur discussion. En prévision du retour du maître des lieux, un feu avait été préparé dans l'âtre. Elles n'eurent qu'à l'enflammer avec une chandelle et à s'installer sur deux chaises pour pouvoir s'y chauffer tout en devisant tranquillement.

— Que savez-vous des amis de la comtesse douairière ? s'enquit Catherine. A-t-elle évoqué devant vous de nobles relations qu'elle aurait pu fréquenter avec son mari durant leur jeunesse ?

— Je l'ai entendue souvent évoquer le comte de Moray et sa femme, répondit-elle après y avoir réfléchi un instant.

— Les parents de Patrick Hepburn, l'évêque d'Elgin ?

— Oui.

Après avoir pesé le pour et le contre, Susan reprit en grimaçant :

— J'ai rencontré la comtesse une fois, chez mes parents. Je l'imagine mal se rendre coupable d'adultère en séduisant le mari d'une autre. C'est une petite femme timide et sans grande beauté, et de plus elle est plus dévote qu'une sainte.

Catherine haussa les épaules.

— Il ne faut pas s'y fier. Certaines femmes ne viennent à la religion que pour se faire pardonner leurs péchés.

— Certes, admit Susan. Il me semble pourtant que nous pouvons rayer la comtesse de Moray de notre liste.

Faisant confiance au jugement de son amie, Catherine hocha la tête.

— À qui d'autre pensez-vous ? demanda-t-elle.

— Le comte de Huntly est lui aussi un vieil ami de la famille. Il ne s'est jamais marié. D'autres vivent trop loin d'ici pour être véritablement des amis proches – le clan des MacPherson, en amont de la rivière Spey, celui des Ross, qui possède nombre de châteaux vers l'est. Reste le clan des MacInnes. Pour ce que j'en sais, lady MacInnes – la grand-mère de Joanna, qui a épousé Gavin Kerr – est de la même génération que le précédent comte d'Athol. Selon ce que m'a confié Auld Mab, il se murmure dans le pays qu'elle aurait beaucoup souffert en son temps aux mains de…

— … son mari, compléta Catherine avec espoir.

Susan lui répondit en acquiesçant d'un hochement de tête et poursuivit :

— Après avoir vécu très longtemps à Sterling, elle n'a regagné les Highlands que récemment. Elle vit à présent chez sa petite-fille et…

Quelques coups secs frappés contre la porte vinrent l'interrompre. À l'invitation de Catherine, Tosh pénétra dans la pièce, porteur d'un pli scellé.

— Un message du comte ? s'enquit-elle, une note d'espoir dans la voix.

— Non, milady, répondit le fidèle bras droit de son mari. C'est un messager d'Ironcross Castle qui l'a apporté.

Il est destiné au maître, mais le porteur avait instruction de le remettre en son absence à vous-même ou à Mlle Susan.

— Pas à lady Anne ?

— Non, milady.

Catherine décacheta le pli qu'il lui tendait et en prit connaissance, laissant Susan lire par-dessus son épaule. Ce qu'elle y découvrit la laissa un instant sans voix, mais elle eut vite fait de se reprendre.

— Tosh ! lança-t-elle. Je veux qu'un messager se rende immédiatement à Huntly Castle. Mlle Susan et moi allons également avoir besoin d'une escorte.

Huntly Castle n'était qu'à une heure de route derrière eux lorsque John Stewart et ses hommes tombèrent nez à nez avec les deux brigands, au bas d'une colline aux pentes rocailleuses.

Rapidement maîtrisés, les deux hommes n'opposèrent qu'une faible résistance. Sous les yeux du comte d'Athol, plissés par la colère, le visage habituellement rougeaud de Roy Sykes blêmit. L'autre Highlander – un géant que son compagnon avait appelé Ren – devint quant à lui maussade et revêche quand il fut pris. Afin de s'assurer que d'autres maraudeurs ne traînaient pas dans les environs, John et ses hommes explorèrent les lieux sans rencontrer âme qui vive.

Attachés par une longe à la selle de deux chevaux, Roy et Ren durent ne pas ménager leur peine pour suivre le rythme tandis que la petite troupe se remettait en route à travers les collines vers Balvenie Castle. Les hommes d'Athol, tout en chevauchant, discutèrent entre eux avec bonne humeur des progrès réalisés en matière de torture depuis que les Espagnols avaient élevé cette discipline au rang d'art.

John les écouta avec amusement se répandre en détails effrayants destinés à impressionner les prisonniers. Après ce qu'il venait d'apprendre de la bouche du comte de Huntly, sa première réaction avait été de laisser filer les deux compères, pardonnant à Roy Sykes son acte de traîtrise. Après mûre réflexion, il avait préféré ne pas leur rendre tout de suite leur liberté. Il redoutait plus que tout que son demi-frère ne disparaisse de nouveau dans la nature avant qu'ils n'aient pu s'expliquer. Il lui fallait donc à présent localiser Adam coûte que coûte. Qui mieux que ses complices de rapine aurait pu l'y aider sans qu'il soit nécessaire d'avoir recours à la torture pour leur délier la langue ?

Ils se trouvaient à mi-chemin de Balvenie Castle et passaient au pied d'un arbre connu dans le pays pour avoir servi de potence quand le dénommé Ren tomba à genoux.

— Milord ! lança-t-il d'une voix suppliante. Pendez-nous haut et court aux branches de cet arbre, mais par pitié ne nous mettez pas au supplice. Nous sommes de viles et malfaisantes créatures et nous ne méritons pas votre pardon, pourtant le ciel nous est témoin que pas une fois nous n'avons versé le sang des vôtres !

S'efforçant de garder un visage impassible et sévère, John les dévisagea l'un et l'autre un long moment, laissa son regard se porter sur les branches de l'arbre, puis fixa de nouveau le géant dans les yeux.

— Très bien, dit-il avec morgue, dites-moi ce que je veux savoir, et je daignerai envisager la possibilité de vous pendre ici.

En l'espace de quelques secondes, les deux brigands se firent plus bavards que des commères, livrant un panorama complet et concis des diverses activités d'Adam – tout en jurant leurs grands dieux que pas une fois le sang n'avait été versé. Cela, John le savait déjà, ce qu'il ne se priva pas de leur signifier, les sommant de trouver mieux s'ils voulaient éviter leur pendaison.

La suite de leur confession, cependant, attira tout de suite son attention. Ce fut Roy Sykes, d'une voix criarde que l'on dut entendre jusqu'à Elgin, qui livra la nouvelle.

— Le maître a dissous sa bande, milord. Il a demandé à tous ses hommes de se disperser. À son retour de Huntly, il nous a rassemblés, a partagé entre nous le trésor de guerre, puis il nous a ordonné de partir chacun de notre côté. Adam nous a dit qu'il renonçait au brigandage sur vos terres, et qu'il viendrait lui-même nous tanner le cuir s'il apprenait que nous persistions à nous y livrer.

— Et ensuite ? s'impatienta John. A-t-il dit où il avait lui-même l'intention de se rendre ?

Roy Sykes se signa avec ferveur avant de se résoudre à soutenir le regard du laird.

— Non, milord. Plusieurs d'entre nous lui ont proposé de le suivre et de rester à son service, mais il a refusé. Il a dit qu'il ne savait pas où il devait aller et ce qu'il devait faire. Il nous a conseillé d'aller vers le sud et de faire en sorte de mener une vie honnête.

Se redressant sur son cheval et laissant son regard se perdre à l'horizon, le comte d'Athol lâcha un soupir de soulagement. Au moins son frère avait-il décidé de mettre un terme à une vengeance qui n'avait plus de sens. Il lui restait cependant à le trouver pour lui offrir la vie qui aurait dû être la sienne depuis toujours.

— Libérez-les ! ordonna-t-il à ses hommes.

Puis, se tournant vers les deux brigands, dont le visage affichait la stupéfaction, il ajouta :

— Je vous rends votre liberté mais, si jamais je revois l'un de vous traîner sur mes terres, je vous transforme en nourriture pour les corbeaux. Est-ce bien compris ?

Trop heureux de s'en tirer à si bon compte, Roy et Ren hochèrent la tête avec empressement. Se tournant vers le garçon d'écurie qui l'avait trahi, John conclut :

— Quant à toi, Roy Sykes, je ne peux que te conseiller de te mettre en paix avec ta conscience. Comme ton maître te l'a ordonné, va vers le sud et conduis-toi en honnête homme.

22

Adam n'avait aucune idée de ce qu'il lui dirait lorsqu'il la rencontrerait. Il ne savait même pas s'il serait joyeux ou en colère de se retrouver face à elle. Surtout, il ne parvenait pas à imaginer comment il allait faire pour passer les barrages de soldats qui devaient garder les portes d'Ironcross Castle, une fois qu'il y serait.

Essuyant d'un revers de main l'humidité que la brume avait déposée sur son visage, Adam éperonna sa monture et s'efforça de prévoir un stratagème pour se faufiler jusqu'à celle qu'il pensait être sa mère.

Le comte de Huntly avait mentionné son nom presque par hasard. Il lui avait fait part de l'intérêt manifesté par cette dame, qui avait cherché à savoir, un an auparavant, ce qu'était devenu le fils caché du comte d'Athol. Apprenant dans quelles conditions il était toujours détenu par les Anglais en dépit des efforts du comte de Huntly pour le faire libérer, elle était entrée dans une grande colère. Pas une fois le vieil homme n'avait évoqué la possibilité qu'elle pût être sa mère, mais il aurait voulu le lui faire comprendre qu'il ne s'y serait pas pris autrement…

Lorsqu'il avait été libéré de la Tour de Londres et embarqué prestement sur un vaisseau rapide qui l'attendait sur la Tamise, Adam avait été conscient que de nombreux autres Écossais demeuraient otages des Anglais. Au cours des six mois qui venaient de s'écouler, chaque jour il s'était demandé à qui il devait ce traitement de faveur. Il savait à présent à quoi s'en tenir. Le temps était venu pour lui de faire enfin la connaissance de lady Agnes MacInnes.

La révélation que John Stewart était totalement étranger à ses malheurs, qu'il ignorait jusqu'à l'existence de son demi-frère, avait d'un coup réduit à néant des années de certitudes et de ressentiment. De son entretien avec le comte de Huntly, il était ressorti déboussolé et dégoûté de lui-même.

Il lui avait toujours été facile de diriger toute sa haine sur le comte d'Athol, de planifier une vengeance dont il savait que celui sur qui elle s'exercerait ressentirait tous les effets. Il était nettement moins évident d'admettre qu'il avait tourmenté en vain John Stewart et son peuple, que ce dernier ignorait même pour quelle raison il s'acharnait ainsi contre lui. Il avait cru être un vengeur en croisade. En réalité, il n'avait été qu'un vil bandit de grand chemin.

Ce dont il avait le plus besoin, à présent, c'était de parler à lady MacInnes. Dans les pires moments, au fond de son cachot, il n'avait jamais renoncé à la certitude qu'un jour il connaîtrait sa mère. Il s'était accroché à cet espoir insensé. Il était convaincu qu'il la reconnaîtrait dès qu'il la verrait, qu'il lui parlerait.

Il n'avait pas la moindre idée de ce qu'il ferait ensuite de sa vie. Il était bien conscient qu'après avoir forcé les portes d'Ironcross Castle ses jours seraient peut-être comptés. Il n'en avait cure. Ses années de prison l'avaient endurci, mais sous sa carapace subsistait l'enfant qui continuait à désirer coûte que coûte ce qui ne lui avait jamais été offert. À défaut de tendresse, il désirait des réponses à ses questions. Même si cela devait l'anéantir, il saurait pour quelle raison ses parents l'avaient rejeté.

En menant sa monture au pas sous une pinède obscure s'élevant à flanc de colline, Adam songea qu'ensuite seulement, s'il était toujours en vie, il pourrait songer à son avenir. Il ne se voyait pas rester dans les Highlands et n'avait aucune envie d'aller vivre dans les Lowlands.

Ambrose MacPherson, le diplomate venu discuter sa libération avec les Anglais, lui avait tendu une perche lors de leur voyage de retour vers l'Écosse, en lui demandant s'il lui plairait d'embarquer sur un des navires qu'il possédait. Bien que n'ayant aucune expérience de la marine, il se sentait de taille à réussir dans n'importe quel domaine et finirait sans doute par accepter cette offre.

Au débouché de la pinède, les yeux d'Adam se posèrent sur le loch, en contrebas, à la surface duquel dérivaient des bancs de brume. La seule idée de quitter de nouveau les Highlands lui serrait le cœur, mais ce n'était pas tant l'amour de la mère patrie qui le retenait que celui qu'il portait à Susan McIntyre... Il l'avait pourtant prévenue de se tenir à l'écart de lui.

Dès leur première rencontre, il avait compris que, bien qu'ils soient faits l'un pour l'autre, un destin contraire ne leur permettrait pas de vivre ensemble. La faiblesse de son propre cœur et l'entêtement de Susan l'avaient empêché de ne pas la revoir comme il en avait pris la résolution. Mais, quand ils s'étaient embrassés avant de se quitter, la nuit où la femme de son frère avait été faite prisonnière, ni Susan ni lui n'auraient deviné qu'il n'y aurait plus pour eux d'autre baiser...

N'avoir eu la chance de connaître la femme de sa vie que pour devoir y renoncer était pour lui une souffrance insupportable. Il en souffrait davantage que du rejet de ses parents, et il en souffrirait sans doute plus longtemps que les douze années qu'il avait passées en prison.

La pluie s'était remise à tomber dru. Adam amorça sa descente le long des flancs des Ladder Hills. Le temps était si gris qu'il distinguait à peine au sud les sommets arrondis du Carn Mor.

Stoppant sa monture à la crête d'une colline couverte de bruyère, il examina à travers le rideau de pluie la vallée au fond de laquelle coulait la Crombie Water. Ce qu'il y aperçut, malgré la mauvaise visibilité, l'incita à faire preuve de prudence.

Adam rebroussa chemin et alla attacher son cheval sur l'autre versant, à l'abri d'un arbre. Puis, tirant d'un grand geste son épée du fourreau qu'il portait dans le dos, il retourna se poster sur la crête, à plat ventre sur un promontoire d'où il surveillerait ce qui se passait dans le vallon sans être vu.

Au bord de la rivière se trouvaient rassemblés de vingt à trente hommes, dont certains étaient des Highlanders, à en juger d'après leurs vêtements. Le cours d'eau, que l'on pouvait en temps ordinaire passer facilement à gué, roulait des eaux saumâtres et tumultueuses gonflées par les pluies. Manifestement, c'était sur l'opportunité de franchir cet obstacle qu'une dispute avait éclaté dans les rangs de la petite troupe.

Observant la scène avec attention, Adam se demanda à quel genre de renégats il avait à faire. Aucune autre bande armée à part la sienne n'avait opéré dernièrement dans la région. Plissant les yeux, il tenta de reconnaître des visages familiers. Aucun des hommes qu'il avait enrôlés sous ses ordres n'en faisait partie. Quant aux deux Highlanders qui se querellaient ardemment, ils paraissaient être en position de commander aux autres, qui observaient d'un air résigné les hostilités à distance.

En observant leur manège, Adam comprit que l'un souhaitait en raison du mauvais temps établir pour la nuit un campement près de la rivière, même s'il restait encore plusieurs heures avant la tombée de la nuit, tandis que l'autre voulait continuer vers le sud en longeant la berge.

Ce fut alors, seulement, qu'il remarqua un peu plus haut sur la rive une poignée d'hommes d'armes allongés sur le sol. Étaient-ils inconscients, blessés, voire même morts ? À cette distance, il lui eût été impossible de le dire. De toute évidence, ceux-là venaient d'avoir le dessous dans un combat qui les avait opposés aux premiers.

Ce qu'il remarqua ensuite faillit le faire sortir de sa cachette et foncer tête baissée vers le vallon. Deux femmes se tenaient à cheval, les mains ligotées à leurs selles, tandis que deux hommes à pied retenaient leurs montures par la bride. Fort heureusement, Susan et Catherine, la femme de son demi-frère, ne paraissaient ni blessées ni effrayées. Avec un calme déconcertant et une attention soutenue, elles se contentaient de suivre les débats en cours entre leurs ravisseurs.

La colère qui s'empara de lui à ce spectacle fit place très vite au désarroi et à un profond sentiment d'impuissance. Malgré sa force et son habileté au maniement de l'épée, il n'avait aucune chance de les libérer à lui seul. Il lui fallait trouver de l'aide.

Il lui paraissait douteux de pouvoir rattraper rapidement quelques-uns de ses hommes, qui avaient dû se disperser sur ses conseils dans toutes les directions. Quant au château de Huntly, il était dorénavant trop loin pour qu'il puisse y retourner chercher du renfort à temps. Il ne lui restait plus qu'une chance de sauver l'élue de son cœur des griffes de ceux qui l'avaient enlevée, conclut-il en son for intérieur. Il devait se résoudre à faire appel au comte d'Athol…

Son demi-frère le ferait pendre, sans doute, mais pas avant d'avoir lancé ses hommes au secours des deux femmes. Après avoir constaté que les brigands avaient finalement décidé de bivouaquer sur place, Adam rampa hors de sa cachette et courut jusqu'à son cheval. Ce fut à bride abattue qu'il galopa vers le nord – vers Balvenie Castle.

La pluie battante n'avait pas ralenti l'allure du comte d'Athol et de son escorte. Ils n'étaient plus qu'à une heure de leur but lorsqu'ils croisèrent, à la sortie du village de Bakebare, un messager venu de Balvenie.

Le comte d'Athol, tout en s'efforçant de garder son calme sous la pluie battante qui ruisselait sur son visage et ses longs cheveux roux, écouta l'homme lui raconter comment un pli urgent était arrivé en provenance d'Ironcross Castle. En l'entendant préciser qu'à sa lecture la comtesse avait décidé de se faire escorter jusque-là par Tosh et quelques-uns de ses hommes, il faillit exploser de colère. Redoutant sans doute une telle issue, le messager précisa bien vite que lady Catherine souhaitait que son mari les y rejoigne, et qu'elle l'avait chargé d'une lettre à son intention.

En abritant sous sa cape le pli en question afin de le lire, John songea que, pour avoir jugé utile de lui faire savoir où elle se rendait et pour lui avoir demandé de l'y rejoindre, sa femme était en grand progrès. Rapidement, il parcourut les quelques lignes tracées d'une écriture énergique et élégante. Il ne fut pas surpris d'y apprendre que lady MacInnes était sur le point de mourir.

La nouvelle était attendue – cela faisait déjà plusieurs mois que la santé de la mère de Joanna déclinait –, mais elle n'en demeurait pas moins attristante. Pour autant, justifiait-elle que Catherine se précipite sur les routes par un temps pareil sans attendre son retour ?

Dans le message qu'elle avait reçu d'Ironcross Castle, il y avait peut-être plus qu'elle ne voulait bien lui en dire… Même si elle lui cachait une fois encore quelque chose, il était rassuré qu'elle ait pris cette fois la précaution de se faire escorter. En compagnie de Susan, de Tosh et de quelques-uns de ses meilleurs hommes, les risques étaient limités. Du moins, l'espérait-il.

Imité par ses hommes, le comte d'Athol dirigea sa monture vers le sud et se lança au grand galop sur les chemins bien connus de Glen Fiddich. Avec un peu de chance, il pourrait rejoindre l'escorte de sa femme avant la tombée de la nuit. Même s'il la savait en sécurité, il souhaitait la retrouver au plus vite. Il avait payé cher pour le savoir : avec Catherine, il ne fallait jurer de rien.

Le surplomb rocheux abritant le coin de sable humide où on les avait parquées ne pouvait pas grand-chose pour protéger les deux captives blotties l'une contre l'autre. Portée par d'occasionnelles rafales de vent, une pluie glaciale les cinglait par le côté.

Du menton, Catherine désigna à Susan le corps inanimé de Tosh, qu'un des brigands avait traîné jusque devant leur abri de fortune.

— À votre avis, chuchota-t-elle d'une voix angoissée, est-il grièvement blessé ?

Le Highlander avait été assommé au tout début de l'attaque, par un coup de massue qu'un de leurs agresseurs arrivant par-derrière lui avait assené sur le crâne. Mais, comme pour le reste des hommes qui l'escortaient et qu'elle avait vu tomber comme des mouches autour d'elle, Catherine était incapable de déterminer la gravité de son état.

Les bandits avaient longuement discuté pour savoir si les soldats pourraient être échangés contre une rançon. Les deux chefs s'étaient affrontés à ce sujet – comme ils le faisaient d'ailleurs à tout propos. L'un des deux, homme d'allure terrible à qui il manquait la plupart des doigts de la main gauche, n'avait pour seule idée en tête que de regagner le sud au plus vite. Le deuxième, plus avide et plus convaincant, avait réussi à rallier la plupart des autres à son point de vue.

— Je n'en suis pas tout à fait certaine, lui répondit Susan dans un souffle. Pourtant, il me semble qu'il respire.

Puis, d'une voix plus basse encore, elle ajouta :

— Vous pensez que, s'ils l'ont mis à l'écart, c'est parce qu'ils savent qu'il commandait notre escorte ?

— Sans doute. Il a d'autant plus de valeur à leurs yeux.

Le cœur lourd, Catherine contempla fixement le corps inanimé de Tosh, plissant les yeux dans l'espoir de voir sa poitrine se soulever. L'attaque avait été foudroyante. Bien supérieurs en nombre, leurs attaquants avaient semblé fondre sur eux de toutes parts. Vraisemblablement, ils s'étaient placés en embuscade et leur avaient tendu un guet-apens.

Malheureusement, la présence de Catherine et de Susan n'avait fait que gêner Tosh et ses hommes. Au lieu d'avoir les coudées franches pour se battre contre leurs assaillants, il leur avait fallu avant tout assurer la protection des deux femmes. Et cela, Catherine ne cessait de se le reprocher amèrement.

Elle avait promis à son mari de ne jamais rien faire qui puisse lui nuire ou causer du tort à son peuple. Or, des soldats de Balvenie Castle, de fidèles compagnons d'arme de son époux, gisaient au bord de la rivière, blessés, mourants ou peut-être déjà morts. Tout cela parce que des inconnus – mercenaires, sans doute – avaient été chargés de s'emparer d'elle coûte que coûte.

— Dites-moi, reprit Susan dans un murmure, gardant un œil sur le garde qui avait été affecté à leur surveillance, pour quelle raison m'avez-vous appelée Laura et m'avez-vous présentée à eux comme votre sœur ?

Catherine se pencha jusqu'à ce que ses lèvres effleurent l'oreille de sa compagne de captivité.

— Au moment de l'attaque, expliqua-t-elle tout bas, j'ai entendu le chef à la main mutilée crier mon nom et je l'ai vu me pointer avec son épée. C'est alors que j'ai compris que ces hommes avaient été envoyés par les ennemis qui ont pourchassé ma famille en Angleterre.

— Mais la plupart sont pourtant des Highlanders !

— Des mercenaires… Des renégats… Leur mission ne consiste pas à me tuer. Ils veulent quelque chose que nous sommes les seules, mes sœurs et moi, à pouvoir leur donner. Je sais que ces brutes ont reçu pour ordre de nous ramener vivantes. Ce que leurs commanditaires redoutent par-dessus tout, c'est que nous emportions notre secret dans la tombe.

— Si je comprends bien, vous m'avez sauvé la vie !

— J'ai juste fait en sorte de…

Catherine se tut brusquement en voyant un des bandits approcher du promontoire sous lequel elles se trouvaient. Sans un mot ni un regard, il jeta à leurs pieds la couverture de cheval puante qu'il portait sur le bras, puis leur tourna le dos pour aller rejoindre leur garde.

En silence, elles écoutèrent les deux hommes discuter quelques instants et se plaindre d'avoir à passer encore une nuit dehors sous la pluie. Puis, à court de sujets de conversation, celui qui était venu leur porter la couverture repartit par le même chemin.

Il faisait à présent à peu près nuit. Des hommes erraient de-ci de-là, à la recherche de petit bois et de brindilles sèches pour allumer des feux de camp. Catherine surveillait du coin de l'œil un jeune escogriffe aux nippes miteuses, courbé en deux vers le sol, qui remontait la pente et se dirigeait insensiblement vers elles.

— Ainsi, reprit Susan d'une voix haletante, vous croyez que nous allons être emmenées de force en Angleterre ?

— J'en ai bien peur. Aussi est-ce à nous de…

Catherine se tut en voyant le jeune bandit, qui ne se trouvait plus qu'à quelques pas, cueillir quelques herbes jaunes et sèches. À ses pieds, un éclat vif-argent serpenta sur le sol avec une rapidité confondante. La vipère délogée de son repaire, longue comme un avant-bras se faufila entre les pierres du sol rocailleux.

Le cœur battant, Catherine regarda fixement le serpent ramper vers le promontoire. La marque en forme de V sur sa tête, la ligne sombre sur son dos ne laissaient planer aucun doute quant à sa dangerosité.

Ignorant le hoquet d'effroi poussé par Susan, Catherine tendit le bras pour saisir la couverture. Puis, d'un geste sûr, elle la jeta sur la bête avant de bien vite coincer sa tête entre ses doigts sous le tissu.

Relevant les yeux, elle s'assura que leur garde n'avait rien remarqué. Mais celui-ci, en se grattant le crâne, gardait les yeux rivés avec envie sur les grands feux qui brûlaient à présent à l'orée du bois, et autour desquels ses comparses avaient commencé à se regrouper.

Le visage de Susan éclairé par les flammes dansantes n'était plus qu'un masque de répulsion et de terreur. En le découvrant, Catherine faillit se mettre à rire, en dépit de leur situation désespérée.

— Oui, murmura-t-elle à son intention avec un clin d'œil, c'est bien une vipère et elle arrive à point nommé. Pour tout vous dire, je n'imaginais pas que les secours nous parviendraient sous cette forme et avec une telle rapidité !

23

La pluie n'était plus qu'une ondée fine et insidieuse, mais le vent continuait de cingler violemment le visage des cavaliers. Déterminé à atteindre Ironcross Castle avant la nuit, le comte Athol n'avait aucunement l'intention de ralentir l'allure.

Plus le moment de rencontrer sa femme se rapprochait, plus s'accentuait en lui un malaise diffus. Une sourde appréhension s'était peu à peu emparée de tout son être. À présent, un goût métallique et désagréable s'attardait sur sa langue – le goût de la peur.

Autant que le lui permettait la pénombre grandissante, il accéléra encore en éperonnant rudement sa monture. Tout d'un coup, il eut l'impression déroutante de partager les émotions, les pensées, les sensations de Catherine. Dans un éclair de lucidité, il sut avec certitude qu'elle se trouvait en danger et l'appelait à l'aide.

Essuyant d'une main nerveuse son visage mouillé de pluie, John s'efforça de chasser les images de dragons crachant des flammes et de malandrins cruels et sans foi ni loi qui avaient envahi son esprit. Quelque chose de grave était arrivé à sa femme, il en avait la quasi-certitude. Il n'y avait pas une minute à perdre pour la retrouver.

Alors que la troupe atteignait le sommet d'une colline, il fut le premier à apercevoir le cavalier qui galopait à leur rencontre à travers une pâture. Aussitôt imité par ses hommes, le comte d'Athol mit progressivement son cheval au trot. À travers le rideau de pluie, il était impossible d'identifier cet homme. Ce pouvait être un messager de Gavin Kerr, un voyageur égaré, ou tout autre rencontre de plus ou moins bon augure.

Soudain, alors qu'aucun élément ne lui permettait de s'en assurer, il sut qui venait vers lui. Tirant sur la bride, il arrêta sa monture et fit signe à ses hommes de rester en arrière. Le cœur battant, il plissa les yeux pour détailler la haute et puissante silhouette du cavalier. De son épaule dépassait la poignée d'une épée. La détermination qu'il mettait à le rejoindre et sa grande aisance à cheval provoquèrent quelques murmures inquiets dans le dos de John, ce qui ne l'empêcha nullement de se porter à la rencontre du nouveau venu.

Ils se rejoignirent de part et d'autre d'un petit ruisseau qui cascadait sur un lit de pierres, au fond d'un vallon. L'espace d'une longue minute, ils ne firent rien d'autre que se dévisager. Alors que hululait le vent des Highlands autour d'eux, ils constatèrent avec la même stupeur cet air de famille qu'ils ne pouvaient nier.

Ce fut Adam qui, le premier, prit la parole.

— Ravi de te rencontrer ! lança-t-il sans quitter son demi-frère des yeux. Je te cherchais.

— Moi aussi, répondit John, je te cherchais.

Comme si cela coulait de source, Adam hocha la tête d'un air compréhensif et reprit :

— Je te demande de mettre ta colère de côté pour le moment. Une autre urgence requiert notre attention.

— Ma colère ? Je n'en éprouve plus à ton égard, tu n'as donc pas à la craindre. Quoi que tu aies à m'annoncer, je veux que tu me donnes ta parole de ne pas disparaître aussitôt après. J'ai besoin de te...

— Ma parole ?

Un rictus narquois apparut sur les lèvres d'Adam.

— La parole d'un bandit qui vous rançonne, ton peuple et toi, depuis plus de six mois ? ajouta-t-il.

— Non, répliqua John avec fermeté, la parole de mon frère.

Comme pour faire écho à leur affrontement verbal, leurs chevaux s'étaient mis à tourner en rond en se poursuivant l'un l'autre.

— Ton frère ? répéta Adam d'une voix grondante. J'ai cru comprendre que tu as toujours ignoré en avoir un.

John fit en sorte de calmer son étalon et attendit d'avoir capté le regard de son vis-à-vis.

— Ce fut vrai jusqu'à il y a peu, reconnut-il. Mais maintenant je connais la vérité, et je sais ce que nous avons perdu – toi beaucoup plus que moi – dans cette triste histoire.

Le visage ruisselant de pluie, sans faiblir ni l'un ni l'autre, ils se confrontaient du regard.

— Je ne peux rien changer au passé, reprit John avec conviction. Je ne peux rien changer au mal qui t'a été fait. Ce que je souhaite, c'est faire en sorte que nous puissions rattraper le temps perdu. Je veux avoir l'opportunité de connaître mon frère.

Ses paroles avaient fait mouche. John put le constater en découvrant l'expression de grande surprise qui s'afficha sur le visage de son frère.

— Je… je ne m'attendais pas à ça, murmura finalement Adam. En venant à toi, je craignais que tu ne me fasses enchaîner avant que j'aie pu t'avertir du danger.

— Le danger ? répéta John, les sourcils froncés. Quel danger ? Parle ! Parle vite !

Alors que la pluie se remettait à tomber de plus belle, les brigands réunis autour de leurs feux fumants et crachotants se réfugièrent sous un assortiment de capes, de manteaux, de tartans et de couvertures de cheval. Aucune tentative n'avait été faite pour cuisiner quoi que ce soit, et Catherine avait le sentiment qu'ils lèveraient le camp aussitôt que le temps le permettrait. Rapidement, les derniers bruits de conversation cessèrent, et un silence lourd s'abattit sur la petite troupe.

Après s'être longuement débattue sous la couverture, la vipère avait fini par se calmer. Catherine n'en relâchait pas pour autant la pression et la maintenait fermement entre ses doigts à la base du crâne. Le serpent, dont elle savait que la morsure pouvait être mortelle, ne lui faisait pas peur. Grâce à frère Egbert et à son intérêt pour les sciences naturelles, elle avait été habituée dès le plus jeune âge, de même que ses sœurs, à observer et à manipuler les plus étranges créatures de Dieu.

Catherine et Susan, blotties l'une contre l'autre, faisaient semblant d'être assoupies mais n'en demeuraient pas moins vigilantes. Les paupières mi-closes, elles surveillaient les confins noyés de ténèbres du bivouac.

Catherine n'aurait su dire pourquoi ni comment, mais il ne faisait aucun doute dans son esprit que son mari allait voler à son secours. En fait, par une sorte de sixième sens, elle était quasiment certaine de le sentir rôder dans les parages. Elle était certaine que, tout comme le chevalier de ses rêves, il allait surgir tôt ou tard dans la lumière déclinante des feux de camp pour la délivrer, l'épée brandie devant lui, les yeux flamboyants d'une juste colère. Elle n'était pas prête pour autant à attendre passivement les secours, et elle comptait sur sa venimeuse amie pour l'y aider.

D'après ce qu'elle avait pu comprendre des discussions enflammées entre les deux chefs, ils étaient à la solde de sir Arthur Courtenay, lieutenant du roi dans le Yorkshire. Les entendre prononcer ce nom ne l'avait pas surprise outre mesure. Sinistre individu au visage de fouine mangé par la petite vérole, sir Arthur traquait avec un zèle féroce Catherine et ses sœurs depuis que leur père avait été arrêté. Il semblait même prendre un plaisir tout particulier à vouloir la perte de leur famille. Jusqu'alors, pourtant, elle ne s'était pas doutée qu'il pût être également à la recherche du trésor de Tiberius.

Catherine s'était imaginée avoir laissé derrière elle en quittant l'Angleterre la menace représentée par Courtenay et ses sbires. C'était également dans ce but que Diana Percy avait cherché pour ses filles un refuge en Écosse, la terre de ses ancêtres. Sa mère avait manifestement sous-estimé – tout comme elle – le pouvoir de nuisance et la détermination du lieutenant du roi. Tout est possible à qui possède le pouvoir et l'or, conclut-elle tristement en son for intérieur, et c'est bien plus l'avidité que la foi des hommes qui soulève des montagnes.

Soudain, Catherine sentit que Susan se raidissait contre son flanc. D'un petit coup de coude, son amie attira son attention. Suivant la direction de son regard, elle ne vit d'abord rien d'autre que la nuit qui les entourait de son voile opaque. Puis, le miroitement d'un des feux de camp sur l'acier d'une arme attira son regard, et elle fut certaine d'avoir vu des ombres se glisser le long de la rivière.

Observant le terrain alentour, Catherine se rendit compte que la partie n'était pas gagnée d'avance pour le comte d'Athol et ses hommes. Il leur faudrait patauger dans un véritable champ de boue avant d'arriver jusqu'à elles. En établissant leur campement à l'abri de l'épaulement rocheux, les brigands s'étaient habilement prémunis de tout risque d'être pris à revers. De plus, si elle avait pu surprendre l'approche des assaillants en dépit de leurs précautions pour se dissimuler, il ne faudrait pas attendre longtemps avant qu'un des brigands ne s'aperçoive de leur présence et ne donne l'alerte.

L'esprit de Catherine se mit aussitôt en branle. Il lui fallait trouver un moyen pour faire diversion. Se tournant vers Susan, elle lui chuchota à l'oreille ses instructions.

Les hommes du comte d'Athol étaient prêts, guettant un signal de sa part pour se ruer sur la bande de renégats assoupis. Ces brigands les surpassaient en nombre, et il savait qu'ils ne pourraient parvenir jusqu'à eux sans être vus, mais John Stewart préférait la perspective de mourir à celle de laisser un instant de plus sa femme aux mains de ces chiens galeux.

La main d'Adam se posa sur son épaule.

— Ce n'est qu'une diversion… Du moins je l'espère, murmura-t-il pour le rassurer.

Quittant leurs abris de fortune, les bandits se ruaient vers les deux femmes, dont on devait entendre les cris de terreur jusqu'à Elgin. Le spectacle de Catherine brandissant une vipère qui se tordait au bout de son poing et menaçait à tout instant de la mordre avait de quoi impressionner.

— Je le sais bien, répondit Adam. Je l'ai vue faire. Elle tenait la vipère cachée sous la couverture.

En un instant, un cercle d'hommes incrédules et ne sachant comment réagir entoura les captives. Comprenant que l'instant ne pouvait être plus propice, John se rua à l'assaut.

— Maintenant ! cria-t-il par-dessus son épaule à ses hommes.

Courbés vers le sol, les attaquants parvinrent à franchir sans se faire repérer une grande partie de la distance qui les séparait du promontoire. La diversion orchestrée par Susan et Catherine fonctionnait au-delà de tout espoir. Grâce aux cris perçants des deux femmes et à la confusion semée par la vipère, ils fondirent sur leurs ennemis avant même que ceux-ci n'aient pu réaliser qu'ils étaient attaqués.

Avec la fureur de deux anges vengeurs, John et Adam entrèrent en action, se frayant à coups d'épée un chemin sanglant en direction des prisonnières. L'avantage de la surprise compensait aisément le handicap que constituait leur infériorité en nombre. Catherine et Susan avaient eu le réflexe d'aller trouver refuge derrière le corps inanimé de Tosh, et la vipère brandie à bout de bras continuait de dissuader quiconque de s'approcher d'elles. En voyant qu'il ne leur restait plus que quelques mètres à franchir pour les rejoindre, les deux frères redoublèrent d'ardeur au combat.

Le vent se mit de la partie, tourbillonnant en rafales furieuses autour des combattants comme s'il avait voulu se mêler à leur joute. Le sang coula des deux côtés. Dilué par la pluie, il abreuva la boue noirâtre du sol. Tout bascula dès l'instant où l'un des deux chefs de la bande se précipita vers Catherine et tendit vers elle pour l'attraper sa main dépourvue de doigts. La réaction de la vipère ne se fit pas attendre. Elle se détendit comme un ressort et mordit la main qui la menaçait. Le chef de bande se figea sur place. Le visage tordu par l'horreur, il contempla stupidement sa main avant de se mettre à hurler de douleur et de détaler à toutes jambes.

Comme par enchantement, cette défection mit fin à la résistance des hors-la-loi. En quelques secondes, tout fut terminé.

Après s'être assuré que les renégats survivants seraient dûment mis hors d'état de nuire et que la situation était sous contrôle, John se précipita vers le corps inanimé de Tosh. Constatant que Catherine ne se trouvait plus à son côté, un vent de panique souffla en lui, mais il eut tôt fait de la repérer, à quelques mètres de là, qui relâchait au pied d'un éboulis sa terrifiante alliée. Le serpent venait à peine de disparaître entre les rochers que la pluie, d'un coup, cessa de tomber.

Alors, en voyant sa femme se retourner et le considérer d'un long regard empli d'amour, John connut sa plus belle récompense. Il savait dorénavant qu'il ne se lasserait jamais de l'admirer, et qu'il n'aurait pas assez de tout un millénaire pour lui dire à quel point il l'aimait. Mais au moins, se promit-il, il essayerait...

Il ne put s'empêcher de rire en la voyant accourir vers lui. Leur étreinte fut joyeuse, farouche, passionnée. Le rire de Catherine contre son oreille était le chant le plus doux qu'il eût jamais entendu, ses larmes sous ses baisers le nectar le plus délicieux auquel il eût jamais goûté. Alors, John Stewart, pour la première fois de son existence, leva les barrières derrière lesquelles depuis toujours il protégeait son cœur.

— Je vous aime, Catherine Percy Stewart. Je jure qu'aussi longtemps que je vivrai, je ferai en sorte de vous sauver de vous-même.

En se reculant légèrement, Catherine le gratifia du plus charmant des froncements de sourcils.

— Et qu'entendez-vous par là, exactement ? s'enquit-elle. Rien de ce qui vient de se passer ici n'a...

— Catherine ! l'interrompit-il gaiement. Je viens de vous dire que je vous aime. C'est tout l'effet que ça vous fait ?

John ne perdit pas une miette de la stupéfaction que sa déclaration suscita en elle. Il vit ses magiques yeux bleu nuit s'arrondir démesurément. Il vit ses lèvres s'entrouvrir, puis se refermer. Il vit son visage rayonner du bonheur le plus parfait qui puisse exister de ce côté-ci du ciel.

Incapable de résister plus longtemps à la tentation que sa bouche appétissante comme un fruit mûr exerçait sur lui, John se pencha pour l'embrasser. En le repoussant légèrement, Catherine l'en empêcha.

— Qu'avez-vous dit ? demanda-t-elle d'un air mutin.

John ne se fit pas prier.

— Je vous aime, Catherine. Depuis très longtemps. Pour m'être montré si ignorant, avec tant d'obstination, à propos de tant de choses essentielles, il va vous falloir beaucoup de mansuétude pour me pardonner. Je…

Catherine ne le laissa pas achever sa phrase. Debout sur la pointe des pieds, elle l'embrassa avec tant de fougue que, lorsque leurs lèvres se séparèrent, bien longtemps après, ce fut lui qui demeura les yeux dans le vague et le souffle court.

— Vous disiez ? minauda-t-elle.

— Je… je disais… répondit-il vaguement.

— Juste retour des choses ! triompha-t-elle. Voilà que c'est à *vous* de perdre vos moyens.

Plutôt que de se récrier, John la souleva de terre et la serra contre lui de manière à ce que leurs corps s'épousent intimement.

— John ! protesta-t-elle. Vous détournez habilement la conversation, mais de tels procédés sont indignes de vous.

— Il faudra vous y faire, dit-il après avoir déposé un baiser sur le bout de son nez. Dans ce domaine comme dans bien d'autres, je suis décidé à apprendre autant de choses que possible de ma parfaite épouse.

Catherine se lova plus confortablement contre lui mais se redressa aussitôt en apercevant Tosh, qui s'asseyait péniblement sur le sol, mal en point mais vivant.

— Oh ! s'exclama-t-elle, tout excitée. Regardez Tosh !

— Oui, répondit John en souriant. Pendant que vous relâchiez votre vipérine amie, je suis allé m'assurer qu'il ne risquait rien. Il en a vu bien d'autres, vous savez. Sa blessure ne saigne déjà plus. Il en sera quitte pour une grosse bosse. À mon avis, le plus dur pour lui sera de survivre à la honte d'avoir dû passer toute la bataille sous la protection des femmes qu'il était censé protéger.

Déjà, l'attention de Catherine s'était fixée ailleurs.

— Adam des Glens... murmura-t-elle. C'est bien lui que j'ai vu se battre à votre côté, n'est-ce pas ?

John la dévisagea d'un air soupçonneux.

— Mais dites-moi, ma femme, comment se fait-il que vous le connaissiez ? s'étonna-t-il.

En un geste d'apaisement, elle lui tapota le bras.

— C'est une longue histoire, mon amour. Je serai ravie de vous la raconter, mais seulement lorsque nous nous trouverons à l'abri, dans des vêtements secs et près d'un bon feu.

À cet instant, John vit qu'Adam se dirigeait vers eux et fronça les sourcils de plus belle en découvrant qu'une Susan rayonnante se pressait contre lui. Avisant le bras protecteur que son demi-frère avait passé autour de la taille de la jeune femme, John haussa les épaules.

— Je constate, dit-il d'un air résigné, que je ne suis pas autant au fait de ce qui se passe sur mes terres que je me l'imaginais...

— Dès que possible, promit Catherine, vous saurez tout, mon cher mari. Dès cet instant, il n'y aura plus de secret entre nous. Je vous expliquerai également pour quelle raison ces gentlemen voulaient m'enlever pour me ramener en Angleterre, et qui les avait chargés de le faire.

Après l'avoir amadoué d'un rapide baiser sur les lèvres, elle conclut :

— Mais aussi douce que soit votre compagnie, milord, il va me falloir à présent m'occuper de vos hommes. J'en vois quelques-uns qui sont blessés, et je ne peux pas m'empêcher de penser que j'y suis pour quelque chose.

Main dans la main, laissant derrière eux le groupe de renégats assis et ligotés sur le sol, ils se dirigèrent vers les hommes du comte d'Athol, qui s'étaient regroupés autour du feu.

Fort heureusement, aucun d'eux n'avait été touché gravement. Catherine et Susan ne ménagèrent pas leur peine pour nettoyer des plaies, mettre des bras en écharpe et faire des pansements de fortune.

Tout en regardant sa femme se démener, John Stewart, quatrième comte d'Athol, se laissa dériver dans un monde de rêve. Un endroit où le ciel était bleu et où cette bonne vieille terre d'Écosse abritait tout le bonheur du monde. Il se vit faire une promenade, au bras de Catherine, dans un vallon enchanteur. Elle rayonnait autant sous la caresse des rayons du soleil que sous l'effet d'une lumière intérieure. L'une de ses mains reposait avec confiance dans la sienne. L'autre, posée sur son ventre rond, protégeait tendrement leur enfant, qui grandissait en elle.

Débordant de fierté et d'allégresse, il s'imagina alors la prendre par la taille et la soulever du sol, pour la faire tournoyer dans les airs. Catherine leva vers le ciel un visage rayonnant de joie et de bonheur, ses cheveux d'ébène cascadant tel un rideau de soie sur ses épaules. Comme deux enfants qui jouent, ils roulèrent dans l'herbe épaisse et, comme deux adultes qui s'aiment, ils firent l'amour tendrement, longuement, unis par un lien aussi puissant que le soleil qui bénissait la scène, et qui durerait aussi longtemps que les Highlands.

La voix douce et ironique de Catherine le tira de ses rêveries.

— John Stewart, vous rêvez tout éveillé !

Il lui sourit et se perdit dans les profondeurs marines de ses yeux.

— C'est de vous que je rêve, mon amour. Et c'est à votre contact que j'ai appris à le faire...

La lourde porte de chêne pivota en grinçant sur ses gonds. Le lieutenant du roi se rua dans le cachot plongé dans le noir.

— Levez-vous ! cria-t-il en direction du prisonnier effondré dans un coin. J'ai décidé d'avoir pitié de vous et de vous donner une autre chance de servir le roi.

Un rire bas et grinçant monta des lèvres tuméfiées du moine, qui s'acheva en toux rauque et grasse. S'approchant de lui, sir Arthur donna un vigoureux coup de pied dans sa jambe, ce qui ne fit que redoubler sa quinte de toux.

— Allons, levez-vous ! cria-t-il de plus belle.

Au prix d'un gros effort, prenant appui contre le mur de pierre, le moine parvint à se redresser et lui lança un regard chargé de mépris.

— Vous n'allez pas tarder à vous mordre les doigts d'avoir tué l'abbé ! lança-t-il d'une voix cinglante, qui contrastait avec sa piètre condition physique. Vous avez été aussi fou qu'imprudent de ne pas le croire lorsqu'il continuait à soutenir sous la torture qu'il ne savait rien du trésor.

— Il mentait ! s'emporta sir Arthur. Vous êtes tous des menteurs. Vous vous êtes tous ligués contre moi. Vous autres moines, vous n'êtes qu'une bande de conspirateurs et de menteurs !

— Et vous, répliqua le moine en lâchant le mur pour s'approcher lentement, vous êtes déjà un homme mort. J'ai entendu mes geôliers discuter entre eux. Je leur ai parlé également. Ils m'ont confié que vos agissements avaient fait grand bruit à la cour. Ils m'ont dit également que des émissaires du roi étaient arrivés aujourd'hui même.

— Taisez-vous ! hurla Courtenay. Ce ne sont encore que machinations et mensonges.

Un bruit sourd et répété, dont l'écho se répercutait le long des corridors, lui fit tourner la tête.

— Ces hommes n'étaient que des imposteurs ! reprit-il avec véhémence. Des courtisans dévoyés ! Des intrigants ! Je ne prends mes ordres que du roi Henri lui-même. Nous devons partir, à présent. Suivez-moi... Dépêchez-vous !

Sans bouger d'un pouce, le moine poursuivit d'une voix ferme son réquisitoire, comme si les rôles étaient inversés.

— Vous n'ignorez donc plus, dorénavant, que l'abbé était un oncle d'Anne Boleyn, la nouvelle épouse du roi.

Ce pauvre fou avait-il négligé de vous en informer ? Ces « courtisans dévoyés » vous ont-ils révélé, avant que vous ne les passiez au fil de l'épée, que le roi lui-même avait réclamé votre tête au bout d'une pique, à l'entrée de son palais, pour avoir osé tuer un membre de la famille de sa femme ?

— L'abbé n'avait qu'à parler ! maugréa Courtenay, désormais sur la défensive. S'il s'était décidé à avouer ce qu'il savait du trésor, je…

— Est-ce là ce que vous allez dire au roi, quand il vous réclamera des comptes ? l'interrompit le moine. À votre avis, comment réagira-t-il ? J'ai l'impression de l'entendre déjà : « Un trésor ? demandera Henri. Quel trésor ? Dites-moi, *laquais*… Sont-ce nos intérêts que vous avez servis dans cette affaire ou les vôtres ? Est-ce pour vous approprier ce fameux trésor que vous avez fait supplicier et mettre à mort l'oncle de notre épouse bien-aimée ? »

Des cris et des bruits de cavalcades se faisaient entendre dans les couloirs.

— À présent c'en est assez ! hurla sir Arthur en jetant un coup d'œil inquiet en direction de la porte ouverte. Notre sécurité n'est plus assurée ici. Il nous faut partir et nous remettre en quête du trésor… Maintenant !

Comme s'il se décidait enfin à lui obéir, le moine se redressa de toute sa hauteur et se tourna pour couper toute retraite au lieutenant du roi. Dans la pénombre de la cellule, tout ce que sir Arthur put apercevoir, l'espace d'un instant, ce fut une lueur étrange et inquiétante qui brûlait au fond de ses prunelles, comme un feu follet au pied d'une tombe. Saisi par une soudaine panique, il en resta pantois.

— C'est terminé pour vous, sir Arthur, reprit le moine. Votre fin est proche. La dernière carte, celle que vous avez cherché à me dissimuler, vous indiquait le terme de votre parcours ici-bas – le tombeau où vous attendent vos ancêtres… Vous êtes trop avide et trop bête pour avoir compris la puissance, la force incommensurable du trésor de Tiberius !

Le lieutenant du roi tenta de le repousser pour se frayer un chemin jusqu'à la porte. À son grand étonnement, en dépit des jours de torture qu'il avait subis, le corps du moine paraissait aussi solide qu'un roc et ne céda pas un pouce de terrain.

— Cessez de déraisonner, tenta d'argumenter sir Arthur. Il est de votre intérêt aussi bien que du mien d'accepter de me suivre. Mes hommes seront d'un jour à l'autre de retour d'Écosse avec Catherine Percy. Nous la forcerons à nous révéler son secret, et nous n'aurons besoin de personne – et surtout pas du roi ! Nous serons assez riches pour nous tailler notre propre royaume ! Nous...

Sir Arthur n'eut pas le temps de voir la dague se planter dans sa poitrine. La bouche ouverte, les yeux écarquillés par la surprise, il baissa les yeux et contempla le manche de l'arme qui pointait de son pourpoint. Une tache sombre, presque noire sur le velours vert, s'agrandissait peu à peu sur son ventre.

— Mais que... protesta-t-il faiblement. Comment avez-vous pu...

— Je vous avais prévenu que votre fin était proche. Vos hommes vous ont trahi. Ils ont toujours joué double jeu, en ménageant leurs arrières avec moi. J'avoue qu'il fut plus facile de les convaincre de me rendre ma liberté une fois que votre traîtrise envers le roi fut connue. Ce sont eux qui m'ont fait passer cette dague en secret. Ils prétendront qu'ils ont été forcés de vous tuer pour tenter de sauver la vie des messagers du roi.

En s'accrochant à deux mains au manche de la dague, sir Arthur glissa lentement vers le sol.

— Le tré... trésor... balbutia-t-il une dernière fois.

— Le trésor n'est pas pour vous, sir Arthur ! triompha le moine en se penchant sur lui. Il ne l'a jamais été ! Je n'ai fait que vous utiliser, comme je le ferais de n'importe qui pour recouvrer ce qui est mien. Je suis le seul à avoir posé les mains sur le trésor de Tiberius. J'ai senti son pouvoir se glisser en moi. Moi seul suis destiné à rayonner dans sa gloire !

D'un coup sec, le moine retira la dague de la poitrine de sir Arthur et l'essuya sur son pourpoint.

— Il ne vous reste que peu de temps, pauvre pécheur ! Préparez-vous à répondre de vos crimes. Les mensonges que vous avez utilisés pour tromper votre roi en ce monde-ci ne vous seront d'aucune utilité pour leurrer celui qui vous attend dans l'autre monde, conclut-il.

Contournant le corps agité des tremblements du mourant, le moine sortit de la cellule et attendit que le rejoigne le capitaine des gardes de sir Arthur, qui après avoir défoncé la porte venait de déboucher au bout du couloir.

— Voilà, dit-il en lui tendant la dague. C'est fait.

Puis, d'autorité, il plaça son bras sous celui du soldat et l'entraîna à l'écart pour lui faire part à voix basse de ses intentions le concernant. La mort de sir Arthur allait l'obliger à changer ses plans et à trouver un autre homme lige pour l'aider dans ses recherches. Cette fois, cependant, il lui faudrait veiller à ce que celui-ci ne se montre pas si incontrôlable et gourmand que le précédent.

Le moine sentait déjà qu'il ne pouvait compter sur les clercs qui avaient suivi Catherine Percy jusque dans son exil. Il ne doutait pas de leur fidélité, mais il savait que des liens anciens les liaient à elle. En leur for intérieur, les exigences de la recherche du trésor entraient-elles sans doute en conflit avec leur fidélité à la jeune femme. Autrement, ils auraient déjà été de retour.

Il ne se faisait pas d'illusions non plus sur les efforts déployés par les renégats à la solde de sir Arthur. Dans sa folie, ce dernier s'était leurré en imaginant pouvoir enlever sa femme à un puissant seigneur des Highlands. Le moine s'était fait une raison. Il avait renoncé aux informations qu'aurait pu lui fournir Catherine Percy, mais il n'avait pas renoncé à suivre la piste de Laura et d'Adrianne, d'autant plus vulnérables qu'elles étaient toujours en fuite et sans maris pour les protéger.

Instruit par sa précédente déconvenue, il lui faudrait simplement veiller à se montrer plus vigilant dans les alliances qu'il passerait.

La recherche du trésor de Tiberius demeurait plus que jamais son objectif prioritaire. Un objectif qui méritait tous les sacrifices, et dont rien ne pourrait le détourner.

24

Joanna MacInnes Kerr était consciente que sa grand-mère était sur le point de mourir. Une nuit, il y avait quelques jours de cela, la vieille femme l'avait fait appeler pour lui dire que l'ange de la mort se tenait debout devant sa fenêtre. Après avoir vu périr son mari, trois de ses fils et tant d'autres encore, elle se déclarait prête à les rejoindre dans l'autre monde. Auparavant, elle souhaitait que se réalise son dernier souhait.

Un an plus tôt, avait-elle expliqué à sa petite-fille, elle avait demandé à un de leurs amis, le diplomate Ambrose MacPherson, de se rendre en Angleterre pour y négocier la libération d'un prisonnier du nom d'Adam Stewart. C'était cet homme, avait-elle conclu sans motiver les raisons de son intérêt pour lui, qu'elle souhaitait rencontrer avant de rendre son âme à Dieu.

Tout naturellement, Joanna s'était tournée vers son ami John Stewart pour l'aider à localiser celui que lady Agnes voulait voir. Pas une seconde elle n'avait hésité à faire en sorte que soit satisfait l'ultime souhait de sa grand-mère. À présent, en conduisant le Highlander au visage fermé et aux vêtements tachés de sang à travers les salles et les corridors d'Ironcross Castle, elle commençait à se demander si elle n'aurait pas mieux fait de s'en abstenir.

Adam Stewart, accompagné du comte d'Athol, de son épouse et de Susan McIntyre, s'était annoncé quelques instants plus tôt, alors que les châtelains s'apprêtaient à se retirer dans leur chambre. L'homme leur avait été présenté comme étant le demi-frère de John. Ce détail à lui seul était des plus surprenants. Depuis le temps qu'elle connaissait la famille Stewart, pas une fois Joanna n'avait entendu la moindre rumeur à propos d'une telle parenté.

On ne lui avait laissé ni le temps ni l'opportunité de s'en étonner davantage. John, lui aussi couvert de sang, avait expliqué à quel guet-apens Catherine et Susan avaient échappé entre Balvenie et Ironcross Castle. Fier de lui, il avait exhibé aux yeux de Gavin, le mari de Joanna, la blessure à l'avant-bras qui lui avait été infligée au cours du combat.

Une discussion animée s'était engagée entre les deux hommes, bientôt rejoints par la comtesse et la nièce de lady Anne, de sorte que Joanna s'était sentie obligée d'inviter Adam Stewart à la suivre jusqu'à la chambre de sa grand-mère.

Elle aurait bien aimé se convaincre que le mal dont souffrait celle-ci n'était pas plus mortel que les multiples maladies imaginaires dont elle s'était crue atteinte au fil des ans. Mais, par une sorte de prémonition funeste, elle avait le sentiment que lady Agnes, cette fois, ne s'en remettrait pas.

Accompagnée de son visiteur, Joanna s'engagea dans l'aile sud du château, qui avait bénéficié grâce aux efforts de son mari huit ans plus tôt d'une totale rénovation. De temps à autre, elle se risquait à observer à la dérobée Adam Stewart. Aussi grand et séduisant que son demi-frère, il ressemblait de manière troublante à John, bien que sa présence fût bien plus inquiétante.

Depuis qu'ils avaient quitté la grand-salle, une tension perceptible semblait s'être emparée de lui. Tout en s'engageant dans l'escalier à vis qui conduisait au niveau supérieur où se trouvait la chambre de lady Agnes, elle ne put s'empêcher de formuler la question qui, depuis l'arrivée de cet inconnu, lui brûlait les lèvres.

— J'espère que vous ne vous formaliserez pas de ma curiosité, mais… depuis combien de temps connaissez-vous ma grand-mère ?

Ses yeux gris et perçants se plissèrent en se focalisant sur elle. Quand il lui répondit, ce fut d'une voix glaciale et dénuée d'émotion.

— Nous ne nous sommes jamais rencontrés, dit-il. Du moins... pas que je me souvienne.

Comme si elle pouvait se satisfaire d'une telle réponse – ce qui était loin d'être le cas –, Joanna acquiesça d'un hochement de tête et poursuivit son ascension.

— Je vous demande cela, reprit-elle, pour vous éviter d'être surpris de ne pas la reconnaître. Elle a beaucoup changé, ces derniers temps, et je préfère prévenir ses visiteurs.

Au premier étage, Joanna devança Adam Stewart dans un long corridor, au bout duquel elle s'arrêta devant une lourde porte en chêne. La mèche d'une lampe accrochée au mur grésillait en jetant une lumière chiche.

Sur le point d'actionner la poignée pour introduire le mystérieux Highlander, Joanna se ravisa et s'adossa à la porte afin de lui faire face. Tout en lui la mettait sur ses gardes – la froideur de son attitude, sa voix sans timbre, son visage de marbre, derrière lequel pouvaient se dissimuler n'importe quel excès, n'importe quelle passion. Par-dessus tout, avant de le laisser entrer, elle aurait souhaité lui demander qui il était exactement et pourquoi il était à ce point important pour lady Agnes de le rencontrer.

Ce fut Adam Stewart qui prit les devants.

— Vous vous demandez qui je suis, constata-t-il, et pourquoi votre grand-mère tient à me rencontrer.

Joanna parvint à ne pas ciller.

— Vous lisez en moi. Je m'apprêtais à vous poser la question, reconnut-elle.

— Ce qu'il faut savoir de moi, dit-il, du moins ce que je suis prêt à vous révéler, mon frère vous l'a déjà dit. Quant à ce que me veut lady Agnes, c'est à elle qu'il faut le demander...

— Mon but n'est pas de m'immiscer dans vos affaires personnelles, insista-t-elle d'une voix pressante. Vous comprendrez certainement qu'en ces instants pénibles où ma grand-mère est sur le point de nous quitter, je ne tienne pas à lui imposer une visite qui pourrait lui déplaire.

— C'est elle qui demande à me voir, lady Joanna. Quoi qu'il en soit, que craignez-vous ? Que je me montre désagréable avec elle ?

— Je n'en sais rien, reconnut-elle en haussant les épaules. Mais je ne vois pas non plus pour quelle raison je devrais prendre ce risque. S'il me faut, pour la préserver de toute souffrance inutile, ne pas exaucer ses derniers vœux en vous refusant l'accès à sa chambre, j'y suis prête.

Joanna vit la mâchoire de son vis-à-vis se crisper. Pardessus son épaule, son regard fixa un instant la porte close, avant de se reporter sur son visage. Son attitude s'était quelque peu amendée.

— Je constate que vous prenez bien soin d'elle, dit-il d'une voix radoucie.

— Avec mon mari et mes enfants, précisa-t-elle, nous sommes la seule famille qui lui reste.

— Qu'est-il arrivé aux autres ?

— Ils sont tous morts.

Joanna ne voyait pas la nécessité d'enrober la vérité. À présent que son interlocuteur se montrait disposé à discuter, elle pouvait se permettre de relâcher sa garde.

— Vos parents ? s'enquit-il. Morts tous les deux ?

— Mes deux parents, mes deux oncles et mon grand-père, répondit-elle en hochant la tête. Ma grand-mère les a tous perdus de manière tragique. Sa vie fut remplie d'horreurs – certaines imaginaires, mais d'autres bien réelles.

Joanna vit un voile de tristesse recouvrir les traits d'Adam Stewart. Son regard s'était de nouveau fixé sur la porte. Avant de poursuivre d'une voix plus assurée, elle posa une main amicale sur son avant-bras.

— Ce n'est que depuis que j'ai épousé Gavin Kerr qu'elle a retrouvé un foyer, une vie plus normale et apaisée. Elle a fini par accepter de regagner les Highlands pour finir ses vieux jours au milieu de nous, entourée de l'amour des siens et de ses petits-enfants. Cela n'efface pas les jours sombres qu'elle a vécus, mais cela lui permet de ne pas ruminer sans fin de funestes souvenirs.

— Puis-je vous interroger sur son passé ?

Il avait posé la question avec tant de prévenance et de gentillesse que Joanna n'hésita pas un instant à acquiescer d'un hochement de tête.

— Je vous répondrai si cela m'est possible, dit-elle. Tout d'abord, sachez que je suis toujours troublée par l'intérêt qu'elle vous porte et que vous lui portez.

Se passant une main lasse sur le visage, Adam soupira profondément. Ce fut lui, cette fois, qui baissa sa garde.

— Je ne suis pas moins troublé que vous, avoua-t-il dans un murmure. Si je suis ici, c'est justement pour faire toute la lumière sur les liens qui nous unissent, lady Agnes et moi.

Joanna fut surprise et désarçonnée de lire au fond de ses yeux des émotions qui le rendaient soudain plus humain, émouvant et vulnérable. Mais ce qui dominait, c'était la souffrance – la souffrance brute et sans fard d'un enfant inconsolable.

En douceur, elle l'entraîna par le bras jusqu'à un banc situé non loin de là, où elle se mit à lui raconter ce qu'elle savait. Elle lui expliqua la terrible erreur qu'avait commise sa grand-mère en épousant Duncan, un homme qui la maltraitait horriblement, ainsi que d'autres femmes. Elle lui raconta quelle malédiction avait longtemps pesé sur le château d'Ironcross Castle, et comment son grand-père et ses deux oncles étaient morts de mort violente, de même que ses propres parents.

En réponse aux questions muettes qu'elle devinait dans son regard posé sur elle, elle lui conta l'incendie qui avait ravagé l'aile sud du château, et au cours duquel son père et sa mère avaient trouvé la mort. Elle lui expliqua enfin que, avec l'aide de Gavin, elle avait fait en sorte de lever le sort funeste qui s'appesantissait sur les lieux.

— Ma grand-mère croyait vraiment au pouvoir de cette malédiction, qu'elle rendait responsable de la disparition de toute sa famille. Elle n'a commencé à penser que cette page dramatique de notre histoire était tournée qu'après la naissance de notre premier enfant.

— Ainsi, conclut Adam, vous pensez qu'elle est en paix avec le passé, conclut Adam.

Joanna réfléchit à sa question un instant avant de secouer négativement la tête.

— Je le pensais, répondit-elle, mais je me trompais. À l'entendre, seul le fait de vous rencontrer lui permettra... de mourir le cœur en paix.

De nouveau, le regard d'Adam Stewart se porta sur la porte en chêne de l'autre côté du corridor et, de nouveau, son visage se rembrunit.

— Comment va-t-elle ? demanda-t-il d'une voix sourde. Elle est vraiment à l'article de la mort ?

— J'ai longtemps tenté de nier l'évidence, répondit-elle. Cependant il est temps de voir les choses en face : ma grand-mère est mourante.

Elle se tut, étudiant avec plus d'attention le profil d'Adam. Les traits de son visage étaient sculptés. Ses longs cheveux auburn étaient retenus par un lacet. Ses yeux étaient gris et perçants. À n'en pas douter, c'était un Stewart, mais il y avait autre chose dans sa physionomie qui la chiffonnait, éveillant de vagues souvenirs, quelque chose dans le dessin de la bouche, dans la forme de la mâchoire. Et soudain, elle sut. Le visage de cet homme, de manière subtile mais indéniable, ressemblait à celui de John, le plus jeune fils de lady Agnes – le propre père de Joanna.

— Alors, me laisserez-vous entrer ? s'enquit-il au terme d'un long silence.

Ce fut sans la moindre hésitation que Joanna signifia son assentiment d'un hochement de tête. Elle se félicita d'avoir fait le bon choix en décidant de lui faire confiance car, sous la rude carapace qu'il offrait aux regards, elle était sûre à présent quel cœur compatissant se cachait dans la poitrine du Highlander.

Si lady MacInnes était réellement coupable du péché qu'elle s'imaginait avoir commis, Adam Stewart était homme à le lui pardonner.

Adossé à la porte fermée de la chambre, Adam étudia longuement la vieillarde, redressée contre ses oreillers mais endormie dans le grand lit en chêne.

Joanna Kerr n'avait pas fait que l'autoriser à rendre visite à sa grand-mère. Elle avait également fait en sorte, en demandant aux dames de compagnie et aux servantes de sortir, de les laisser seuls.

Adam hésitait cependant à franchir les derniers mètres qui le séparaient du lit. Fixement, il contemplait les doigts secs et blancs crispés sur la dentelle du drap. La vieille femme chenue aux longs cheveux blancs rêvait, mais il était manifeste que ses rêves n'étaient ni tranquilles ni joyeux. Il percevait les râles sourds qui s'élevaient par intermittence de ses lèvres sèches.

Impressionné par le spectacle de cette déchéance, Adam adressa une prière muette au ciel pour mourir le jour venu debout, l'épée à la main, en combattant un adversaire.

Comme si la présence de son visiteur avait fini par percer les brumes de son sommeil, lady MacInnes battit longuement des paupières, s'efforçant de reprendre pied dans la réalité. Après avoir enregistré l'absence de ses gardes-malades habituelles, elle finit par le repérer, debout contre la porte.

— Gavin, c'est toi ? fit-elle d'une voix à peine audible. Adam se décida à amorcer un pas dans sa direction. Elle paraissait si fragile.

— Non, milady, répondit-il, je ne suis pas Gavin.

— John ! reprit-elle plus distinctement, tendant une main tremblante vers lui. John Stewart ! Joanna m'a dit... que tu devais venir. Elle m'a dit... que tu t'es marié. Quelle merveilleuse nouvelle !

Adam n'était plus qu'à quelques pas du lit. Pour ne pas céder à la tentation de saisir avidement cette main tendue vers lui, il croisa les bras derrière son dos.

— Non, milady, se décida-t-il enfin à répondre. Ce n'est pas John non plus.

Se maudissant de sa couardise, il marqua une nouvelle pause avant de lancer d'un trait :

— C'est moi... Adam... son frère !

Le regard de la malade devint soudain étrangement fixe. Sa respiration, jusqu'alors très audible, se fit silencieuse et parut se bloquer dans sa poitrine. Avec une inquiétude croissante, Adam vit l'expression d'une grande souffrance passer sur son visage, dont l'écho se faisait sentir dans son propre cœur. Des larmes jaillies au coin de ses yeux coulèrent le long de ses joues. Lui-même fut obligé de ravaler les pleurs qui lui bloquaient la poitrine.

— Toi ! lâcha-t-elle enfin, d'une voix bouleversée par l'émotion. Adam... mon fils.

Adam dut détourner le regard pour empêcher des larmes trop longtemps retenues de jaillir. Il lui fallut serrer les mâchoires pour contenir les sentiments qui débordaient de son cœur et ne demandaient qu'à s'exprimer au grand jour. Il attendait depuis si longtemps ces paroles de tendresse maternelle – des années et des années à pâtir en silence de ne les avoir jamais entendues.

— Adam...

Le murmure apaisé de sa mère attira de nouveau son regard sur elle. À travers un brouillard de larmes, Adam contempla la femme qui lui avait donné le jour. Il vit ses mains osseuses, faibles et tremblantes, tenter d'essuyer les pleurs qui mouillaient son visage. Cette fois, il ne chercha pas à refréner son élan et se pencha pour les prendre dans les siennes, larges et fortes.

— Je suis là, répondit-il simplement. Je suis revenu.

Sans le quitter des yeux, lady Agnes porta les mains d'Adam jusqu'à ses lèvres, les embrassa, les pressa avec tendresse contre ses joues parcheminées.

— Je n'ai jamais osé espérer que Dieu me pardonnerait un jour ce que j'ai fait, dit-elle dans un murmure. Je ne... je ne croyais pas que tu viendrais.

Adam s'assit au bord du lit. Incapable de prononcer la moindre parole, il écouta sa mère se répandre en actions de grâces pour remercier le Créateur d'avoir ramené jusqu'à son lit de mort le fils qu'elle pensait ne plus jamais revoir.

Quelle qu'ait pu être la rancœur qu'il avait entretenue durant si longtemps à son égard, elle semblait ne plus avoir cours à présent qu'ils étaient réunis. Lady Agnes MacInnes était une femme brisée par les épreuves qu'elle avait traversées. Elle arrivait au terme d'une vie qui ne lui avait apporté que très peu de joies et beaucoup de souffrances.

— J'ai tellement de choses à te dire, murmura-t-elle.

Adam n'avait pas l'intention de poser de questions ou de réclamer des comptes. Être assis auprès de sa mère, garder ses mains dans les siennes, l'entendre l'appeler par son nom, soutenir son regard empli de tendresse et de regrets – tout cela était déjà bien plus que ce qu'il s'était autorisé à espérer.

Mais, pour partir le cœur en paix, la mourante paraissait déterminée à livrer une confession qui commença à jaillir de ses lèvres tel un flot continu, libérateur. Sans doute dut-elle puiser dans ses ultimes forces pour parvenir jusqu'au bout de son récit en ne s'arrêtant que pour reprendre son souffle de temps à autre. Adam se serait bien gardé, quant à lui, de l'interrompre.

— C'est moi qui me suis mis en tête de séduire John Stewart, comte d'Athol, troisième du nom. J'étais déjà à l'époque veuve de mon mari, une sombre brute qui portait plus d'affection à son cheval qu'à son épouse. Personne ne l'a pleuré lorsqu'il est mort – et moi pas plus que le reste de ceux qui ont eu l'infortune de le côtoyer. Nos trois fils avaient déjà fondé leur propre famille. Je me suis retrouvée sans personne et j'ai laissé le diable me tenter, car je ne supportais pas l'idée de ne pas avoir connu l'amour, j'ai poussé un homme à me sacrifier son honneur.

» Ton père était très séduisant, tu sais… C'était aussi un homme bon, un mari très amoureux de sa femme, et un père entièrement dévoué à son fils. C'est donc parce qu'elle avait la chance de vivre auprès d'un homme aimant, ce que je n'avais moi-même jamais connu, que je n'ai pas hésité à trahir mon amie Anne en jetant mes filets sur lui. Au début, John m'a résisté, bien sûr. Il s'est efforcé de croire qu'il se trompait sur la nature de mes avances, mais je l'ai poursuivi de mes assiduités. Je ne manquais jamais une occasion de lui faire sentir à quel point il était bête de dédaigner ce que j'avais à lui offrir. Je lui assurais qu'Anne n'en saurait jamais rien. Je lui rappelais d'un regard, d'un soupir, d'une caresse, qu'il n'avait qu'un geste à faire et que je serais toujours là pour lui. Il ne s'est pas laissé fléchir, pourtant j'ai vite compris qu'il me trouvait désirable et que j'avais réussi à percer ses défenses. Jamais auparavant je n'avais utilisé des ruses de courtisane, mais la conquête de John était devenue une obsession pour moi. Ma chance s'est présentée le jour où Anne est partie pour la France avec son fils, qui devait y suivre quelques années d'étude. Sachant John seul et vulnérable et comprenant qu'une telle occasion ne se représenterait plus de sitôt, je suis allée le rejoindre et j'ai déployé devant lui tous mes charmes. Même un saint n'aurait pu y résister ! Il a fini par se rendre à son propre désir, et j'ai passé dans ses bras de premières nuits inoubliables, car John était effectivement l'homme que j'avais imaginé. Au fur et à mesure que s'écoulaient les jours que nous devions passer ensemble, une certitude est venue gâcher mon bonheur – celle que ma vie avait été vide avant lui, et qu'elle le redeviendrait aussitôt que notre histoire aurait pris fin. J'ai alors été tentée d'oublier que je lui avais promis de ne rien faire qui puisse remettre en cause son mariage avec Anne et ruiner sa vie de famille. Or nous avions conclu un pacte, et même dans ma folie je n'étais pas assez téméraire pour trahir John en faisant fi de sa colère. Je me suis donc résignée, la mort dans l'âme, à le quitter avant que ne revienne sa femme. J'ai tenu la promesse que je lui avais faite de ne pas chercher à le revoir, mais je n'avais pas renoncé à imaginer qu'il finirait par me revenir, incapable de se passer de moi. Ce qu'il n'a jamais fait, bien sûr. Après cette parenthèse, il a tout naturellement regagné le lit de sa femme, le seul véritable amour de sa vie. C'est ce moment-là qu'a choisi le destin pour me ramener sur terre et me faire prendre conscience de la faute que j'avais commise en séduisant le mari de ma meilleure amie. Mon fils Alexandre est mort seulement quelques semaines après la fin de mon aventure avec John. J'ai été anéantie par ce drame, qui m'a rappelé la malédiction qu'une femme du nom de Mater avait jetée sur moi et ma famille des années auparavant. C'était elle, la responsable des morts de Duncan, mon mari, et de mon fils Alexandre. Comme pour confirmer mes doutes, mon deuxième fils, Thomas, faillit mourir lui aussi peu de temps après. Tout le monde a essayé de me convaincre qu'il s'agissait d'un accident, mais moi je connaissais la vérité : c'était Mater, la responsable. Comme si cela n'était pas suffisant pour me punir, j'ai découvert ensuite qu'en dépit de mon âge déjà avancé j'étais enceinte. J'étais tellement anéantie par le chagrin que je n'ai pas un instant songé à la honte qu'il y aurait pour une veuve à mettre au monde un enfant. Tout ce que je voyais, c'est que Mater allait avoir une autre victime à pourchasser de sa vengeance. Pour cette raison, pour te soustraire à la vindicte de cette sorcière, j'ai souhaité garder le secret sur mon état. Je suis donc allée m'isoler dans un prieuré situé sur une des îles de l'ouest. C'est là que je t'ai donné le jour. Thomas et John, mes deux fils survivants, ignoraient tout de ton existence, mais c'est par peur qu'ils l'apprennent que j'ai finalement fait appel au comte d'Athol. Ce qui me motivait, c'est que nul autre mieux que ton père ne pouvait te soustraire à l'influence néfaste de Mater. Il ne s'est pas soustrait à ses responsabilités. Il a réagi à la nouvelle aussi honorablement qu'on pouvait l'attendre d'un homme de principe comme lui. Il t'a emmené, encore tout bébé, comme je le lui avais instamment demandé, à un endroit où nul ne pourrait jamais soupçonner ta parenté avec moi, à un endroit où tu pourrais rester vivant. Quelques années ont passé avant que Thomas ne meure à son tour, empoisonné. Sa disparition n'a fait que renforcer ma certitude que j'avais bien fait de t'éloigner. Je ne pouvais plus demeurer dans les Highlands, aussi suis-je allée vivre à Stirling. Je supposais que ton père avait dû te placer dans une famille des environs et je craignais, si par hasard je venais à découvrir où, de ne pouvoir résister à mon envie de te récupérer. Quand le comte est mort et que ton frère lui a succédé, tu étais âgé de presque seize ans. Je me suis obligée à ne plus m'en faire pour ton avenir. Connaissant ton père, j'étais convaincue qu'il avait pris soin de te donner une bonne éducation. J'ai prié pour que tu te fasses une place dans le monde. Quelques années plus tard encore, John – le plus jeune des fils que j'ai eus avec Duncan – a trouvé la mort avec sa femme dans un terrible incendie qui a ravagé cette aile du château. Pendant quelques mois, je suis restée persuadée que Joanna avait été victime des flammes, elle aussi. La malédiction continuait de peser sur nous. Elle semblait ne jamais devoir prendre fin. Secrètement, je me réjouissais d'avoir pu lui soustraire au moins un de mes enfants. À peu près six mois après cet incendie, Gavin Kerr a pris possession d'Ironcross Castle. C'est lui qui a trouvé Joanna qui s'y cachait, guettant l'opportunité de venger la mort de ses parents. Ensemble, ils sont parvenus à mettre au jour les vieux secrets de cette bâtisse et à mettre un terme à la malédiction.

» Adam, si tu savais... Au cours de ma vie, je me suis trompée tant de fois, à propos de tant de choses ! Mais comme j'avais la conviction que tu étais sain, sauf et bien établi dans l'existence, j'ai préféré ne jamais mettre en doute le bien-fondé de ma décision te concernant.

» Dans les années qui ont suivi, j'ai eu la chance de bénéficier de l'amour d'une petite-fille qui a choisi de me faire une place dans sa vie. L'amour que se portent Gavin et Joanna, leur appétit de vivre, l'affection de mes arrière-petits-enfants, m'ont permis pour la première fois de mon existence d'avoir un aperçu de ce que peut être une famille heureuse.

Lady MacInnes ferma les paupières et poursuivit avec une grimace douloureuse :

— Mais il devait être écrit qu'un tel bonheur ne pourrait être pour moi que de courte durée. Il y a deux ans de cela, j'ai appris l'existence de cet inique traité de Bruges. C'est Ambrose MacPherson, de passage ici avec sa femme, qui m'en a parlé. Sachant que l'aîné de John Stewart n'avait pas été retenu en otage par les Anglais, j'ai été prise d'un sombre pressentiment

» Je suis redevenue aussi enragée qu'une tigresse. J'ai fait jouer mes relations à la cour pour découvrir qui avait été envoyé à la Tour de Londres, tant d'années auparavant, et quelles pauvres âmes s'y trouvaient encore.

» Apprendre la vérité a failli me rendre folle de chagrin. Je ne parvenais pas à accepter l'idée que, pendant que mon propre fils se morfondait dans une geôle anglaise, je profitais de la vie et croyais goûter au bonheur, entourée de l'amour des miens et de leurs enfants.

» J'ai fait appel à Ambrose MacPherson. Je savais qu'il était le seul capable, entre tous les diplomates que compte l'Écosse, de réussir à négocier ta libération. Et cette fois, la fortune m'a souri, puisque j'appris par lui au retour de sa mission qu'elle avait été un succès et que tu étais libre.

Adam se pencha pour embrasser les mains de sa mère et demanda :

— Est-il au courant de notre parenté ?

— J'étais si folle de douleur et d'inquiétude que je ne me rappelle même plus si je lui ai fait cette confidence. Mais, même s'il l'avait deviné, je savais qu'il ne te dirait rien. Ambrose MacPherson est le plus discret des hommes. Voilà pourquoi, avant de mourir, il était si important pour moi de te voir – pas pour implorer ton pardon, non. Pour t'avouer l'infamante vérité sur ta mère.

La gorge serrée, Adam enveloppa les mains frêles et tremblantes de lady Agnes entre les siennes. Avant de se mettre à parler, il la fixa au fond des yeux.

— Dans ce que je viens d'apprendre, assura-t-il, il n'y a rien qui mérite autre chose de ma part que de la gratitude. J'en ai fini de me tourmenter à cause du passé. Il est temps de songer à l'avenir… mère.

Un pauvre sourire apparut sur le visage parcheminé de lady Agnes.

— Tu es bien le fils de ton père… murmura-t-elle d'une voix émue. Pas une fois il ne m'a blâmée d'avoir fait ce que j'ai fait.

Lentement, elle porta les doigts de son fils à ses lèvres, les embrassa et conclut :

— Tu es devenu un homme aussi droit que lui, Adam. Et aussi bon.

25

Lady Agnes MacInnes mourut une quinzaine de jours après ses retrouvailles avec Adam. Entourée de ceux qui l'aimaient, elle prit la main de son fils dans l'une des siennes, celle de sa petite-fille dans l'autre, et expira son dernier souffle en paix avec elle-même et le monde.

Catherine était heureuse que la vérité concernant Adam eût aussitôt été révélée publiquement par sa propre mère. Dans un premier temps, en accord avec Athol, elle avait pensé épargner à la mère de son mari toute réminiscence de l'infidélité passée du comte. Mais de manière surprenante, aussitôt qu'ils eurent regagné Balvenie Castle, ce fut lady Anne elle-même qui demanda à recevoir Adam Stewart aussi vite que possible. Ce qu'ils purent se raconter, nul ne le sut jamais. Mais, à en juger par la complicité qui ne tarda pas ensuite à se manifester entre eux, il n'avait sans doute été question que de pardon.

Allumant avec la chandelle dont elle s'était munie le petit feu préparé dans la cheminée, Catherine s'assit sur ses talons et regarda les premières flammes lécher les bûches. Au petit matin, il faisait toujours un froid un peu humide dans sa chambre, mais c'était une heure privilégiée où elle aimait s'y retrouver seule. Son mari dormait à poings fermés lorsqu'elle s'était éclipsée de la chambre du laird, incapable de se priver de son petit rituel matinal. À présent, il lui fallait rassembler ses idées pour rédiger les lettres qu'elle devait envoyer à ses sœurs.

Adam avait refusé de se voir offrir des terres, aussi bien par James Stewart que par Gavin Kerr, préférant accepter l'offre généreuse faite par le comte de Huntly de lui succéder. Son mariage avec Susan était déjà prévu pour le printemps suivant, le temps de finaliser les arrangements avec la famille de la jeune femme. La cérémonie se déroulerait selon toute vraisemblance un peu avant que Catherine accouche de son premier enfant. S'imaginer au pied du perron de l'Église en robe d'apparat avec un ventre rond la fit sourire. Connaissant son mari, il se ferait sans doute un devoir et un plaisir de lui faire monter les quelques marches dans ses bras.

Se redressant devant l'âtre où s'élevait à présent une bonne flambée, Catherine gagna la petite table de travail qu'elle avait fait installer et reporta son attention sur les lettres qu'il lui fallait écrire. Par mesure de sécurité, les trois sœurs avaient décidé en fuyant l'Angleterre de ne pas chercher à entrer en contact les unes avec les autres, sauf en cas d'extrême urgence.

Mais n'était-ce pas le cas, en l'occurrence ?

À son retour à Balvenie avec son époux, Catherine avait découvert l'écrin de bois forcé dans sa chambre et vidé de son contenu. Deux des moines anglais qui l'avaient rejointe en Écosse – frère Paul et frère Egbert – avaient eux aussi disparu. Quand elle avait expliqué à son mari toute la vérité concernant le trésor de Tiberius – y compris comment elle avait laissé la vraie carte dans la chambre de la comtesse douairière pour ne placer dans l'écrin qu'une imitation de son cru – elle avait dû le retenir pour l'empêcher de se lancer à la poursuite des deux traîtres.

Catherine avait la conviction que, contrairement aux renégats qui avaient cherché à l'enlever, les deux clercs n'avaient jamais représenté un danger pour elle. Elle était même convaincue que c'était frère Paul qui avait à dessein allumé un incendie, la nuit où elle avait suivi Susan dans le tunnel souterrain, pour attirer l'attention sur sa disparition.

En interrogeant frère Bartholomew, elle avait appris que les deux autres moines ne s'étaient joints à lui que pour la dernière partie du voyage, un peu avant le relais de chasse de Corgarff. À la lumière de ces révélations, Catherine savait qu'il lui fallait au plus tôt mettre en garde ses sœurs contre la réapparition soudaine dans leur entourage de leurs anciennes connaissances du Yorkshire.

Elle avait bien sûr d'autres nouvelles plus personnelles à leur transmettre. Son école, grâce à l'aide efficace fournie par John autant que par Patrick Hepburn, ne tarderait plus à ouvrir ses portes. Il lui fallait aussi les avertir – même s'il était un peu tard – qu'elle était à présent mariée et presque mère...

Trempant sa plume dans l'encrier, Catherine songea que cette partie ne serait pas la plus désagréable à écrire, et qu'il lui fallait sans doute commencer par elle. Mais, alors qu'elle s'apprêtait à tracer les premières lettres, quelques coups discrets frappés contre sa porte l'interrompirent.

Surprise, elle reposa sa plume et alla ouvrir. Il était encore tôt pour que quelqu'un de la maisonnée fût éveillé, aussi fut-ce avec stupéfaction qu'elle découvrit dans le corridor deux valets, portant avec le plus grand respect le fauteuil qui trônait habituellement devant la cheminée de la chambre du laird.

Un instant, elle laissa son regard aller et venir entre les visages impassibles des deux hommes, avant de remarquer derrière eux Jane qui attendait elle aussi, les bras chargés de draps propres.

— Mais qu'est-ce que... bredouilla Catherine en sortant pour aider sa servante.

Alors, elle découvrit la longue file de serviteurs qui s'étirait jusqu'à l'extrémité du corridor et en demeura bouche bée. Derrière Jane se tenaient deux hommes qui transportaient la tête de lit sculptée de la chambre de John. Et derrière eux encore, deux garçons d'écurie croulant sous le poids d'un matelas de plume.

Mais ce n'était que le début d'une interminable procession, comme elle le découvrit en remontant d'un pas vif le couloir. Hommes et femmes transportaient tout un assortiment de chaises, de coffres, de bancs, de tapisseries – elle remarqua même un jeu d'épées, d'arcs et de lances… Il n'était pas difficile de deviner où menait cette longue file – droit à la chambre du laird, devant laquelle elle découvrit les derniers maillons de la chaîne, deux jeunes filles porteuses d'une pile impressionnante de couvertures.

Catherine n'eut qu'à pousser la porte entrouverte pour pénétrer dans la pièce, qui lui parut d'autant plus vaste qu'elle avait été entièrement débarrassée de ses meubles.

— Enfin ! lança la voix de John. J'imaginais que vous seriez là plus vite, mon amour…

Traversant le vestibule après avoir refermé la porte, Catherine le rejoignit dans la chambre. Il se tenait devant l'âtre, le dos tourné au petit feu qui s'y consumait.

— Le travail n'est pas terminé, plaisanta-t-elle. Vous avez oublié de faire emporter le feu…

Le visage de John s'éclaira de ce sourire diabolique qui lui mettait toujours le cœur à l'envers. Sans bouger du centre de la pièce déserte dans laquelle leurs paroles faisaient écho, elle le vit venir à elle avec un petit frisson de plaisir anticipé.

— Vous étiez prévenue, mon amour… dit-il en venant se camper devant elle. C'est vous qui me contraignez à de telles extrémités.

— Moi ? fit-elle mine de s'étonner. Franchement, John. À quoi rime toute cette folie ?

Avant de lui répondre, il la prit dans ses bras. Avec un soupir de bonheur, Catherine se lova confortablement contre lui. Tout en lui caressant les cheveux, il déposa un chapelet de petits baisers le long de sa joue.

— Je vous avais prévenue que, si vous vous obstiniez à quitter ma chambre au petit matin, j'irais vous rejoindre.

D'un coup, Catherine comprit où il voulait en venir. Le repoussant de ses deux mains posées contre sa poitrine, elle se hissa sur la pointe des pieds et plongea son regard au fond de ses yeux gris et pétillants de malice.

— Vous ne comptez tout de même pas installer tous ces meubles dans *ma* chambre ? Il y a là dehors de quoi meubler au moins trois ou quatre pièces ! Et toutes ces couvertures… que comptez-vous en faire ?

— Ce réduit dans lequel vous vous plaisez tant est un vrai nid à courants d'air.

— Mais… tous ces meubles ! protesta-t-elle faiblement. Où allons-nous les mettre ?

Après avoir haussé les épaules pour marquer combien ces détails lui étaient indifférents, John prit longuement possession de ses lèvres. Quand il mit fin à ce baiser passionné, Catherine ne se souciait plus de savoir quels meubles pourraient trouver leur place dans sa chambre ou non.

— Je vous l'ai dit maintes fois, susurra-t-il en posant son front contre le sien. Je veux me réveiller au matin dans mon lit avec ma femme dans mes bras. Mais j'ai appris, d'un autre côté, à respecter votre besoin de disposer d'une pièce à vous pour y travailler. J'ai bien dit : *pour y travailler*, pas pour y dormir.

— Et c'est en vous installant dans ma chambre avec armes et bagages que vous comptez régler le problème ?

— Pas exactement. Il y a dans les pièces attenantes à celle où vous vous êtes installée bien assez de place pour stocker les meubles qui se trouvaient ici… le temps que l'on procède à une petite rénovation dans cette aile-ci du château.

Catherine laissa courir ses yeux sur les murs de la grande pièce lumineuse.

— Pour quoi faire ? s'étonna-t-elle. Je ne vois pas ce que vous lui reprochez.

Athol se mit à rire et la serra plus fort entre ses bras.

— Quand nous en aurons terminé avec les travaux que j'envisage, expliqua-t-il, nous disposerons à cet étage d'une grande chambre *commune*, qui donnera directement dans *deux* cabinets de travail – un pour chacun de nous.

À cette perspective, Catherine ne put s'empêcher de sourire de contentement.

— Deux cabinets de travail ! répéta-t-elle rêveusement.

— Je me demande même, ajouta Athol, s'il ne nous faudrait pas y adjoindre une nurserie.

Dans le dos de Catherine, il commença à déboutonner sa robe et ajouta :

— Mais, lorsque nos enfants se trouveront sous la garde de Jane ou en visite chez leur grand-mère, nous pourrons vous et moi travailler très dur au saut du lit. Pourtant, je me demande si le fait de vous savoir si proche…

Catherine frissonna et hâta de se glisser hors de sa robe.

— Peut-être pourrions-nous faire installer un boudoir entre nos deux cabinets de travail, suggéra-t-elle. Afin de pouvoir… parler quand l'envie nous en prend.

John, qui s'était débarrassé de sa chemise, acquiesça d'un hochement de tête et alla étendre son tartan devant la cheminée.

— Mais pour le moment, conclut-il, il va nous falloir…

— … nous contenter une dernière fois du confort de cette pièce ?

— Vous lisez dans mes pensées, mon amour !

Catherine soupira de contentement en se laissant glisser sur le sol en compagnie de son mari, de son amant, du père de l'enfant qui grandissait en elle, de son sauveur et de l'homme de sa vie. C'était finalement ici, songea-t-elle avant de se laisser aller à leur étreinte, dans les Highlands farouches et sauvages, que le chevalier de ses rêves s'était incarné pour elle…

Note des auteurs

Comme vous l'avez sans doute deviné, l'histoire de Catherine constitue le premier volume d'une trilogie dont les tomes suivants vous permettront de faire la connaissance des deux autres sœurs Percy. La suite de ces aventures vous permettra également de rencontrer la mystérieuse Diana Erskine Percy et d'approcher peu à peu la vérité concernant le trésor de Tiberius.

Dans *Les amants maudits* le roman au cours duquel sont révélés les secrets d'Ironcross Castle et qui permet à Joanna MacInnes et Gavin Kerr de se rencontrer, nous vous avions déjà présenté John Stewart, quatrième comte d'Athol. Il nous a été impossible de ne pas concevoir en la personne de Catherine Percy une héroïne dotée d'une forte personnalité, digne d'un tel personnage.

Et pour celles qui se plaisent à suivre à la trace les héros et les héroïnes de nos romans, nous n'avons pu résister à la tentation de faire intervenir Ambrose MacPherson dans *Heart of Gold*. C'est grâce à sa femme, Elizabeth, et à la relation d'amitié que celle-ci entretient avec Anne Boleyn, qu'Ambrose est capable de négocier avec les Anglais la libération d'Adam Stewart. Ceux qui ont lu leur histoire savent *pourquoi* !

Balvenie Castle et la cathédrale d'Elgin, fleurons du patrimoine historique écossais, seront facilement reconnus par nos perspicaces lectrices, de même que nombre des lieux décrits dans ce livre. Nous nous sommes efforcés de les décrire avec le plus de précision possible, et de dresser un portrait attrayant et vivant des personnages qui y vivaient à l'époque et qui peuplent nos romans.

Enfin, nous voudrions adresser nos remerciements à G. Leonard Knapp, qui nous a aidés dans nos recherches sur les serpents d'Angleterre et d'Écosse.

AVENTURES & PASSIONS

Retrouvez les romans de la collection en magasin :

Le 2 février :
Promise à un autre ☙ Sara Bennett (n° 8116)
Le bijou égyptien ☙ Tammy Hilz (n° 8232)

Le 16 février :
Des feux sombres ☙ Brenda Joyce (n° 3371)
Le trésor des Highlands -1. Une étourdissante épouse ☙ May McGoldrick (n° 8238)

Découvrez les prochaines nouveautés de la collection :

Le 2 mars :
À la poursuite des diamants perdus ☙ Penelope Neri (n° 4151)
Dans le brouillard londonien et sombre, Heather court à perdre haleine, glissant sur les pavés humides. L'homme qu'elle a vu, elle en est sûre, c'est Jack l'Éventreur qui s'est lancé à sa poursuite. Soudain, un fiacre débouche devant elle et une main la saisit par la taille. Lorsqu'elle reprend connaissance, un homme est penché sur elle…

Le Texan de mon cœur ☙ Georgina Gentry (n° 8275)
Au cœur du désert américain, Lark tombe sous le charme de Laredo, un dangereux cow-boy qui l'entraîne malgré elle dans une sombre attaque de banque. Contrainte de s'exiler sous peine d'être arrêtée pour complicité, elle change d'identité et se réfugie dans une bourgade du Texas où l'attendent de surprenantes aventures.

Nouveau ! 2 rendez-vous mensuels aux alentours du 1er et du 15 de chaque mois.

Le 16 mars :

Le chevalier et l'orpheline – Jocelyn Kelley (n° 8179)

Au XIIe siècle, Aliénor d'Aquitaine demande à l'une de ses guerrières formées à l'abbaye de Saint-Jude, Elsbeth Braybrook, de partir pour le Pays de Galles afin de voler la légendaire « pierre parlante » qui aurait le pouvoir de provoquer la mort du roi Henri II. À l'intérieur du château où est gardée la pierre, elle est sauvée par Tarren, l'héritier illégitime du trône de Galles, et doit faire désormais route avec lui…

L'offrande irlandaise – Pamela Clare (n° 8283)

Après l'emprisonnement de son père, Brighid se retrouve seule avec ses trois frères, des Irlandais patriotes qui comptent bien prendre leur revanche sur les Anglais. Mais la jeune fille est enlevée par lord Sheff lors d'une rébellion et doit servir de cadeau à Jamie, son meilleur ami. Heureusement, le jeune homme succombe au charme de Brighid et entreprend de la sauver des griffes de son ami.

Nouveau ! 2 rendez-vous mensuels
aux alentours du 1er et du 15 de chaque mois.

Si vous aimez Aventures & Passions,
laissez-vous tenter par :

Passion intense

Quand l'amour vous plonge dans un monde de sensualité

Le 16 février :

Une lady nommée Passion – Lisa Valdez (n° 8239)

Passion se laisse aller dans les bras d'un inconnu au cours d'une exposition et découvre le plaisir des sens. Mark, lui, découvre la signification du prénom que porte si bien sa maîtresse. Entraînés dans un tourbillon de désirs, ils ignorent encore les épreuves qui les attendent…

Nouveau ! 1 rendez-vous mensuel
aux alentours du 15 de chaque mois.

Romance d'aujourd'hui

Le 16 février:

Entre deux flammes ☙ Lorraine Heath (n° 4044)

Rebecca, enceinte et abandonnée de Brett, accepte d'épouser le gentil Jake. Sans parvenir à oublier son premier amour. Mais quand Brett réapparaît et fait voler ses illusions en éclat, Rebecca réalise que c'est Jake qu'elle aime. Saura-t-elle le convaincre de son amour ?

Une nouvelle vie pour Norah ☙ Marcia Evanick (n° 8240)

Norah déménage et commence une nouvelle vie avec sa mère pour fuir son père devenu violent. Désormais, comment accorder sa confiance à un homme ? Comment dépasser sa peur et aimer ? C'est ce que Ned, son charmant voisin, va tenter de lui apprendre...

Nouveau ! 2 titres tous les deux mois aux alentours du 15.

Retrouvez également nos autres collections :

SUSPENSE

Le 2 février :

Hallucinations ☙ Mariah Stewart (n° 8235)

Leah cherche désespérément sa sœur Melissa, disparue depuis des années. Lambert, un assassin, la contacte : il sait où est le corps de Melissa. Mais il meurt avant de lui parler. Avec l'aide d'Ethan, biographe de Lambert, Leah mène l'enquête. Ensemble, ils sont pris dans un tourbillon d'aventures... Et de dangers.

Nouveau ! 1 rendez-vous mensuel aux alentours du 1er de chaque mois.

MONDES MYSTÉRIEUX

Le 2 février :

Une aventure de Vicki Nelson – 1, Le prix du sang ☙ Tanya Huff (n° 8236)

Toronto. Atteinte d'une maladie oculaire, Vicki Nelson lâche la police et devient détective privé. Au cours de sa première enquête, elle rencontre Henry, un vampire. Ensemble, ils vont enquêter pour démasquer celui qui a réveillé un monstre qui sème la terreur et jette le discrédit sur les vampires...

Le sortilège des Gardiens ☙ Mary Jo Putney (n° 8237)

Angleterre, 1748. Simon fait partie des Gardiens, ces humains dotés de pouvoirs qui veillent sur la population. Mais il entre en lutte contre l'un des siens, Drayton, qui utilise sa magie pour faire le mal. Dans son combat, seule Meg, ancienne victime de Drayton, peut l'aider.

Nouveau ! 1 rendez-vous mensuel aux alentours du 1er de chaque mois.

Et toujours la reine du roman sentimental :

Barbara Cartland

Le 2 février :

La belle et le cavalier (n° 985) *Collect'or*

Une rose pour Almira (n° 8234)

Le 16 février :

Une alliance pour Ina (n° 4268)

Nouveau ! 2 rendez-vous mensuels aux alentours du 1er et du 15 de chaque mois.

8238

Composition Chesteroc Ltd
Achevé d'imprimer en France (Manchecourt)
par Maury-Eurolivres
le 16 janvier 2007.
Dépôt légal janvier 2007. EAN 9782250000328

Éditions J'ai lu
87, quai Panhard-et-Levassor, 75013 Paris
Diffusion France et étranger : Flammarion